ANDREAS STAMMKÖTTER

Totgetrieben

FREUD IST ÜBERALL Zwei Professoren, beide glänzende Psychoanalytiker, diskutieren bei vielen Gläsern Rotwein die Aktualität der Freud'schen Thesen über den Liebes- und den Todestrieb eines Menschen. Jochen Kramer, der jüngere von beiden behauptet, er sei in der Lage, bei jedem Individuum den Liebestrieb herunterzufahren und dadurch dem Todestrieb eine den Menschen steuernde Dominanz zu verschaffen, bis er zum Verbrecher wird. Beweisen will er diese Theorie an Cori Landmann, die zufällig in der Nähe sitzt. Eine scheinbar harmlose Wette folgt, die tödliche Konsequenzen hat. Kramer wird tot in seinem Garten gefunden, in seiner Brust steckt der Pfeil einer Armbrust.

Die ersten Ermittlungen führen die Kommissare Kroll und Wiggins in den ›Robin Hood e.V.‹, dessen Mitglieder hervorragende Armbrustschützen sind. Der Vereinsboss Dieter Bernstein hatte allen Grund, Kramer nur das Schlechteste zu wünschen. Aber er ist nicht der einzige. Kroll und Wiggins ermitteln in den Untiefen der menschlichen Seele.

Dr. Andreas Stammkötter, Jahrgang 1962, lebt als Rechtsanwalt in Leipzig. Er war dort viele Jahre Dozent an der Fachschule für Bauwesen in Leipzig und ist Autor zahlreicher Fachveröffentlichungen.

Bisherige Veröffentlichungen im Gmeiner-Verlag:
Goldkehlchen (2013)
Messewalzer (2011)

ANDREAS STAMMKÖTTER

Totgetrieben

Kriminalroman

GMEINER SPANNUNG

Personen und Handlung sind frei erfunden.
Ähnlichkeiten mit lebenden oder toten Personen
sind rein zufällig und nicht beabsichtigt.

Besuchen Sie uns im Internet:
www.gmeiner-verlag.de

Im Ehnried 5, 88605 Meßkirch
Telefon 07575/2095-0
info@gmeiner-verlag.de

1. Auflage 2015

Lektorat: Claudia Senghaas, Kirchardt
Herstellung: Mirjam Hecht
Umschlaggestaltung: U.O.R.G. Lutz Eberle, Stuttgart
unter Verwendung eines Fotos von: © Marcel Schauer / Fotolia.com
Druck: GGP Media GmbH, Pößneck
Printed in Germany
ISBN 978-3-8392-1690-3

… and then you treated my woman to a flake of your live,
and when she came back, she was nobodies wife …

Leonard Cohen (Famous Blue Raincoat)

JULI

Magda, die attraktive Kellnerin im GONZALES musste schmunzeln, als sie die dritte Flasche Rotwein an den Tisch im Außenbereich brachte. Chateau Margaux, guter Jahrgang. Ein erlesenes Tröpfchen, und vor allem: nicht billig. Aber die beiden Männer, die an dem Tisch saßen und heftig diskutierten, konnten sich das edle Getränk leisten. Das wusste sie. Sie kannte sie.

Sie hielt vor dem Tisch an und goss die übliche Verkostungsmenge in das Weinglas, das ihr am nächsten stand, und wartete, bis einer der Herren probieren würde. Aber die Gäste beachteten sie kaum. Sie erntete nur ein knappes Handzeichen, das ihr bedeutete, die Gläser anständig zu füllen. Sie füllte die Gläser zu einem Drittel, stellte die Flasche auf den Tisch und ging wieder in den Gastraum. Die übliche Frage, ob sie sonst noch etwas für die Gäste tun könnte, verkniff sei sich. Sie hätte ohnehin keine Antwort bekommen.

»Aber diese Theorien von Freud sind doch über 80 Jahre alt!«, schrie der kleinere der beiden. Er nippte an dem frischen Weinglas und sah sein Gegenüber eindringlich an. »Freud hat sicherlich große Verdienste für die Psychoanalyse geleistet, aber seine Theorien sind doch alle größtenteils überholt, oder sagen wir, zumindest nicht mehr auf dem neuesten Stand der Wissenschaft. Das weißt du doch genauso gut wie ich.«

Der größere der beiden, er war schlank und hatte die 40 gerade erst überschritten, trank hastig sein halbes Glas leer. Er war vollkommen in seine Gedanken vertieft und schien nicht zu merken, dass er das gute Zeug wie Wasser wegkippte. »Aber das behaupte ich doch gar nicht. Natürlich weiß ich auch, dass es wissenschaftliche Abhandlungen gibt, die aktueller sind als der gute alte Sigmund Freud. Schließlich stammen ja die meisten aus meiner Feder. Was ich sagen will, ist: Die Grundlagen stimmen immer noch. Die Trieblehre von Freud wurde in ihren Ansätzen doch nie bestritten. Konrad Lorenz hat sie in den 60er und 70er Jahren noch ausdrücklich bestätigt. Freud hat nur die falschen Schlussfolgerungen gezogen. Darin liegt das Problem.«

Der Dicke lehnte sich entspannt zurück. Er hatte die Gelassenheit des Professors, der in wenigen Monaten seinen verdienten Ruhestand antreten darf. Er schwenkte sein Weinglas und roch an der Blume. »Dann bin ich jetzt aber gespannt.«

»Also gut. Fangen wir noch mal von vorne an. Freud hat erkannt, dass in jedem Menschen zwei Triebe leben, die er im ES angesiedelt hat: der Liebestrieb und der Todestrieb. Der eine Trieb sucht nach Harmonie, nach sexueller Befriedigung und ist unerlässlich für die Arterhaltung. Der Todestrieb strebt nach Zerstörung und Tod, er möchte lebende Materie in ihren Ursprungszustand, die tote Materie, zurückverwandeln. Er dient der Abwehr von Gefahren und dem Erlegen von Beute, also auf seine Weise auch der Arterhaltung.«

»Das ist nichts Neues. Da kann ich dir nicht widersprechen.«

Der junge Professor stellte sein Weinglas auf die Mitte des Tisches und richtete sich auf. Er brauchte jetzt seine Hände als Erklärungshilfe. »Die Frage ist doch immer, welcher Trieb ist dominant und steuert das für Dritte wahrnehmbare Verhalten? Freuds Theorie besagt, die Steuerung der Triebe wird durch so etwas wie eine eigene Moral, das

Gewissen, gesteuert. Das eigene Gewissen, die Schuldgefühle, regeln das Ausleben des jeweiligen Triebes. Ich möchte gerne jemanden umbringen, aber mein Gewissen sagt mir, dass es verboten ist. Also tue ich es nicht. Und genau da liegt Freuds Fehler.«

Sein Gegenüber saß immer noch entspannt zurückgelehnt auf seinem Stuhl. »Es muss ja nicht gleich Mord sein. Wir suchen doch ganz allgemein nach dem Entstehen der Aggressivität, oder?«

»Ja genau.« Er trank wieder hastig aus seinem Weinglas. »Ich wollte doch über Freuds Fehler reden. Ich glaube nicht, dass das Gewissen die entscheidende Instanz ist, die den Liebes- oder Todestrieb unterdrückt. Das Gewissen spielt sicherlich auch eine Rolle, aber nur eine eher kleinere, eine untergeordnete.« Er streckte seine Arme nach vorne und hielt sie parallel über den Tisch. »Wenn es so ist, halten sich beide Triebe die Waage. Es passiert nichts. Ich glaube, dass das Vorhandensein der Triebe in der jeweiligen Stärke dazu führt, das sich der Todestrieb nicht entfalten kann. Es ist auch nicht schlimm, wenn der Liebestrieb stärker ist als der Todestrieb.« Seine rechte Hand wanderte nach oben, und die linke Hand näherte sich der Tischplatte. »Problematisch wird es nur, wenn sich der Todestrieb stärker entfaltet als der Liebestrieb.« Seine Hände verschoben sich. Die linke Hand war auf Schulterhöhe, und die rechte Hand fiel mit einem dumpfen Geräusch auf den Tisch. »Wenn das Verhältnis so ist, also der Todestrieb extrem überwiegt, fehlen die ihn korrigierenden Regularien des Liebestriebes und es entstehen Aggressionen. Dann hilft auch kein Gewissen mehr.«

Er sah seinen alten Freund an und wartete gespannt auf dessen Reaktion. Diese erfolgte zeitverzögert. »Interessante Theorie. Wo holst du sie her?«

»Nimm doch mal ein ganz einfaches Beispiel: Wir alle wissen, dass Kinder, die in einem schwierigen sozialen Milieu aufgewachsen sind, eine wesentlich höhere Kriminalitätsrate aufweisen als Kinder, die in einem wohlbehüteten Elternhaus groß geworden sind. Sie haben keine Liebe empfangen und wissen dementsprechend auch nicht, wie man Liebe weiter gibt. Der Liebestrieb ist auf einem verdammt niedrigen Niveau. Nach meiner Theorie heißt das: freie Bahn für Aggressionen.«

»Du weißt doch genau, dass diese Erklärung viel zu einfach ist und vor allem viel zu plakativ.«

Er füllte sein Weinglas nach und bemerkte nicht, dass er schon die halbe Flasche allein geleert hatte. »Da hast du natürlich recht. Es ist auch nicht nur dieses eine Beispiel, das die Richtigkeit dieser Theorie in mir reifen ließ. Es ist die Masse der Beispiele: Denk doch nur an die moderne Verbrechensanalyse. Die meisten Tötungsdelikte entstehen aus Spontanreaktionen. Der Liebestrieb wird, wenn auch nur für einen kurzen Moment, reduziert, und der Todestrieb, nenne es ruhig Hass, setzt sich durch. Denk an die Kriminalität an Ausländern: Die Menschen vergessen, dass ihnen fühlende Menschen gegenüberstehen. Es regiert die blanke Aggression. Du kannst auch die religiös motivierten Morde nehmen. Was machen die denn? Es ist doch eine ganz einfache Klaviatur: Den Menschen, immer schon im Kindesalter, wird suggeriert, dass alle Ungläubigen eine Bedrohung sind. Der Liebestrieb wird bewusst unterdrückt, es wird ihnen eine Denkstruktur eingepflanzt, die ein Empfinden von Nächstenliebe bewusst ausblendet. Gleichzeitig wird der Todestrieb gefördert, indem die andersgläubigen Menschen noch als Gefahr für die einzig wahre Religion dargestellt werden. Der Todestrieb wird bewusst geschürt, er gewinnt die

Oberhand und dann …«, seine Hand fiel mit einem lauten Krachen auf die Tischplatte, »patsch!«

Der alte Professor konnte nicht verhehlen, dass ihn die Theorie seines jungen Kollegen zum Nachdenken brachte. Er kratzte seine spärlich behaarte Kopfhaut. Das tat er immer, wenn er ins Nachdenken geriet.

»Vielleicht hast du ja recht. Ich muss zugeben, das ist zumindest eine interessante Theorie. Aber es ist eben nur eine Theorie. Deine Beispiele machen ja auch Sinn, aber den Beweis bleibst du schuldig. Und du kennst doch die Anforderungen in unserer Wissenschaft. Man braucht immer Beweise, also empirische Studien und so weiter.«

Zum ersten Mal seit Beginn der Diskussion schien der junge Wissenschaftler zur Ruhe zu kommen. Er war zufrieden, dass sein erfahrener Kollege seine Gedanken ernst nahm. Er atmete tief durch. »Da hast du natürlich schon wieder recht. Ich werde es beweisen, aber dazu brauche ich dich.«

Er erntete einen langen ungläubigen Blick. »Mich? Wieso brauchst du mich dazu?«

»Du bist einer der anerkanntesten Psychoanalytiker. Du stehst kurz vor deiner Pension. Niemand wird dir noch überschwänglichen wissenschaftlichen Ehrgeiz nachsagen. Du bist die perfekte Instanz, um meine Theorie fachlich zu begleiten und zu kommentieren.«

Der alte Professor schenkte sich Rotwein nach. Er ließ die rubinrote Flüssigkeit langsam in seinem Glas kreisen und betrachtete betont überlegend das kostbare Getränk. Er tat so, als würden ihn die erwartungsvollen Blicke seines jungen Kollegen nicht interessieren. »Und wie stellst du dir das vor … nur so interessehalber?«

Sein ehrgeiziger Kollege lehnte sich zurück und schlug die Beine übereinander. Er nahm sein Weinglas in die Hand und erhob es in Richtung seines Kollegen. »Ich werde einen empirischen Versuch starten, und du musst ihn begleiten. Von Anfang an. Natürlich nur, wenn du einverstanden bist. Ich kann dich ja zu nichts zwingen.«

»Und, wie stellst du dir das vor … nur so Interesse halber?«, wiederholte er sich in dem gleichen Tonfall wie zuvor.

»Ich werde eine Person, eine weibliche, auswählen, von der du bestätigen kannst, dass ich sie definitiv vorher nicht kannte. Ich werde eine Beziehung mit ihr anfangen und über einen Zeitraum von wenigen Monaten ihren Liebestrieb sehr hochfahren. Und dann werde ich den Liebestrieb von einem auf den anderen Moment auf null setzten, und du wirst sehen, sie wird ein Aggressionspotenzial entwickeln, das sie vorher noch nicht kannte.«

Der Alte konnte sich nicht vorstellen, dass sein junger Kollege seine Äußerung tatsächlich ernst meinte. Er schaute auf die Weinflasche und glaubte, darin den wahren Grund für die abwegige Geschichte zu erkennen. Er blieb gelassen und lächelte. »Wenn du richtig liegst, bringt sie dich um. Hast du darüber schon mal nachgedacht?«

Er ging nicht auf sein Lächeln ein. Er sah es nicht oder wollte es nicht sehen. Sein Blick war starr. »Natürlich habe ich daran gedacht. Aber so weit wird es nicht kommen. Ich bin doch Herr des Experimentes. Wenn es zu gefährlich wird, breche ich natürlich ab oder fahre den Liebestrieb wieder hoch.«

Der Alte war irritiert. Sein Kollege schien es tatsächlich ernst zu meinen, mehr noch: Er war besessen von der Idee. »Sag mal, Jochen, meinst du das jetzt wirklich ernst? Du willst eine ahnungslose Frau mehrere Monate an der Nase herumführen, nur um zu testen, ob sie aggressiv wird, wenn du die Beziehung beendest?«

Jochen Kramer breitete die Arme aus und machte ein unschuldiges Gesicht. »Mein lieber Karl, wir leben im 21. Jahrhundert. Eine Beziehung wird in die Brüche gehen. Na und? Dass passiert doch jeden Tag 100.000e Male auf dieser Welt. Nur ich tue es im Dienste der Wissenschaft. Das ist doch wenigstens noch ein akzeptables Motiv. Außerdem ist es natürlich nicht so einfach. Mein Plan ist schon sehr viel dezidierter. Aber das würde heute Abend zu weit führen.«

Karl Schneeweiß fühlte sich nicht wohl in seiner Haut. Er war immer noch entschlossen, seinem jungen Kollegen dieses Experiment auszureden. Aber er erkannte auch, dass er zumindest am heutigen Abend damit keinen Erfolg haben würde. Er würde es am nächsten Tag versuchen. Vielleicht hatten sich die Ambitionen ja dann ein wenig gelegt, und er musste nicht mehr diesen Mantel der Besessenheit durchbrechen. »Also lass uns da doch bitte morgen noch einmal drüber reden. Ich denke, wir sollten beide noch mal …«

»Du musst doch gar nichts machen!«, unterbrach ihn sein Kollege. »Ich schicke dir nur meine täglichen Berichte zu. Du musst sie lediglich durchlesen und irgendwann bestätigen, dass alles mit rechten Dingen zugegangen ist.« Er lächelte. »Das kannst du sowieso nicht verhindern. Ich lasse die Berichte jeden Tag in deinem Lehrstuhl hinterlegen.«

Karl Schneeweiß überlegte, ob er eher erleichtert oder besorgt sein sollte, dass ihm keine tragende Rolle in diesem fragwürdigen Experiment zukam. Aber auch er war Wissenschaftler. Er musste sich eingestehen, dass er eine gewisse akademische Neugier nicht verbergen konnte. »Wo holst du eigentlich die Frau für dein Experiment her?«

Jochen Kramer war zufrieden. Er hatte das Interesse seines Kollegen geweckt. Mehr hatte er nicht erwarten können. »Dreh dich jetzt bitte nicht sofort um.« Er deutete mit einer Kopfbewegung auf den Tisch, der in der zweiten Reihe hinter seinem Kollegen stand. »Da drüben sitzt ein Pärchen. Auf dem Tisch liegt eine rote Rose. Die beiden reden nicht viel. Was sagt dir das?«

Der alte Professor zuckte mit den Schultern. »Klingt nach der üblichen klischeehaften Geschichte: Die beiden haben sich über eine Singlebörse im Internet kennengelernt. Die Rose war vermutlich das Erkennungszeichen für den heutigen Abend. Wenn sie nicht viel miteinander reden, heißt das wohl, dass das Treffen aus Sicht eines von beiden ziemlich enttäuschend war.«

Kramer nickte anerkennend. »Genau richtig. Aber es kommt noch besser: Die Dame war gerade auf der Toilette. Als sie hineinging, hatte sie keine Brille auf. Als sie wieder zurückkam, hatte sie sie aufgesetzt. Offensichtlich hat sie Probleme mit ihren Kontaktlinsen. Bevor sie den Kerl getroffen hat, war sie noch eitel. Sie hat aber die erstbeste Gelegenheit genutzt, um die Brille wieder aufzusetzen. Sie ist von dem Treffen enttäuscht. Sie gibt sich keine Mühe mehr, hübsch auszusehen.«

»Und was hast du noch beobachtet?«

»Sie hat gerade unterm Tisch auf ihrem Handy rumgetippt. Wahrscheinlich bekommt sie gleich einen Anruf von einer Freundin, die ihr einen Vorwand liefert, das Treffen zu beenden.«

Professor Kramer hatte den Satz gerade beendet, als sich das Handy der jungen Frau meldete. Sie setzte eine dramatische Mine auf und telefonierte mit kurzen Sätzen. Dann gab sie ihrer neuen Bekanntschaft mit einer entschuldigenden Geste zu verstehen, dass sie dringend das GONZALES verlassen müsste. Der Mann äußerte noch ein paar Minuten sein Bedauern. Er versuchte, sie zu überreden, das Treffen doch bald zu wiederholen. Sie beruhigte ihn mit Sätzen, wie ›wir bleiben in Kontakt‹ oder ›wir können ja noch mal miteinander telefonieren‹. Dann nahm sie ihre Handtasche und verabschiedete sich mit einem Handschlag. Als der Mann versuchte, sie auf die Wange zu küssen, zog sie zurück. Kramer konnte erkennen, dass sie die Augen verdrehte, als sie an ihrem Tisch vorbeiging.

Professor Kramer lächelte kaum merklich. Er hatte sein Versuchskaninchen gefunden. Und Schneeweiß war dabei gewesen. Das war mehr, als er von diesem Abend erwarten konnte.

JANUAR

Das Silvesterfeuerwerk in Leipzig war auf seinem Höhepunkt. Der Himmel über Leipzig erinnerte mehr an eine Krisenregion im Nahen Osten als an die Stadt der friedlichen Demonstration von 1989. Raketen zischten in den dunklen Himmel und warfen ihre bunten Leuchtkörper in die Nacht. Die dumpfen Schläge der Böller, die eigentlich die bösen Geister im kommenden Jahr vertreiben sollen, schufen eine Atmosphäre von Straßenkampf. Hauptkommissar Kroll von der Leipziger Kriminalpolizei feierte, wie in den letzten Jahren immer, im kleinen Freundeskreis. Zum Jahreswechsel wurde er immer sentimental. Er ließ das alte Jahr Revue passieren und machte sich Gedanken, was das nächste Jahr wohl bringen würde. Der Silvesterabend war für ihn immer ein sehr persönlicher Moment, den er gerne mit guten Freunden erlebte. Auf die Massenknutscherei auf irgendwelchen Partys hatte er keine Lust.

Er hatte auf den letzten Drücker noch zwei Tüten Raketen im Baumarkt gekauft und half den Kindern des Gastgebers, natürlich mit der gebotenen Vorsicht, die Raketen in den Sektflaschen anzuzünden. Sein Zündmechanismus bestand aus einer dicken Zigarre von der Tankstelle.

Mit einem lauten Zischen hob die Rakete ab, um kurze Zeit später ihre leuchtende Fracht über Leipzig auszubreiten. Das unaufhörliche Vibrieren seines Handys, das in der Hosentasche steckte, nahm er nicht wahr.

Erst als er mit seinen Freunden vor dem Gartentor noch mit einem Glas Sekt anstieß, spürte er das Brummen. Für einen kurzen Moment hoffte er, dass ihm nur irgendjemand ein Frohes Neues Jahr wünschen würde. Seine Hoffnung wurde aber jäh enttäuscht, als er auf das Display sah. Staatsanwalt Reis. Er drückte auf die Taste mit dem grünen Hörer.

»Frohes Neues Jahr, Kroll. Ich hoffe, du kannst noch fahren. Sonst lass ich dich abholen.«

Kroll sah in die Runde und machte eine entschuldigende Geste. »Frohes Neues Jahr, Herr Reis.« Er sah auf sein halb volles Sektglas. »Noch kann ich fahren. Viel später hätten sie aber nicht fragen dürfen. Was gibt's?«

Es hatte sich im Lauf der Zeit so eingeschliffen, dass Staatsanwalt Reis die Polizisten duzte, diese ihm gegenüber aber beim Sie geblieben waren. »Tut mir wirklich leid, Kroll. Ich weiß, du steckst gerade auf einer Feier. Aber wir haben eine Leiche in Leutzsch. Direkt vorm Gartentor. Du musst da leider hin. Wiggins habe ich auch schon die Feier verdorben. Nur zum Trost: Ich bin auch schon unterwegs.«

Der Staatsanwalt teilte die genaue Anschrift mit.

Kroll ging mit hängendem Kopf zu seiner Freundin Anja. Sie kannte diesen Gesichtsausdruck und wusste sofort, was nun kommen würde. »Eine Leiche, stimmt's?«

Kroll nickte. »Vielleicht dauert es ja nicht lange.«

»Das wäre das erste Mal«, entgegnete Anja mit wenig Begeisterung.

»Tut mir leid, Schatz.« Er gab ihr einen Kuss, den sie leidenschaftslos erwiderte. Anja arbeitete in der Verwaltung des Thomanerchors. Sie und Kroll hatten sich kennen- und liebengelernt, als Kroll im Umfeld des berühmten Chores ermitteln musste. Sie war auch einiges gewohnt, was Krolls Arbeitszeiten anging, aber ausgerechnet Silvester, das musste nun wirklich nicht sein. Diesmal würden sie in der Silvesternacht nicht miteinander schlafen.

Das Haus in der Paul-Michael-Straße hätte Kroll auch ohne die nähere Beschreibung des Staatsanwalts gefunden. Im Garten und auf der Straße waren unzählige Lichtmasten aufgestellt, die mit hellem Licht aus Neonröhren jeden Quadratzentimeter ausleuchteten. Der Fundort der Leiche war weiträumig abgesperrt, die Mitarbeiter der Spurensicherung verrichteten in weißen Overalls ihre Arbeit. Krolls Kollege, Kriminalhauptkommissar Wiggins, betrachtete den Toten, der noch nicht mit einem Laken bedeckt war. Man brauchte wirklich keine gerichtsmedizinischen Fachkenntnisse, um zu erkennen, dass der Pfeil, der mitten im Herzen des Mannes steckte, die Todesursache war. Kroll stellte sich neben ihn. »Alles Gute im Neuen, Wiggins. Der hier hat uns also die Party verdorben?«

Wiggins wandte seinen Blick kurz von der Leiche ab und nickte Kroll zu. Dann sah er zu der Villa, die zirka 50 Meter hinter dem Gartentor lag. Ein alter Bau aus der Gründerzeit, den vermutlich eine reiche Kaufmannsfamilie über Generationen bewohnt hatte. Das Haus war erst vor wenigen Jahren gründlich renoviert worden und strahlte trotz der Dunkelheit in weißem Glanz. Ein Weg aus hellen Natursteinplatten teilte den gepflegten Rasen.

Wiggins schaute wieder auf die Leiche. »Dass der so viel Kohle macht, hätte ich jetzt auch nicht gedacht.« Er zeigte mit dem Finger auf die Schuhe. »Die Latschen wollte ich mir auch mal kaufen. Pferdeleder, handgenäht in London. Kostenpunkt: 598,99 Euro. Hat leider mein Beamtengehalt nicht hergegeben. Und schau dir mal den Anzug an! Der ist nicht von Herrn van der Stange.« Wiggins schien die Bekleidung des Toten mehr zu interessieren als alles andere. »Und die Krawatte. Die kostet mehr als alle, die du im Schrank hast, zusammen!«

Kroll überlegte kurz, wo seine Krawatte war. Er hatte sie sich für die Hochzeit eines Freundes gekauft und vermutlich noch auf der Hochzeitsfeier vergessen. »Du kennst ihn?«

Wiggins rollte mit den Augen. Seine Laune schien auf dem Nullpunkt angekommen zu sein, was vermutlich an dem Zeitpunkt ihres Einsatzes lag. »Ach, Kroll. Du solltest in unseren Gerichtsverhandlungen nicht immer demonstrativ den Raum verlassen, wenn die gerichtspsychiatrischen Gutachter angehört werden.«

»Ist das etwa einer von denen, die immer erzählen, wie harmlos die ganzen Täter sind, die wir mühsam eingefangen haben, und die dann irgendwas von schwerer Kindheit labern und das Gericht glauben machen, dass mit ein paar Sozialstunden alles wieder gut ist?«

Wiggins überhörte die provokante Bemerkung. »Das ist Professor Doktor Jochen Kramer. Der Superstar am Himmel der Psychoanalytiker. Lehrstuhl in Leipzig, Gastprofessur in Michigan. Bücher ohne Ende.« Sein Mund zeigte jetzt den Ansatz eines Lächelns. »Spitzname: George Clooney der Psychoanalytiker.«

Staatsanwalt Reis stellte sich zwischen die Polizisten. »Ich glaube, ich muss euch nicht sagen, wer der Tote ist. Professor Kramer ist alles andere als ein No-Name-Produkt in Leipzig.«

Kroll ging es langsam auf die Nerven, dass die Person des Toten viel mehr Raum einnahm, als im derzeitigen Ermittlungsstadium üblich. Jetzt reagierte auch er gereizt. »Nachdem wir jetzt alle darüber geredet haben, wie toll und berühmt unsere Leiche ist, und nachdem wir auch seine feinen Klamotten bewundert haben, können wir vielleicht auch mal mit der Polizeiarbeit anfangen. Unser berühmter Herr Professor hat einen kleinen Pfeil im Herzen. Nicht gerade eine Tötungsmethode, mit der wir es jeden Tag zu tun haben.«

Staatsanwalt Reis schien der Pfeil nicht besonders zu interessieren. »Der stammt von einer Armbrust. Ich kenne die Dinger nur zu gut. Das sind heutzutage Präzisionswaffen. Hat jeder Zuhälter im Kofferraum.«

»Gut!« Kroll war immer noch gereizt. »Dann möchte ich gerne wissen, wo man so etwas kaufen kann, dann klappern wir die Läden ab, und es würde mich mal interessieren, ob man das Schießen mit einer Armbrust üben muss, ob es da Vereine gibt. Wenn ja werden wir uns die Mitglieder genauer anschauen und so weiter.«

Wiggins und der Staatsanwalt sahen Kroll ungläubig an. »Morgen, oder besser gesagt heute, ist Feiertag. Da müssen wir wohl noch einen Tag warten.«

Kroll ging zum Leiter der Spurensicherung und erkundigte sich nach der Spurenlage. Sein Kollege machte ihm nicht viel Hoffnung. Die Nacht war kalt und trocken. Der Täter oder die Täterin hatte wahrscheinlich irgendwo auf dem Gehweg gestanden. Ein Schuh hinterließ bei diesen Witterungsbedingungen auf den Betonplatten keine Abdrücke. Außerdem lag von der Knallerei ohnehin alles Mögliche in der Gegend herum.

Kroll stellte sich wieder zu Wiggins, der noch immer vor dem Toten stand. »So ein schöner Mann feiert doch nicht alleine Sylvester. Wo sind denn die Partygäste?«

Wiggins sah wieder in Richtung der Villa. »Im Haus sitzt eine junge Frau, vermutlich seine Lebensgefährtin. Sie hat den Professor gefunden und den Notarzt informiert. Der konnte aber nur noch den Tod feststellen und hat uns dann angerufen. Dr. Schmidt ist bei ihr. Er wollte ihr eine Infusion legen.«

Die Polizisten erreichten das Haus über vier Treppenstufen und betraten zunächst eine Veranda, die von mächtigen weißen Säulen umrahmt war. Innen durchquerten sie zunächst einen Empfangsraum, dann einen großzügigen Flur, um schließlich in das Wohnzimmer zu gelangen. Der Hausherr war offenbar ein Anhänger moderner Kunst. An den Wänden hingen großformatige Gemälde, auf dem Boden standen abstrakte Skulpturen. Melanie Nieblum saß zusammengekauert auf einem großen Sofa, das mit mattschwarzem Leder bezogen war. Sie war eine elegante schlanke Frau Mitte 30. In der Hand zerknüllte sie ein Taschentuch. Dr. Schmidt klebte gerade ein Pflaster auf ihren Unterarm. Das kurze Nicken in Richtung der Kommissare bedeutete, dass er die junge Frau für vernehmungsfähig hielt.

Kroll stellte sich und seinen Kollegen vor und sprach Melanie Nieblum sein Beileid aus. Sie sah die Polizisten mit einem verständnislosen Blick an. Ihr Gesicht war verquollen. Die Unterlippe zitterte.

Krolls Tonfall war behutsam. »Frau Nieblum, wir wissen natürlich, dass das alles unheimlich schwer für Sie ist. Aber wir müssen unbedingt wissen, was in dieser Nacht geschehen ist. Sind Sie in der Lage, uns ein paar Fragen zu beantworten?«

Melanie Nieblum nickte. Ihre langen braunen Haare hingen wie ungeordnete Fäden herab. Sie suchte nach Worten. »Wir wollten doch nur Sylvester feiern, nur wir beide, ganz allein, keine große Party wie in den letzten Jahren.« Ihre Stimme versagte. Sie trank einen Schluck Wasser und räusperte sich. Dann schnaufte sie in ein frisches Taschentuch. »Wir haben die Übertragung aus Berlin geguckt. Um Mitternacht haben wir angestoßen. Es war so schön. Nur mit ihm. Er war so …« Ihre Stimme brach wieder ab. Wiggins machte sich Notizen. Die Polizisten warteten geduldig, bis Melanie in der Lage war, fortzufahren. »Wir wollten gerade nach oben gehen, als es an der Tür klingelte. Auch er hatte keine Ahnung, wer so spät noch zu uns wollte. Jochen hat mich ratlos angesehen, zumal wir ja allen erzählt hatten, dass wir in diesem Jahr alleine feiern wollten. Jochen ist dann an die Sprechanlage gegangen. Er kam zurück und sagte, dass noch jemand kommen würde. Er war alles andere als begeistert. Beruhigte mich aber mit den Worten, dass unser *Gast* mit Sicherheit nicht lange bleiben würde. Das Wort Gast sagte er in so einem komischen Tonfall. Er sagte, dass er gleich wiederkommen würde. Dann ist er hinausgegangen. Ich habe noch gehört, wie die Tür ins Schloss gefallen ist. Aber er kam nicht wieder. Nach ungefähr einer Viertelstunde bin ich dann raus. Und da habe ich ihn …«

Die Kommissare warteten wieder, bis Melanie Nieblum sich einigermaßen gefangen hatte. »Wann hat es denn an der Haustür geklingelt? Ich meine so ungefähr?«, fragte Wiggins.

»Das war ziemlich genau um halb eins. Ich habe noch auf die Uhr gesehen. Ich war erstaunt, dass überhaupt noch jemand kam. Da wollte ich wissen, wie spät es ist.«

»Und haben Sie eine Ahnung, wer da vor der Tür stand, oder zumindest einen Verdacht?«

Melanie Nieblum schüttelte den Kopf. Kroll und Wiggins sahen sich kurz an. »Frau Nieblum, wir haben erst mal keine Fragen mehr. Haben Sie vielen Dank. Sie sollten jetzt nicht alleine sein. Gibt es jemanden, der sich um Sie kümmert?«

Sie sah zu Boden. »Gleich kommt eine Freundin.«

»Er kannte seinen Mörder«, sagte Kroll, als sie wieder draußen standen. »Das macht die Sache bestimmt einfacher.«

»Jetzt müssen wir nur noch herausfinden, wer in der Silvesternacht um halb eins auf die Klingel gedrückt hat.«

Kroll schaute auf die Uhr. Es war schon fast vier. »Morgen um neun im Büro?«

»Ich liebe meinen Job«, stöhnte Wiggins.

JULI

Jochen Kramer setzte sich noch an die Theke, nachdem sein alter Kollege gegangen war. Es war schon halb zwei. Der Gastraum hatte sich inzwischen geleert. Stefan, der Inhaber des GONZALES, trocknete Gläser ab.

»Gibst du mir noch einen Tequila zum Abschluss? Dann zieh ich auch Leine, das verspreche ich dir.«

»Kein Problem«, beruhigte ihn Stefan und stellte das kleine Glas auf eine Serviette.

»Du sag mal, Stefan, da draußen, zwei Tische hinter uns, da saß eine junge Frau mit so einem Mann. Die hatten sich nicht viel zu sagen. Kennst du die?«

Stefan lachte mitleidig. »Ich versteh die nicht. Das ist die Cori, also Corinna. Die ist so ein liebes Mädchen. Total nett. Aber irgendwie klappt das bei der nie mit den Männern. Ich glaube, die kriegt jetzt so langsam Torschlusspanik. Ist viel in den ganzen Singlebörsen im Internet unterwegs. Das heute war bestimmt auch so ein Kunde. Ich habe den auf jeden Fall noch nie hier gesehen.«

Kramer stellte sein Glas ab. »Heute hat es garantiert auch nicht gefunkt. Sie ist ziemlich früh gegangen, und in ihrem Gesicht stand eher die Enttäuschung als die große Liebe. Machst du mir noch einen?«

Stefan holte die Flasche aus dem Regal und schenkte großzügig nach. »Sag ich doch. Irgendwie klappt das bei ihr nie. Kann einem wirklich leidtun. Aber ich kann ihr auch nicht helfen. Bin ja schon vergeben.«

»Was macht sie denn beruflich?«

»Grundschullehrerin in der Lessingschule. Drüben im Waldstraßenviertel.«

Der Professor nippte nachdenklich an seinem Glas. »Hobbies? Hat sie irgendwelche Hobbies?«

Stefan zuckte mit den Schultern. »Sie hat mal erzählt, dass sie einmal in der Woche zu irgend so einem Rumgehopse geht. Wie heißt das noch mal? Ach ja, Zumba.«

Stefan sah den Professor ungläubig an. »Warum interessierst du dich eigentlich so für die Kleine? Du hast doch zurzeit eine Lebensabschnittsgefährtin. Oder hat sich das auch schon wieder erledigt?«

»Nur so«, war die knappe Antwort.

Stefan legte das Handtuch beiseite und zapfte sich ein kleines Bier. »Falls du etwas mit ihr vorhast, lass es lieber. Sie ist nichts für so einen Draufgänger wie dich. Die ist total zerbrechlich. Ihr passt nicht zusammen, glaub es mir.«

Die letzte Bemerkung hatte das Interesse des Professors geweckt. »Wie meinst du das? Warum ist sie total zerbrechlich?«

Stefan zuckte mit den Schultern. »Die muss irgendwann mal etwas Schlimmes durchgemacht haben. Was, weiß ich aber nicht. Sie redet nicht drüber. Aber eine Freundin von ihr hat da mal so eine Andeutung gemacht.«

Der Professor lächelte kalt. Er hatte die richtige Person für sein Experiment ausgesucht. Jetzt war er sich ganz sicher.

JANUAR

Trotz der kurzen Nacht wurde Kroll schon um sieben Uhr wach. Gerade am Anfang eines neuen Falles waren die ersten Stunden und Tage von entscheidender Bedeutung. Er wollte keine wertvolle Zeit verlieren. Kroll sah zu Anja, die auf der Seite lag, das Gesicht von ihm abgewandt. Als er in der Nacht nach Hause gekommen war, hatte sie schon geschlafen. Er küsste sie auf ihre Haare und bewegte sich vorsichtig aus dem Bett, um sie nicht zu wecken. Als er sich gerade aufrichten wollte, schnellte ein Arm hervor und hielt ihn fest. »Nicht so schnell, mein Lieber! Jetzt ermittelst du erst mal, worauf deine liebe Freundin gerade Lust hat. Schließlich haben wir etwas nachzuholen.« Sie zog ihn unter ihre Bettdecke.

Gut, dass sie nicht mehr sauer ist, war Krolls erster Gedanke. Es sollte vorerst auch sein letzter bleiben. Die Leidenschaft ergriff seinen ganzen Körper.

Als Kroll ziemlich genau um neun Uhr morgens das Präsidium betrat, saß Wiggins schon beschäftigt am Schreibtisch. Kroll hängte seine Strickmütze und die dicke Jacke auf den Haken. Er atmete in die Handflächen. »Eine scheiß Kälte ist das. Wie sieht's aus?«

Wiggins tippte auf der Tastatur seines Computers herum. »Na, Feiertag eben. Der Bericht der Spusi kommt erst morgen. Die KTU hat sich auch für frühestens morgen angekündigt. Nur Dr. Schmidt ist schon fleißig bei der Arbeit. Er obduziert gerade unseren Professor. Willst du runter gehen?«

Kroll schlürfte geräuschvoll einen Pott Kaffee. Er schüttelte den Kopf. »Nicht nötig. Ich brauch heute Morgen keine Leichen. Der Dok wird uns schon benachrichtigen, wenn es was Interessantes gibt.«

Wiggins ließ von der Tastatur ab und drehte sich zu Kroll. »Ich hab mich mal schlaugemacht, wie man mit so einer Armbrust umgeht. Das ist wirklich nicht ganz einfach. Ein bisschen Übung braucht man da schon. Und denk dran: Unser Täter hat mitten ins Herz getroffen. Und das vermutlich mit dem ersten Schuss. Wir suchen hier einen geübten Schützen.«

Kroll stellte die Kaffeetasse ab und sah seinen Kollegen erwartungsvoll an. »Und du hast doch sicher schon herausbekommen, welche Vereine in Leipzig Armbrustschießen anbieten.«

Wiggins überlegte angestrengt. »Es gibt eigentlich nur einen Verein. Die machen da gleichzeitig Bogenschießen und die Armbrust. Sie sitzen in Plagwitz. Rate mal, wie die heißen.«

»Robin Hood e.V.«, kam es wie aus der Pistole geschossen.

Wiggins war überrascht. »Wusstest du das oder hast du jetzt geraten?«

Kroll lächelte unschuldig. »Tut mir leid. Aber bei Bogenschießen fällt mir nur Robin Hood ein, und dann hört es schlagartig auf.«

»Ich habe bereits mit dem Vorsitzenden telefoniert.« Wiggins sah auf seine Notizen. »Ein gewisser Dieter Bernstein. Er ist jetzt gerade im Vereinsheim und hätte Zeit für uns.«

Das Vereinsgelände des Robin Hood e.V. in Plagwitz lag auf einem ehemaligen Garagenareal, wie es zu DDR-Zeiten häufig anzutreffen war. Ein großes rechteckiges Grundstück, die Längsseiten und eine Stirnseite waren mit Garagenreihen bebaut. Die ersten vier Einheiten auf der rechten Seite wurden als Vereinsheim genutzt, die übrigen dienten wohl als Geräteschuppen. Autos wurden dort nicht mehr untergestellt.

Die Polizisten betraten das Clubhaus durch eine nicht verschlossene Tür. Es war sofort erkennbar, dass der gesamte Innenraum von den Vereinsmitgliedern in Eigenbauweise errichtet worden war. Obwohl nicht alles perfekt war, strahlte das Herzstück des Vereinslebens doch eine gewisse Gemütlichkeit und sogar ein wenig Charme aus.

Dieter Bernstein saß an einem der Tische und füllte

Unterlagen aus. Er war bereits über 70, machte jedoch einen rüstigen Eindruck. Als er die Polizisten sah, ging er ihnen entgegen und gab ihnen die Hand. Er war von kleiner, leicht untersetzter Statur und hatte weiße gescheitelte Haare.

Kroll beschloss, mit ein wenig Small Talk zu beginnen. Er sah sich um. »Nett haben Sie es hier. Wenn man sich die alten Garagen von außen anschaut, vermutet man gar nicht so ein gemütliches Vereinsheim. Das war doch bestimmt eine Menge Arbeit.«

Der Gedanke an die Mühen der Vergangenheit ließ den Präsidenten des Vereins noch einmal laut stöhnen. »Das können Sie ruhig laut sagen. Wir haben hier einen ganzen Sommer dran gearbeitet. Haben alles nach und nach erledigt. Aber es war schon ein gewaltiger Kraftakt. Zum Glück hatten wir viele helfende Hände.«

»Wie viele Mitglieder hat denn Ihr Verein?«, wollte Wiggins wissen.

»Wir haben genau 105 Mitglieder«, verkündete der Präsident nicht ohne Stolz. »Damit gehören wir nicht gerade zu den kleinsten Vereinen in Leipzig. Und jetzt kommt das Beste: 58 Mitglieder, das sind über 50 Prozent, sind Menschen mit Behinderung. Alles Rollstuhlfahrer. Wir sind das größte Integrationsmodell in der Stadt.«

»Alle Achtung«, nickte Kroll anerkennend. »Ist Bogenschießen bei behinderten Menschen so beliebt?«

»Das ist, glaube ich, der einzige Sport, bei dem sich behinderte mit nicht behinderten Sportlern auf Augenhöhe messen können. Ein Bogen oder eine Armbrust abzufeuern, ist für einen Menschen im Rollstuhl die gleiche Herausforderung wie für einen Fußgänger. Auch deshalb haben wir den Namen *Robin Hood* gewählt. Das hat auch eine soziale Komponente.«

Wiggins beschloss, zum Anlass ihres Besuches zu kommen. »Herr Bernstein, ich hatte Ihnen ja bereits am Telefon erzählt, dass in der letzten Nacht ein Mann mit einer Armbrust getötet wurde. Wir verstehen überhaupt nichts von derartigen Waffen. Sie können uns da bestimmt ein bisschen auf die Sprünge helfen.«

»Erst mal mache ich uns einen Tee. Den kann man bei diesem Wetter doch immer gut gebrauchen.« Er verschwand in einer kleinen Küche, die sich hinter der Theke befand.

Kroll und Wiggins nutzten seine Abwesenheit, um sich ein wenig umzusehen. An den Wänden hingen zahlreiche Fotos von den einzelnen Mannschaften und verschiedenen Siegerehrungen. Auf den Fensterbänken und in der extra angefertigten Vitrine standen unzählige Pokale. Neben der Vitrine hing ein Foto, auf dem Leipzigs Oberbürgermeister Dieter Bernstein freudig in die Kamera lächelnd einen Scheck über 200 Euro überreichte. Nicht gerade eine üppige Summe für so eine reiche Stadt wie Leipzig, aber es war ja wirklich kein Geheimnis, dass sich die Stadtverwaltung nicht ernsthaft für den lokalen Sport interessierte. Vermutlich war dies eine Anerkennung für die Integration der behinderten Sportler.

Der Präsident kam mit einem Tablett zurück, auf dem sich drei große Teetassen befanden. Er stellte sie auf einem Tisch ab und setzte sich mit einer einladenden Geste hin. »Was wollen sie denn von mir wissen?«

»Alles«, lächelte Kroll. »Fangen wir einmal vorne an: Was gibt es denn für verschiedene Modelle von Armbrüsten, und aus welcher Entfernung kann man damit schießen?«

»Oh je!«, stöhnte Bernstein. »Gehen sie doch mal nur so zum Spaß ins Internet. Von Modellen werden sie da quasi erschlagen. Aber ich versuche, die Sache einmal einzugrenzen. Wir im Verein schießen hier aus 10, 30, 50 und 70 Metern Entfernung. Aus der Zehnmeterdistanz wird auf die gleichen Zielscheiben geschossen, wie man sie auch beim Luftgewehrschießen verwendet. Das sind also ziemlich kleine und leichte Pfeile. Ich kann mir nicht vorstellen, dass man mit diesen Dingern jemanden umbringen kann.«

Kroll legte eine durchsichtige Plastiktüte auf den Tisch, in der sich der Pfeil befand, den man aus Professor Kramers Körper entfernt hatte. »Wir suchen eher so etwas hier.«

Bernstein betrachtet das Corpus Delicti aufmerksam. »Das ist schon etwas Größeres. Damit schießt man bei Wettkämpfen von 30 aufwärts. Wir haben dann die gleichen Zielscheiben wie die Bogenschützen.«

»Lässt sich der Pfeil einem bestimmten Modell zuordnen?«, wollte Wiggins wissen.

Bernstein schüttelte den Kopf. »Die Pfeile sind natürlich Standardware. Man kann nur Rückschlüsse auf die Größe der Armbrust schließen, nicht auf ein bestimmtes Modell.«

»Könnten Sie uns mal eins zeigen, das zu diesem Pfeil passt?«

Bernstein verschwand in einem Raum gegenüber der Theke und kam mit einer Armbrust unterm Arm wieder zurück. »Das hier ist unser Vereinsschätzchen. Die teuerste und präziseste Waffe, die wir hier überhaupt haben. Kostenpunkt 4.000 Euro.«

Er legte das gute Stück auf den Tisch. Kroll, der bei einer Armbrust immer noch an eine mittelalterliche Holzwaffe dachte, traute seinen Augen kaum. Vor ihm lag eine Schusswaffe, die sich auf den ersten Blick nur durch die beiden Bögen am vorderen Ende von einem herkömmlichen Gewehr unterschied. Der schmale Schaft war ausgehöhlt. Ungefähr in der Mitte befand sich ein überdimensionales Zielfernrohr.

»Wow!«, staunte Kroll. »Das ist ja ein absolutes Hightech-Gerät.«

Dieter Bernstein konnte einen gewissen Stolz nicht verbergen. »Kann man so sagen. Der Bogen besteht aus einer speziellen Kohlefaser. Den gesamten Rahmen hat man aus Karbon angefertigt, um Gewicht zu reduzieren. Die Waffe besteht nicht mehr aus Holz und Pferdesehnen.«

»Das Zielfernrohr?«, fragte Wiggins.

»Das wurde speziell für unseren Sport entwickelt. Die langen Distanzen. Glauben Sie mir, um dieses Teil würde Sie jeder Jäger beneiden.«

Kroll zeigte mit dem Finger auf die Waffe. »Nehmen wir einmal so eine Armbrust. Aus welcher Entfernung kann man mit diesem Sportgerät einen so großen …«, er formte mit Daumen und Zeigefinger beider Hände einen ovalen Kreis in der Größe eines Herzens, »… Gegenstand treffen?«

Dieter Bernstein schmunzelte. »Bevor ich Ihnen jetzt lange Vorträge halte. Wenn Sie mir helfen, können wir das ja einmal ausprobieren.«

Sie gingen in den Innenhof. Bernstein öffnete ein Garagentor. In der Garage befanden sich zahlreiche Zielscheiben, die mit einer roten Plane abgedeckt waren. »Wenn Sie mir bitte einmal helfen würden. Mein Rücken.«

Kroll und Wiggins trugen eine der Zielscheiben hinaus und stellten die dreibeinige Konstruktion auf die Stelle, die Bernstein ihnen gezeigt hatte. Bernstein entfernte die Plane und faltete sie sorgfältig zusammen, bevor er sie auf den Boden legte. Dann ging er voraus zu einer weißen Linie. »Die Entfernung zur Scheibe ist jetzt genau 20 Meter. Ich mache Ihnen das einmal vor.«

Die Polizisten nickten zustimmend. Bernstein verschwand wieder in der Garage und kam mit einem kleinen Etui zurück. »Das ist die Spannhilfe.« Er befestigte einen klobigen Gegenstand vor dem Schaft der Armbrust und befestigte zwei Schnüre, an deren Ende sich ein Haken befand, an der Sehne der Waffe. Dann stellte er die Armbrust auf den Kopf und kurbelte an einem kleinen Griff. Die Sehne bewegte sich langsam in Position. Bernstein legte kurz an und korrigierte das Fernrohr. Er führte einen Pfeil in die Schiene, legte erneut an und drückte ab. Der Pfeil traf ins Schwarze.

»Das war jetzt aber ein Glückstreffer«, kommentierte Kroll den Schuss mit einem freundlichen, aber provokanten Lächeln.

Bernstein erwiderte das Lächeln. »Meine Herren, Sie wissen wohl nicht, wen Sie hier vor sich haben. Ich bin amtierender Sachsenmeister in der Altersklasse Ü 70 aus 30 Metern.«

Er widerholte den Schuss. Wieder ins Schwarze. »Jetzt sind Sie dran!«

Krolls Versuch landete so gerade noch am Rand der Zielscheibe.

Wiggins war etwas besser. Sein Pfeil traf ins obere Drittel.

Die nachfolgenden Versuche ergaben das gleiche Bild. Die Kommissare konnten sich zwar geringfügig verbessern, ins Schwarze trafen sie jedoch nie.

Nachdem alles wieder abgebaut und in der Garage verstaut war, saßen sie wieder im Vereinsheim und tranken den inzwischen kalt gewordenen Tee. Die Erkenntnisse für die Polizisten waren weitreichend. Beide waren nicht unerfahren im Umgang mit Schusswaffen, und trotzdem war ihnen ein geübter Armbrustschütze um Längen voraus. Mehr noch. Sie wussten zwar noch nicht, aus welcher Entfernung der Täter tatsächlich abgedrückt hatte, aber ein

Anfänger hätte es sich sicherlich nicht zugetraut, mit einer Armbrust das Herz eines Menschen ins Visier zu nehmen, egal wie weit er von seinem Ziel entfernt stand.

Kroll sah auf die Uhr. »Herr Bernstein, das war wirklich sehr interessant. Wir müssen jetzt weiter. Dürfen wir Sie nochmals ansprechen, wenn wir noch weitere Fragen haben?«

Der Vereinspräsident erhob sich, als die Kommissare aufstanden, um ihre Jacken anzuziehen. »Selbstverständlich. Ich bin immer für sie da. Vielleicht haben Sie ja auch mal Lust, ein wenig an unserem Vereinsleben teilzunehmen.«

»Eine Bitte habe ich noch«, Wiggins machte eine entschuldigende Geste. »Verstehen Sie mich jetzt bitte nicht falsch. Aber bei so einem Verein mit so vielen Profischützen müssen wir natürlich noch ein bisschen nachhaken. Könnten wir eine Liste Ihrer Vereinsmitgliedern bekommen?«

Kroll beobachtete genau, ob im Gesicht des Vereinspräsidenten eine Regung zu erkennen war. Bernstein blieb aber bei seiner freundlichen Art, obwohl er interessiert und mit einem väterlichen Lächeln nachfragte: »Aber nur, weil ich heute so gut getroffen habe. Sie verdächtigen doch nicht den gesamten Verein?«

»Reine Routine. Unsere Arbeit ist nicht immer so spannend, wie es in den Fernsehkrimis rüberkommt. Wir brauchen die Liste nur, um irgendwelche Querverbindungen zum Opfer abzuchecken. Tun Sie uns den Gefallen?«

»Kein Problem. Aber ich bin nur der Präsident. Die Mitgliederliste hat unser Schatzmeister wegen der Beiträge. Sie haben doch bestimmt eine Karte da. Ich lasse sie Ihnen in den nächsten Tagen zukommen.«

JULI

Das Zumba-Training war wie immer anstrengend. Cori Landmann hatte noch schnell geduscht und einen Saunagang absolviert, dann verließ sie die Trainingshalle in dem Geschäftshaus Loers Carré. Ihr Auto hatte sie in einer der kleinen Seitenstraßen geparkt. Dieses Mal hatte sie Glück gehabt, sie musste nicht weit laufen. Sie hielt die Sporttasche in der rechten Hand und suchte den Autoschlüssel in der linken Jackentasche. Vergeblich. Aus der Ferne nahm sie Hundegebell wahr. Sie suchte hektisch den Schlüssel in der linken Hosentasche. Wiederum vergeblich. Das Hundegebell wurde lauter. Was mochte das für ein Hund sein? Sicherlich kein großer. Die bellten doch dunkler. Aber das war eigentlich egal. Sie hatte panische Angst vor Hunden, auch vor kleinen. Es fiel ihr schwer, sich zu konzentrieren. Das Hundegebell wurde immer lauter. Sie ließ die Sporttasche fallen und suchte den Autoschlüssel hektisch in ihrer rechten Manteltasche. Sie sah sich um. Noch war kein Hund zu sehen. Nur dieses fürchterliche Gebell. Endlich hatte sie den Autoschlüssel in der Hand. Sie versuchte aufgeregt, ihn ins Schloss zu stecken, aber sie war zu nervös. Ihre Hand zitterte. Dann kam der Hund um die Ecke. Es war ein mittelgroßer Schnauzer. Pechschwarz. Der Autoschlüssel fiel auf den Boden. Sie blieb einfach stehen und konnte sich nicht rühren. Starr vor Angst. Der Hund stand wütend vor ihr und kläffte.

Aus der Ferne vernahm sie ein Rufen. Jemand schien den Namen des Hundes zu rufen. *Anton* glaubte sie, zu hören. Wieder einer von diesen Idioten, die zu blöd sind, ihre Töle zu erziehen, sie aber trotzdem ohne Leine laufen lassen. Rücksichtlose Proleten. Das Rufen wurde lauter. »Anton! Anton!« Ein Mann im feinen Anzug rannte eilig auf sie zu. Er griff den Hund am Halsband und zog ihn von Cori weg. »Es tut mir so leid. Sie können sich gar nicht vorstellen, wie unangenehm mir das ist. Der Hund hört für keine fünf Cent. Deshalb bleibt er auch immer an der Leine.« Er hielt eine abgerissene Hundleine in die Höhe. »Ich dachte nicht, dass so etwas ausgerechnet mir passiert.«

Cori Landmann beobachtete den Schnauzer, der nun artig neben seinem Herrchen Platz genommen hatte. Jetzt war die Gefahr gebannt. Allmählich wurde sie wieder in die Lage versetzt, einen klaren Gedanken zu fassen. Cori bückte sich und hob den Schlüssel auf, sie wollte einfach nur noch weg. »Ist schon gut, sie können ja nichts dafür«, sagte sie beiläufig, schloss das Auto auf und stellte die Sporttasche auf den Rücksitz.

»Ich bedaure wirklich sehr, dass Sie in diese blöde Situation gekommen sind. Kann ich das irgendwie wieder gutmachen?«

»Ich fahre jetzt nach Hause. Wirklich kein Problem.«

Jochen Kramer kniete noch immer neben dem Hund, dem er demonstrativ einen Arm um den Hals legte, um zu zeigen, dass er um die Sicherheit der Frau bemüht war. Er sah Cori Landmann aus seiner Froschperspektive an. »Warten Sie doch mal. Ich glaube, ich kenne Sie. Sind Sie nicht ab und zu im GONZALES?«

Ihr war immer noch nicht nach einer Unterhaltung zu Mute. »Ich würde jetzt wirklich gerne nach Hause fahren. Auf Wiedersehen.«

Professor Jochen Kramer sah nachdenklich dem sich entfernenden Wagen hinterher. Der erste Versuch der Kontaktaufnahme war gründlich daneben gegangen. Aber es war eine Kontaktaufnahme. Immerhin.

Die nächsten Abende verbrachte er im GONZALES. Aber er wartete vergeblich. Immerhin konnte er in Erfahrung bringen, dass Cori häufig ihr Mittagessen bei FERNANDO einnahm. Jochen Kramer wurde ungeduldig. Er wollte nicht noch mehr Zeit verlieren.

JANUAR

Erika Tenor empfing die Polizisten an der Haustür und führte sie in die Stube. Sie trug ein dunkelblaues Kostüm mit weißer Bluse und eine Perlenkette. Kroll hatte die Sekretärin des Professors schon telefonisch über den tragischen Tod ihres Chefs informiert. Sie machte einen gefassten Eindruck. Das konnte jedoch auch täuschen. Erika Tenor gehörte nicht zu den Menschen, die ihre Gefühle gerne zeigten. Kroll schätzte sie auf Ende 50. Die weißen Strähnen in ihrem dunklen Haar hatte sie nicht gefärbt.

Sie setzten sich in die Wohnzimmersessel. Die Sekretärin sah die Kommissare fragend an. Dies überraschte Kroll ein wenig. Normalerweise haben Menschen, die einem Mordopfer nahestanden, zunächst ein dringendes Mitteilungs- und Informationsbedürfnis. Sie wollen wissen, was im Einzelnen geschehen ist, sie wollen erzählen, dass sie das alles noch gar nicht begreifen können, dass der Tote doch so ein lieber Mensch war, oder einfach nur durch ein wenig Smalltalk die Diskussion über die schrecklichen Geschehnisse vorbereiten. Bei Frau Tenor war das anders. Sie saß einfach da und wartete auf die Fragen der Polizisten.

»Uns würde interessieren, wann Sie Professor Kramer zuletzt gesehen haben.«

Erika Tenor musste nicht eine Sekunde nachdenken. »Unser Institut hat zwischen den Feiertagen geschlossen. Am 23. Dezember hatte ich Urlaub. Zuletzt gesehen habe ich ihn am 22. Dezember um 17.00 Uhr. Da habe ich Feierabend gemacht. Professor Kramer saß noch in seinem Büro und hat gearbeitet. Ich bin zu ihm hereingegangen, habe ihm ein frohes Weihnachtsfest und ein gesundes Neues Jahr gewünscht und bin gegangen.«

»Woran hat er denn gearbeitet?«, wollte Wiggins wissen.

»Das kann ich Ihnen nicht genau sagen. Er hat an seinem Computer gesessen und etwas geschrieben. Da kommt Vieles infrage: vielleicht ein neuer Aufsatz für eine Fachzeitschrift, ein Fachbuch, ein Vorlesungsskript oder eine Studie oder etwas anderes.«

»Haben Sie seine Manuskripte nicht geschrieben?«

Auf ihrem Gesicht war kurz der Anflug eines Lächelns zu erkennen. »Nein, das hat sich der Professor nicht nehmen lassen. Solche Sachen hat er immer selbst geschrieben. Er sagte, er müsse den Text immer vor sich sehen und ständig darin herumkorrigieren. Das ginge nicht mit einem Diktiergerät.«

»Darf ich fragen, worin Ihre Aufgaben bestanden?«, fragte Kroll.

»Professor Kramer ist … war Direktor des Institutes für Psychologische Methodenlehre. Unserem Institut sind zwei weitere Professuren zugeordnet. Dazu vier Wissenschaftliche Mitarbeiter und zehn Studentische Hilfskräfte. In diesem Wintersemester ist das Institut federführend für drei Vorlesungsveranstaltungen und vier Seminare. Es sind Arbeiten zu korrigieren und Doktoranden zu betreuen. Da fällt eine Menge Verwaltungsarbeit an. Das bleibt alles an mir hängen. Ich war nicht böse, dass der Professor seine Sachen selbst geschrieben hat.«

»Verstehe«, nickte Kroll. »Woran hat der Professor denn zuletzt gearbeitet?«

»An tausend Dingen gleichzeitig. Professor Kramer hat eine Gastprofessur an der Universität Miami in Florida. Er wäre nächste Woche wieder in die USA geflogen. Er wollte auch eine neue Studie beginnen. Aber darüber hat er noch nichts erzählt. Er war, glaube ich, noch mit den Vorüberlegungen beschäftigt.«

»Dann ist Professor Kramer wohl viel in der Welt herumgekommen?«, hakte Kroll nach.

»Das können Sie laut sagen. Professor Kramer war«, die Vergangenheitsform bereitete ihr jetzt keine Schwierigkeiten mehr, »eine international anerkannte Koryphäe auf dem Gebiet der Psychoanalyse. Es kamen andauernd Anfragen für Auslandsvorträge. Aus aller Welt, die meisten aus Europa, aber auch aus Übersee und sogar aus Japan und China. Im Herbst hat er einen Vortrag an der University of George Town auf den Cayman Islands gehalten. Das war natürlich eine tolle Sache.«

Kroll erkannte, dass es wenig Sinn machte, Erika Tenor weiter nach dienstlichen Angelegenheiten zu fragen. Sie schien in die wissenschaftlichen Tätigkeiten nicht einbezogen zu sein. Die Kollegen waren ohnehin gerade dabei, sämtliche Unterlagen aus dem Büro des Professors in große Kartons zu packen und den Computer ins Präsidium zu bringen. Davon versprach er sich mehr als von einer weiteren Befragung.

Fragen nach dem Privatleben des Professors erübrigten sich ebenfalls. Selbst wenn Frau Tenor etwas von dem Privatleben ihres Chefs mitbekommen hätte, würde sie diese, für sie streng vertraulichen Dinge, nicht weitererzählen. Nicht einmal der Polizei.

»Haben Sie eine Ahnung, wer Professor Kramer getötet haben könnte? Hatte er Feinde? Wurde er bedroht?«

Erika Tenor sah Kroll mit einem Blick an, als hätte er sie gerade nach dem Eintritt des Weltuntergangs gefragt. »Ich? Nein. Wieso sollte ich?«

Die Kommissare standen auf und gingen Richtung Haustür. Erika Tenor folgte ihnen. Kroll drehte sich zu ihr um. »Eine Frage habe ich doch noch. War Professor Kramer mit Kollegen an der Uni befreundet oder stand er einem Kollegen besonders nahe.«

»Mit Professor Karl Schneeweiß hat ihn eine wissenschaftliche Freundschaft verbunden.«

JULI

Das gemütliche italienische Restaurant FERNANDO lag in der Waldstraße, nur fünf Gehminuten von der Lessingschule entfernt. Durch die große Glasscheibe in der Fassade konnte man den Innenraum von außen gut einsehen. Jochen Kramer hatte Glück. Er entdeckte Cori Landmann, die alleine an einem Tisch saß. Sie legte gerade das Besteck auf ihren Teller. Das Restaurant war bis auf den letzten Platz gefüllt.

Jochen Kramer tat so, als hätte er Cori Landmann nicht gesehen. Er ging auf Fernando, den Inhaber, zu. »Ich denke, es ist schlecht mit einem Platz zum Mittagessen. Ich glaube, ich komme ein anderes Mal wieder.«

»Warten Sie«, der Italiener deutete auf den Tisch, an dem Cori Landmann saß. »Die Dame hat gesagt, dass sie zahlen möchte. Es kann nicht mehr lange dauern.«

Erst jetzt sah Professor Kramer in ihre Richtung. Er tat so, als hätte er sie gerade erst entdeckt, und ging mit Unschuldsmine an ihren Tisch. »Ich fürchte, jetzt bin ich bei Ihnen völlig unten durch. Erst die Sache mit dem Hund, und jetzt vertreibe ich Sie noch aus diesem netten Lokal.«

Cori Landmann kramte ihr Portemonnaie aus ihrer Handtasche. »Kein Problem. Ich wollte eh gerade gehen.«

Kramer suchte ihre Augen. »Bitte lassen Sie sich noch auf einen Kaffee, einen Latte oder ein Glas Wein einladen. Sagen wir als Entschuldigung. Und ich würde mich auch ehrlich freuen, wenn Sie mir noch ein bisschen Gesellschaft leisten würden. Aber ich möchte natürlich nicht aufdringlich sein.«

Cori Landmann schenkte den Worten des Professors keine Beachtung. Fernando kam an ihren Tisch, und sie bezahlte eine aufgerundete Summe.

Danach sah sie zuerst auf die Uhr und dann Professor Kramer an. »Bitte. Setzen Sie sich.«

Erleichtert nahm Kramer auf dem Stuhl, der ihr gegenüberstand, Platz. Er richtete seine Krawatte und ordnete sein Sakko. »Mein Name ist Jochen Kramer. Auch wenn Sie es mir jetzt vielleicht nicht glauben, aber ich hatte wegen der Sache mit dem Hund wirklich ein sehr schlechtes Gewissen. Ich weiß, dass es viele Menschen gibt, die große Angst vor Hunden haben. Und deshalb gehören Hunde, die nicht folgen, an die Leine.«

Cori Landmann schien die Angelegenheit nicht mehr so tragisch zu sehen. »Sie konnten ja nichts dafür, dass die Leine riss. Lassen wir es gut sein. Ich habe mich von dem Schreck inzwischen auch schon wieder erholt.«

Fernando kam an ihren Tisch. Kramer sah Cori Landmann fragend an.

»Ich würde einen Latte macchiato nehmen.«

Kramer überlegte einem Moment. »Den nehme ich auch. Dazu bitte ein Wasser, und zum Essen das Caprese mit ein wenig Baguette.«

Fernando nickte und verließ den Tisch.

»Verraten Sie mir auch Ihren Namen?«, lächelte der Professor.

»Corinna Landmann.«

»Sind Sie öfter hier?«

»Ich arbeite ganz in der Nähe in der Lessingschule. Da bietet sich das einfach an. Meine Kollegen gehen meist in die AOK-Kantine. Aber ich sondere mich lieber ein wenig ab. Ich möchte ungern in der Mittagspause noch über die Schule, schwierige Schüler oder Lehrpläne diskutieren.«

Jochen Kramer nickte zustimmend. »Das kann ich gut verstehen. Dann sind Sie also Lehrerin?«

Cori nickte. »Ja, Grundschullehrerin.«

»Sicher auch nicht immer ganz einfach. Die kleinen Schüler können bestimmt ab und zu ganz gut auf den Nerven der Lehrer herumtrampeln.«

Sie rührte ihren Latte macchiato um, der soeben von dem aufmerksamen Kellner serviert wurde, und dachte einen Moment nach. »Ich glaube, das Verhalten der Schüler hat auch viel damit zu tun, wie man sich mit ihnen beschäftigt. Ich gebe mir immer viel Mühe, den Unterricht einigermaßen interessant zu gestalten. Dann geht es eigentlich. Außerdem habe ich eine ganz liebe Klasse.«

Sie musterte den Professor. Man musste wirklich kein Experte sein, um zu erkennen, dass sein Anzug nicht aus den herkömmlichen Kaufhäusern stammte. Mit einer Bemerkung hielt sie sich allerdings zurück. Kramer versuchte, das Thema Beruf zu umschiffen. Es hätte Cori Landmann sicherlich eingeschüchtert, wenn er jetzt den berühmten Professor herausgelassen hätte.

»Aber ich hatte doch recht. Sie sind ab und zu im GONZALES, oder?«

Cori Landmann errötete leicht. Den letzten Abend im GONZALES hatte sie mit dieser unsäglichen Internetbekanntschaft verbracht. Sie wollte das Thema nicht vertiefen. Ihre Antwort war kurz. »Ich bin manchmal da. Das stimmt.«

Sie sah auf die Uhr. »Es tut mit leid. Ich muss jetzt gehen. Vielen Dank für den Latte. Und machen Sie sich bitte keine Gedanken mehr über die Sache mit dem Hund. Ich hatte das schon verdrängt.«

Jochen Kramer stand auf und reichte ihr die Hand. »Ich bin heute Abend im GONZALES. Vielleicht können wir unser Gespräch ja fortsetzen? Bei einem schönen Rotwein, ohne Zeitdruck? Mich würde es auf jeden Fall freuen.«

Sie verabschiedete sich. »Mal sehen. Ich kann nichts versprechen.«

Kramer sah ihr nach. Sie nickte im Gehen Fernando zum Abschied zu und passierte die große Scheibe, ohne sich noch einmal umzudrehen.

Wenn sie heute Abend kommt, hat sie angebissen, dachte der Professor. Und wenn nicht, wird es schwierig.

Es war ein warmer Juliabend. Professor Jochen Kramer saß an einem kleinen Tisch vor dem GONZALES. Er war seit acht Uhr da, hatte aber entgegen seiner sonstigen Gewohnheiten erst das zweite Rotweinglas bestellt. Er wollte auf keinen Fall einen angetrunkenen Eindruck machen, falls sie noch käme. Auch seine Kleidung hatte er einem lockeren Abend angepasst. Jeans, Hemd, Sakko, keine Krawatte Er sah auf die Uhr. Es war gleich zehn. Unwahrscheinlich, dass sie noch kommen würde. Es war Donnerstagabend. Sie hatte am nächsten Morgen Unterricht und würde sicherlich früh ins Bett gehen. Er schmiedete Plan B. Sollte er es vielleicht über das Internet versuchen? Das war wahrscheinlich besser. Der Weg des direkten Kontaktes hatte ja wohl nichts gebracht. Er nippte in Gedanken versunken an seinem Glas, als sich jemand seinem Tisch näherte. Cori Landmann trug enge Jeans, ein weißes T-Shirt, das leger ihren flachen Bauch betonte, und einen dunkelblauen Blazer. Ihre halblangen braunen Haare hatte sie hinter die Ohren geklemmt. Kramer fiel sofort auf, dass sie Kontaktlinsen trug und nicht ihre Brille aufhatte.

Sie setzte sich zu ihm an den Tisch.

Der Professor musterte sie mit dem Maß an Deutlichkeit, dass sie seinen Blick zwar bemerkte, ihn aber nicht als aufdringlich empfinden konnte, sondern als Kompliment. »Ich hätte nicht gedacht, dass Sie noch kommen. Darum freut es mich natürlich umso mehr, dass Sie jetzt da sind.«

Cori Landmann stützte lächelnd ihre Ellbogen auf den Tisch. »Wenn man von so einer berühmten Persönlichkeit eingeladen wird, dann sollte man nicht vorschnell Nein sagen.«

Kramer sah sich demonstrativ um. »Ist hier eine berühmte Persönlichkeit? Habe ich noch gar nicht gesehen.«

»Professor Dr. Jochen Kramer. Inhaber des Lehrstuhls für Psychologische Methodenlehre an der Universität Leipzig, Ehrendoktor der Universitäten Prag, Paris und Miami. Da kann man schon von Berühmtheit sprechen.«

Kramer tat so, als wäre ihm die Aufdeckung seiner Persönlichkeit unangenehm. »Und wie haben Sie das herausgefunden?«

Corinna Landmanns Blick hatte etwas Schelmisches. »Ihr Buch über das Lernverhalten von Kindern ist Pflichtlektüre bei Lehrern. Ich habe Sie natürlich nicht gleich erkannt, aber als Sie mir bei FERNANDO Ihren Namen gesagt haben, habe ich doch gleich einmal gegoogelt. Und siehe da: viele Treffer.«

Kramer war es nicht recht, dass sein Beruf so früh aufgeflogen war. Natürlich hätte ihm klar sein müssen, dass Cori Landmann dieses Buch gelesen hatte, und nach der Nennung seines Namens war es wirklich kein Kunststück, seine Identität herauszufinden. Er hatte nicht aufgepasst. In Zukunft würde er vorsichtiger sein.

»Ich hoffe, Sie sind jetzt nicht verschreckt.«

Cori wurde nachdenklich. »Verschreckt ist vielleicht das falsche Wort. Aber man fragt sich natürlich schon ein wenig, ob es Zufall ist, dass wir uns hier treffen.«

Der Kellner kam an ihren Tisch und verschaffte Kramer die Denkpause, die er benötigte. Sie bestellten beide Rotwein.

»Was glauben Sie denn, welche unehrenwerten Ziele ich verfolgen sollte? Wenn ich an Ihren Schülern interessiert wäre, hätte ich nur eine Anfrage an die Schulleitung stellen müssen. Und an einer Studie über das Verhalten von Lehrern in der Freizeit arbeite ich zurzeit definitiv nicht. Ich glaube auch, der wissenschaftliche Nutzen wäre relativ überschaubar.«

Er machte eine Pause. »Wissen Sie, was ich so erstaunlich finde?«

Cori Landmann sah ihn fragend an.

»Warum kann man die Dinge nicht einfach einmal so sehen, wie sie sind. Ohne Hintergedanken. Sie sind eine attraktive, junge und intelligente Frau. Warum sollte das nicht einfach mal ausreichen, um mein Interesse zu wecken? Ich bin ein ganz normaler Mensch. Ich kann meine Freizeit auch sehr gut von meinen beruflichen Aufgaben trennen.«

Der Kellner stellte die Gläser auf den Tisch. Cori wurde ein wenig verlegen. Sie hatte nicht vor, dem Professor irgendetwas zu unterstellen. Sie erhob ihr Glas zum Anstoßen. »Und was macht Professor Kramer so alles in seiner Freizeit?«

Kramer prostete ihr zu. »Ich treibe gerne Sport, gehe viel wandern und bin ein großer Fußballfan. Leider wird mein letztes Hobby nur selten von der Damenwelt geteilt. Alles relativ einsame Beschäftigungen.«

Cori hatte Spaß daran gefunden, den Professor auszufragen. »Und was machen Sie, wenn Sie sich sportlich betätigen.«

»Joggen und ein bisschen Fitness. Ich sitze viel am Schreibtisch. Da braucht man schon ein wenig Bewegung, aus mehreren Gründen. Aber wir sollten jetzt nicht zu viel von mir reden. Was treiben Sie denn so in Ihrer Freizeit?«

Cori Landmann überlegte nicht lange. »Verschiedenes. Ich gehe einmal in der Woche zum Zumba, treffe mich mit Freundinnen und gehe auch gerne spazieren.« Wieder dieses schelmische Lächeln. »Und ich gehe zu den Heimspielen von RB Leipzig.«

»Nein!« Professor Kramer war überrascht. »Das ist ja mal eine angenehme Überraschung. Glauben Sie an den Aufstieg in dieser Saison?«

»100-prozentig. Die Jungs sind gut drauf. Die ziehen das jetzt durch.«

Sie wechselte das Thema. »Eigentlich hatte ich vermutet, Leute wie Sie besuchen in ihrer Freizeit nur Oper, Theater oder klassische Konzerte.«

Kramer beugte sich vor. »Ganz ehrlich: Finde ich auch nicht schlecht. Oper ist nicht so mein Ding, aber ich bin schon froh, dass das Gewandhaus und vor allem die Thomaner hier gleich um die Ecke sind. Aber soll ich Ihnen etwas verraten? Im Grunde meines Herzens bin ich Rocker. Das sind mir noch die liebsten Konzerte.«

Cori Landmann sah ihn erstaunt an. »Was verstehen Sie denn unter Rock? Eher Coldplay und Depeche Mode oder mehr ACDC und Metallica?«

»Eher Letzteres. Auf der Rock-'n-Roll-Train-Tour von ACDC war ich drei Mal auf dem gleichen Konzert. In Leipzig, Frankfurt und Berlin. Als ich das meinen Kollegen erzählt habe, haben die mich für bescheuert erklärt.«

»Ich kann das gut verstehen. Wenn man einmal begeistert von einer Sache ist, sollte man auch jede Möglichkeit nutzen, sie zu genießen.«

»Sie sind eher wohl der Typ ›Herbert Grönemeyer‹?«, sagte Kramer bewusst provozierend.

»Jetzt bin ich aber doch erleichtert, dass auch der große Psychoanalytiker nicht in der Lage ist, jeden Menschen sofort zu durchschauen. Das war jetzt schon Ihr zweiter Fehler. Erst das mit dem Fußball und jetzt noch Grönemeyer. Sie glauben doch bestimmt, so kleine Grundschullehrerinnen sitzen alle verträumt auf einer Fensterbank, schaukeln mit den Beinen zur Musik, machen ein glückliches Gesicht und singen lauthals die Hits von Herbie mit.«

»Stimmt das denn nicht?«

»Wenn ich ganz ehrlich bin, liegen Sie da gar nicht so falsch, wenn ich an viele meiner Kolleginnen denke. Aber für mich gilt das leider nicht.« Sie trank ihr Glas leer. »Ich bin auch ein Rocker. Mein letztes Konzert war U2 in Berlin.«

Sie plauderten noch lange über verschiedene Dinge. Nur ihre Berufe waren kein Thema. Es war schon halb eins, als Cori Landmann auf die Uhr schaute und sich wunderte, wie schnell die Zeit vergangen war. »Oh Gott. Es ist ja schon ziemlich spät geworden. Ich muss jetzt aber wirklich nach Hause. Schließlich warten morgen früh viele kleine Kinder auf mich. Es war sehr nett mit Ihnen.« Das *nett* sprach sie sehr leise aus. Sie meinte es ernst.

»Ich fand diesen Abend auch sehr schön. Darf ich sie nach Hause bringen?«

»Nicht nötig«, wiegelte sie ab. »Stefan ruft mir ein Taxi.«

Kramer wusste, dass er die Zeit bis zum Eintreffen des Taxis nutzen musste, um sich zu einem Wiedersehen zu verabreden. »Sie wissen natürlich, dass RB am Sonntag gegen Berlin spielt. Ich würde gerne mit Ihnen zusammen dahingehen. Die Sache hat nur einen Haken: Wer so wichtig ist wie ich …« das *wichtig* betonte er bewusst übertrieben, »… hat natürlich Karten für den VIP-Bereich. Sie müssten also mit mir zu den Reichen und Schönen.«

»Ich komme gerne mit. Treffen wir uns eine Stunde vor dem Spiel vor dem Haupteingang der Arena?«

Professor Karl Schneeweiß bewohnte mit seiner Frau eine Doppelhaushälfte in der Stieglitzstraße. Als die Kommissare eintrafen, stand er gerade mit einer Schürze am Grill und bereitete für seine Gäste, vermutlich seine Verwandtschaft, das Abendessen vor. Schneeweiß liebte das Grillen, auch im Winter. Er stand, eingehüllt in einen dicken Mantel vor der Glut und wendete die Fleischmassen. Seine Gäste warteten in einer Gartenlaube, die er vor vielen Jahren selbst gebaut hatte. Seine fröhliche Stimmung ließ vermuten, dass er vom Tod seines Kollegen noch nichts wusste. Kroll fragte ihn, ob er Zeit für ein persönliches Gespräch habe. Die Nachricht, dass Professor Kramer einem Verbrechen zum Opfer gefallen war, war offensichtlich ein schwerer Schock für ihn. Er brauchte lange Zeit, um sich zu sammeln. Dann schenkte er sich einen klaren Schnaps ein und leerte das Glas in einem Zug. Sie setzten sich ins Wohnzimmer.

»Bitte haben Sie Verständnis, dass ich das alles noch gar nicht begreifen kann.« Er rieb sich die Augen und wischte die Tränen ab. »Erschossen, sagen Sie? Wie ist das denn möglich? Haben Sie schon eine Ahnung, wer so etwas Schreckliches getan haben könnte?«

»Wir stehen noch am Anfang unserer Ermittlungen«, bemühte Kroll einen Standardspruch. »Können Sie uns ein bisschen über die Person von Professor Kramer erzählen? Wir würden uns gerne ein genaueres Bild von ihm machen. Natürlich interessiert uns, womit er sich in seiner wissenschaftlichen Arbeit beschäftigt hat. Vor allem in letzter Zeit.«

Professor Schneeweiß lachte bitter auf. »Kramer. Wir reden hier über den vermutlich renommiertesten Psychoanalytiker der Gegenwart. Und ich rede hier nicht nur über Deutschland und Europa. Er hat sich mit so vielen Fragen beschäftigt. Aber wenn ich mich auf etwas festlegen sollte: Seine Leidenschaft waren die Arbeiten von Sigmund Freud. Freud ist seit über 70 Jahren tot. Seine Theorien sind natürlich größtenteils überholt. Nichts entwickelt sich schneller weiter als die Wissenschaft. Kramer hat es sich auf die Fahne geschrieben, die Kritik an den Freud'schen Theorien, die natürlich auch sehr stark von der Moderne geprägt ist, sagen wir mal ein wenig einzubremsen. Er war so etwas wie ein Verteidiger der Freud'schen Lehre, hat aber dennoch eingeräumt, dass die Thesen zum Teil neu betrachtet, aber eben nicht verworfen werden müssen. Verstehen Sie, was ich meine?«

»So ungefähr«, bestätigte Kroll. »Da gab es doch bestimmt viele Neider?«

Wieder das bittere Lachen. »Meine Herren, die Wissenschaft ist ein Haifischbecken mit ein paar Pyranias drin. Es gibt viele junge und hoch qualifizierte Akademiker, die um die wenigen Stellen, die die Alma Mater heute in Zeiten der immer knapper werdenden Mittel hat, kämpfen. Und wenn man es zu einer Professur oder gar zu einem Lehrstuhl geschafft hat, geht es nur noch um eines: Renommee. Da gibt es schon viele Kollegen, die die schnelle Karriere von Jochen Kramer mehr als kritisch begleitet haben.«

»Was haben seine Kritiker ihm denn vorgeworfen?«, wollte Wiggins wissen.

»Der Jochen war irgendwie ein Multitalent. Er hat es nicht nur verstanden, wissenschaftlich glänzend zu arbeiten. Er hat auch den so genannten Mainstream nicht aus den Augen verloren. Und daraus konnte er sehr viel Kapital schlagen. Auch in finanzieller Hinsicht.«

»Haben Sie ein Beispiel?«, fragte Wiggins.

Karl Schneeweiß musste nicht lange überlegen. »Nehmen Sie doch nur die Euro-Krise. Die Menschen sind verunsichert, wechseln ihre Anlagestrategien. Die Banken waren sehr daran interessiert, zu erfahren, wie sich das konkret auf die Psyche auswirkt. Kramer hat das sofort aufgegriffen und in mehreren Vorträgen bei Banken messerscharf analysiert, wie die Anleger in so einer Krisensituation reagieren. Die Banker haben sich viele Notizen gemacht, das können Sie mir glauben.«

»Und das hat sich Professor Kramer natürlich gut bezahlen lassen«, ergänzte Kroll die Ausführungen des Professors. Der nickte stumm.

»Können Sie sich vorstellen, dass einer dieser vielen Neider zu einem Mord fähig wäre? Hat sich da jemand besonders hervorgetan?«

»Mit Sicherheit nicht. Wissenschaftler fechten mit der Feder oder mit Worten. Das sind alles keine Verbrecher, eher konservativ eingestellte Menschen. Auch hatte man sich in Deutschland schon seit Jahren mit seiner Sonderstellung abgefunden. Die meisten Widersacher befinden sich im Ausland, vor allem in den Staaten. Ich kann mir beim besten Willen nicht vorstellen, dass sich jemand in ein Flugzeug setzte, um den Kollegen Kramer zu töten.«

Nachdem Schneeweiß den letzten Satz beendet hatte, wurde ihm wieder der schreckliche Verlust des Freundes vor Augen geführt. Er machte eine kleine Pause.

Kroll wartete, bis er sich wieder gesammelt hatte. »Woran hat er zuletzt konkret gearbeitet?«

»Keine Ahnung. Ich kann zurzeit auch nicht richtig nachdenken. Geben Sie mir bitte ein bisschen Zeit. Sie werden ja bestimmt seine Aufzeichnungen durchsehen. Wenn Sie meine Hilfe brauchen, stehe ich Ihnen natürlich jederzeit zur Verfügung. Aber jetzt …? Bitte haben Sie Verständnis.«

»Natürlich«, beschwichtigte Wiggins. »Wir wissen auch, dass die Situation für Sie nicht einfach ist. Wir sind bemüht, Sie nicht länger als nötig zu beanspruchen. Können Sie uns nur kurz noch etwas über sein Privatleben erzählen?«

Professor Schneeweiß sah die Polizisten abwechselnd an. »Ach, meine Herren. Vor Ihnen sitzt ein betagter Mann, der in wenigen Tagen in den Ruhestand geht. Ich bin seit 35 Jahren mit derselben Frau verheiratet, habe zwei erwachsene Kinder und ein Haus. Jochen Kramer war genau das Gegenteil. Er war jung, dynamisch, erfolgreich und sah gut aus. Die Frauen sind ihm reihenweise zugeflogen, und er gehörte nicht zu den Menschen, die, sagen wir mal, jedes Angebot abgelehnt haben. Als wir uns vor vielen Jahren kennengelernt haben, hat er mir immer von seinen neuen Eroberungen erzählt. Aber irgendwann hat es mich schlicht und ergreifend gelangweilt. Ich habe ihn gebeten, seine Frauengeschichten bei mir nicht zu thematisieren. Und er hat sich zum Glück daran gehalten.«

Professor Schneeweiß nahm sich wieder eine kleine Denkpause. Er zog die Augenbrauen hoch und richtete sich ein wenig auf. Was er jetzt sagen würde, schien ihm wichtig zu sein. »Aber auf eines hat er großen Wert gelegt. Sein Spruch war immer: Ein guter Adler jagt nie im eigenen Horst. Er hatte nie eine Affäre mit einer Studentin, einer wissenschaftlichen Hilfskraft oder einer Mitarbeiterin im eigenen Büro. Das kann ich definitiv ausschließen.«

Kroll war erleichtert, dass er wahrscheinlich nicht im Studentenmilieu ermitteln musste. »Vielen Dank, Herr Professor. Wir finden alleine raus.«

»Ich bringe Sie noch zur Tür.«

JULI

Jochen Kramer war sich sicher, dass der Auftritt im VIP-Bereich der Red-Bull-Arena nicht nur ein Heimspiel für RB Leipzig, sondern auch für ihn selbst war. Sie hatten kaum die fünfte Etage des Stadions betreten, als schon die ersten Leute auf ihn zukamen und mit ihm lockere Gespräche führten. Das machte den nachhaltigen Eindruck auf Cori Landmann, den er sich erhofft hatte. Cori, dem Fußballfan, waren diese Regionen bislang verschlossen geblieben. Er beobachtet sie unauffällig und stellte zufrieden fest, dass sie sich wohlfühlte. Er ließ Cori bewusst nicht links liegen, sondern stellte sie bei jedem Gespräch als seine Begleitung vor. Cori blieb immer in seiner Nähe und beteiligte sich an den zwanglosen Gesprächen. Sie kannte hier niemanden, das war Kramer natürlich klar.

Sie fanden noch einen freien Platz an einem der Bistrotische direkt vor der großen Glasfront, die einen beeindruckenden Blick auf das Spielfeld bot. Cori trank einen Kaffee und er, ganz im Sinne des Understatements, eine Dose Red Bull.

Sie sah sich in dem großen Raum um. »Sie kennen hier wohl jeden, oder?«

»Nein, der Eindruck täuscht. Aber ich bin wirklich sehr gerne hier. Nicht nur wegen des Fußballs, sondern gerade auch wegen der Gespräche, die man hier führen kann. Fußball ist doch eigentlich ein einfaches Spiel. Jeder versteht es. Für mich, bitte verstehen sie das jetzt nicht falsch, ist das auch immer so ein bisschen eine intellektuelle Abwechslung. Ich habe einen Bruder. Der ist Philosoph. Viel schlauer als ich, aber trotzdem hat er nie den Boden unter den Füßen verloren. Der redet aus seiner beruflichen Sicht immer viel von intellektueller, bitte verzeihen sie den Ausdruck, Abwichserei. Auch wenn ich seine Wortwahl nicht immer angemessen finde, oder vielleicht doch, hat er so ziemlich den Nagel auf den Kopf getroffen. Was ich meine, ist, jeder Mensch braucht doch irgendwo einen Bereich, wo er mal abschalten kann.«

Cori Landmann sah auf das Spielfeld. Die Mannschaften liefen mit professioneller Moderation und dramatischer Musik ein. Die Fankurve machte sich lautstark bemerkbar. »Ich fühle mich auf jeden Fall total wohl hier. Vielen Dank für die freundliche Einladung.«

»Vielen Dank für die angenehme Begleitung. Ich glaube, wir gehen jetzt so langsam raus. Wir wollen doch nicht das Spiel verpassen, oder?«

Sie machten sich auf den Weg in Richtung der Glastüren, die von freundlichen Hostessen geöffnet wurden, um den VIP-Gästen den Weg zu den Sitzplätzen im Außenbereich so angenehm wie möglich zu gestalten, als sich ihnen plötzlich ein Mann in den Weg stellte. Er sah Professor Kramer mit wütenden Augen an. Sein Atem roch nach Bier. Sein Ton war laut und provokant. »Ich hoffe, Sie können das

Spiel genießen, Herr Professor! Ich wünsche Ihnen gute Unterhaltung. Denken Sie bloß nicht an das ganze Unheil, das Sie anrichten. Aber niemand kann einfach davonlaufen. Auch Sie nicht!«

Kramer wollte den Mann mit dem Arm wegdrängen. Aber das war nicht nötig. Er machte einen Schritt zur Seite und verbeugte sich tief. »Schönen Tag noch, Herr Professor.«

Sie setzten sich in die Sitzschalen und sahen auf das Spielfeld. Cori Landmann war irritiert. Die Szene beschäftigte sie sichtlich. Ihre Stimme war heiser. »Wer war das denn?«

Jochen Kramer war bemüht, die Angelegenheit herunterzuspielen. Er winkte mit der rechten Hand ab und maß dem Vorfall bewusst keine Bedeutung zu. »Das sind leider so kleine Vorfälle, die ich ab und zu ertragen muss. Ich erstelle auch Gutachten über Menschen, die in ein Strafverfahren verwickelt sind. Diese Gutachten werden von Gerichten in Auftrag gegeben.« Er sah sie an und versuchte, ein Lächeln zustande zu bringen. »Unser Strafrecht ist ziemlich kompliziert. In Deutschland wird man nicht nur wegen der Tat an sich, sondern vor allem wegen seiner Schuld bestraft. Das ist häufig sehr kompliziert, und vor allem ist es sehr schwierig, die Schuld eines Täters durch eine Freiheits- oder Geldstrafe zu bewerten. Wie viele Jahre Gefängnis ist ein Mord aus Eifersucht wert, wenn der Täter provoziert wurde? Schwer zu sagen. Und dann komme ich ins Spiel.«

Das Match hatte schon begonnen, aber Kramer merkte, dass sich Cori mehr für seine Erklärung interessierte. »Jeder Angehörige eines Opfers, und es gibt keinen, der das besser verstehen würde als ich, will immer ein Maximum an Strafe, vor allem dann, wenn er einen Menschen verloren hat, der ihm ganz besonders nahe stand.«

Er sah zu ihr herüber und stellte fest, dass sie sich immer noch nicht für das Fußballspiel interessierte. »Dieser Mann da eben hat seine Frau durch einen Verkehrsunfall verloren. Seine Frau saß auf dem Fahrrad, und ein Autofahrer kam aus einer Seitenstraße und hat sie angefahren. Wenige Tage später erlag sie im Krankenhaus ihren Verletzungen. Der Autofahrer war betrunken. Er hatte 2,3 Promille im Blut.«

»Das ist ja schrecklich.«

»Ja natürlich, das ist ganz schlimm. Aber der Täter hatte sich bislang nicht das Geringste zuschulden kommen lassen. Er war weder Alkoholiker, noch vorbestraft. Er hatte bis zu diesem Unfall ein unbescholtenes Leben geführt. Kurz vor der Tat hatte ihn seine Frau verlassen, und er hatte versucht, seinen Frust mit Alkohol zu lindern, was natürlich nicht tolerierbar ist. Um zum Schluss zu kommen: Auf Grund meines Gutachtens ist er mit einer Bewährungsstrafe und einer Geldbuße davongekommen.«

»Und jetzt gibt der Witwer Ihnen die Schuld, dass er sein Leben lang seine Frau vermissen muss, während der Täter noch frei herumläuft.«

Kramer presste die Lippen zusammen und nickte. »So ist es. Aber was sollte ich machen? Der Autofahrer hatte mit Sicherheit nicht das, was die Juristen ›kriminelle Energie‹ nennen. Auch war ich mir ganz sicher, dass ihm so etwas nicht noch einmal passieren würde, zumal ihn natürlich auch für viele Jahre der Führerschein weggenommen wurde.«

Cori Landmann verstand die Erklärung. Sie konzentrierte sich endlich auf das Spiel. Aber der Vorfall beschäftigte sie weiter. Das war ihr deutlich anzusehen.

Nach dem Spiel fuhren sie zum Cospudener See und machten einen langen Spaziergang. Sie kehrten in der WASSER-

WIRTSCHAFT am Hafen ein und setzten sich an einen Tisch auf der Terrasse, direkt neben den Anlegern der Segelboote. Es war ein herrlicher Sommerabend. Die Luft war warm und roch nach dem See, über den eine angenehm abkühlende Brise herüberwehte.

Jochen Kramer sah auf die Boote, deren klimpernde Takelage ihnen auch akustisch ein Gefühl der Entspannung verschaffte, wie man es sonst nur aus einem Urlaub am Meer kennt. »Ich liebe diesen Ort. Ein Hafen hat doch immer eine ganz besondere Atmosphäre, überall auf der Welt. Dieses Gefühl der Geborgenheit, des zu Hause Seins. Schiffe kommen herein und liegen ruhig und friedlich an ihren Plätzen. Auf manchen Reisen verbringe ich mehr Zeit in den Häfen als in irgendwelchen Sehenswürdigkeiten.«

Auch Cori blickte lange auf die Boote. »Das erinnert mich an meinen Urlaub. Ich weiß nicht, ob ich Ihnen das schon erzählt habe. Ich fliege morgen nach Indien.«

Kramer sah sie erstaunt an. »Nach Indien? Schon morgen? Aber wie können Sie denn? So von jetzt auf gleich.«

Sie griff nach seinem Unterarm, der auf dem Tisch lag. Kramer bemerkte, dass sie es bewusst vermied, seine Hand zu berühren. Sie lächelte. »Nicht von jetzt auf gleich. Morgen beginnen in Sachsen die Schulferien. Ich habe die Reise schon länger geplant. Und das nicht zum ersten Mal. Ich war schon oft in Indien.«

Kramer musste sich nicht verstellen. Er war in erster Linie enttäuscht darüber, dass sie sich seinem Experiment entziehen würde. Aber er konnte sich ruhig offenbaren. Den wahren Grund kannte sie ja nicht. »Das … das kommt für mich jetzt aber überraschend. Ich meine, also irgendwie hatte ich, also was ich meine, die Zeit mit Ihnen, ich habe sie als so angenehm …«

Ihre Hand rutschte jetzt auf seine. »Ich hab da mal eine Frage: Sie kennen sich doch bestimmt aus mit guten Manieren. Ich kenne zwei Regeln: Die eine ist, dass die Frau das Du anbietet, und die andere ist, dass der Ältere das Du anbietet. Ich bin eine Frau und sie sind der Ältere. Was ist denn jetzt richtig?«

Er erhob lächelnd sein Glas. »Machen wir es nicht so kompliziert. Ich bin der Ältere und ich bestehe darauf, dass wir jetzt endlich zum Du übergehen. Ich bin der Jochen und ich weiß auch, wie du heißt.«

Sie stießen an und küssten sich auf die Wange.

Für Jochen Kramer war die anstehende Urlaubsreise eine willkommene Gelegenheit, etwas mehr über Coris Privatleben in Erfahrung zu bringen. »Jetzt sag mal, so eine hübsche Frau wie du, die fährt doch bestimmt nicht alleine nach Indien?«

»Nein, ich fahre mit einer Freundin, Karli. Richtig heißt sie Karla. Wir sind schon ein eingespieltes Indienteam. Wir fliegen jetzt schon zum fünften Mal da runter.«

»Alle Achtung. Und wie muss man sich das vorstellen? Luxushotel am Strand von Mumbai? Fünf Sterne, drei Koffer und das volle Wellnessprogramm?«

Cori Landmann erzählte mit leuchtenden Augen und großer Vorfreude, wie sie ihre Urlaube in Indien verbrachten. Sie flog mit ihrer Freundin und nur dem Nötigsten an Gepäck in das ferne Land, und dort trafen sie sich mit einem einheimischen Studenten, der sich sein Studium mit der unkonventionellen Veranstaltung von Touristentouren finanzierte. Sie bereisten das ganze Land mit Bahn und Bussen und natürlich zu Fuß. Sie berichtete von den großen Städten, den kleinen Ortschaften, den Bergen und der unendlichen Weite der Natur. Von überfüllten Bahnhöfen und Zügen, von den Sitten und Gebräuchen, den einfachen Verhältnissen, in denen sie dort lebten, und von vielen Abenteuern, die sie in Indien erlebt hatten. Kramer überlegte, während er interessiert zuhörte, ob er mit dem Flirten beginnen sollte. Er hätte beispielsweise mit der Frage, ob denn der Indische Reiseleiter gut aussehe, ein wenig Eifersucht vortäuschen können. Er hielt sich aber zurück. Cori war eine Frau, bei der man behutsam vorgehen musste. Die Situation entwickelte sich ganz in seinem Sinne. Er hatte keinen Anlass, forsch, vielleicht zu forsch, vorzugehen. Er beließ es dabei, bei jeder passenden Gelegenheit einfließen zu lassen, wie sehr er ihren Mut bewunderte, und im anerkennenden Sinn festzustellen, dass er einer Lehrerein so etwas nicht zugetraut hätte. Komplimente kamen bei einer Frau, die noch bis vor Kurzem im Internet nach Männern Ausschau gehalten hatte, mit Sicherheit gut an.

Die Zeit verrann wie in Flug. Als er schon gezahlt hatte und sie sich zum Gehen aufmachten, griff Cori noch einmal das Thema auf, das sie immer noch gedanklich beschäftigte. »Darf ich dich noch mal was fragen?«

Er sah sie aufmunternd an. »Alles, was du willst.«

»Diese gerichtlichen Gutachten. Was ich mich die ganze Zeit frage: Warum machst du das? Ich meine, du bist ein anerkannter Wissenschaftler, du hast viele Bücher geschrieben und reist durch die halbe Welt. Warum tust du dir so etwas dann auch noch an?«

Das kleine rote Lämpchen *Achtung! Nicht verplappern* leuchtete bei ihm nur kurz auf. Sein besonderes Interesse an Verbrechen wollte er nicht preisgeben. Aber eigentlich konnte er unverdächtig die Wahrheit erzählen. »Das hat eigentlich mehrere Gründe. Zum einen habe ich ein Agreement mit der Uni. Diese Gutachtertätigkeit wird sehr gut bezahlt. Die Uni bekommt den Löwenanteil des Honorars, und dafür drückt sie auch mal ein Auge zu, wenn ich mich wegen meiner Auslandreisen bei der einen oder anderen Pflichtvorlesung vertreten lasse. Was aber für mich wichtiger ist: Ich habe es immer mit schweren Verbrechen zu tun. Nicht immer angenehm. Aber du kommst in Kontakt mit dem Opfer, natürlich nicht bei Tötungsdelikten, mit den Angehörigen, mit dem Täter und vor allem mit dem Verbrechen an sich.«

Er machte eine kurze Pause. »Alles das ist für einen Psychoanalytiker sehr interessant. Es gibt viele Untersuchungen über Täter und Opfer. Viele Wissenschaftler untersuchen zum Beispiel auch das Verhalten der Opfer. Ich rede jetzt natürlich nicht über die Fälle, in denen sich der Täter ein Opfer ziellos aussucht. Aber das sind ohnehin die wenigsten. In der weit überwiegenden Zahl der Gewaltverbrechen kannten sich Täter und Opfer. Und dann ist es schon von Interesse, zu erfahren, ob auch das Opfer in irgendeiner Form einen Beitrag zu der Tat geliefert hat.«

Die Antwort stellte Cori zufrieden. Sie hatte noch eine Vielzahl von Nachfragen, war aber zu müde, um das Thema, zumindest am heutigen Abend, noch zu vertiefen.

Kramer brachte sie mit dem Auto nach Hause. Er stellte den Wagen vor ihrer Wohnung ab und stellte den Motor aus.

»Ich hasse lange Abschiede«, stellte sie klar, um allen weiteren Situationen vorzubeugen, die sich möglicherweise noch entwickeln könnten, obwohl ihr selbst nicht so richtig klar war, was da noch kommen könnte.

»Ich auch. Meldest du dich mal? Ich will einfach wissen, ob es dir gut geht bei so einer Reise.«

»Mach ich.«

Sie verabschiedeten sich mit einem Kuss auf die Wange.

Es wurde langsam dunkel. Kroll und Wiggins saßen in ihrem Dienstwagen, der noch immer vor dem Haus von Professor Schneeweiß parkte. Kroll hatte den Motor noch nicht gestartet. Er wollte noch in Ruhe mit seinem Kollegen reden.

»Das wird eine harte Nuss. Glaub mir. Ich gehe mal davon aus, dass wir am Tatort kaum brauchbare Spuren finden. Irgendjemand hat sich irgendwo mit einer Armbrust auf die Lauer gelegt. Wer so geplant vorgeht, der gibt sich auch große Mühe, keine Spuren zu hinterlassen. Das berufliche Umfeld von Kramer scheint ein weites Feld zu sein, so aktiv, wie der war. Wir brauchen vermutlich Monate, um seinen Computer zu checken.«

»Bliebe noch das private Umfeld«, ergänzte Wiggins. »Aber das scheint ja auch sehr abwechslungsreich gewesen zu sein. Schneeweiß hat kein Geheimnis daraus gemacht, dass Kramer nicht gerade der Erfinder der bedingungslosen Treue war. Der sah auch wirklich gut aus. Sogar noch mit einem Pfeil in der Brust.«

»Die Recherche im privaten Milieu des Opfers ist wahrscheinlich genauso mühsam wie der berufliche Kram. Der schöne Professor hat ja mit niemandem über seine Liebschaften geredet. Die müssen wir wahrscheinlich genauso beschwerlich suchen wie seine beruflichen Themen.«

Die Polizisten sahen einander an. Sie hatten auf einmal beide die gleiche Idee. Professor Kramer war ein prominenter Bürger Leipzigs. Es gab niemanden, der sich in Leipzigs High Society besser auskannte als Günther Hirte. Hirte war

Sportreporter beim LEIPZIGER TAGEBLATT. Nebenbei war er noch für die Rubrik ›Klatsch und Tratsch‹ zuständig. Wenn ihnen jemand weiterhelfen konnte, dann Günther. Wiggins wählte die abgespeicherte Nummer seines Handys. Kurze Zeit später legte er wieder auf. »Wir treffen uns heute Abend im GONZALES.«

Günther Hirte saß am Tresen. Vor ihm stand eine ›Bloody Mary‹. Seine langen blonden Haare hatte er zu einem Pferdeschwanz nach hinten gebunden. Er war Anfang 40, aber noch erkennbar bemüht, seinen sportlichen Körper, den er als ehemaliger Fußballprofi hatte, zu bewahren. Seine sportlichen Aktivitäten hatte er vom Fußballplatz ins Fitness- und Boxstudio verlagert, was man ihm deutlich ansah.

Als die Kommissare auf ihn zukamen, stand er auf, und sie begrüßten sich mit einer Umarmung. »Frohes Neues Jahr! Ich habe gehört, ihr durftet heute Morgen nicht ausschlafen. Aber wenn so ein Promi den Löffel abgibt, muss natürlich die Elite unseres Ermittlungsapparates ran.«

Die Frage, warum Günther schon so gut Bescheid wusste, erübrigte sich. Er war ein guter Journalist und natürlich hatte er schon vom Tod des bekannten Professors erfahren. Kroll bestellte für sich ein Weizenbier und für Wiggins eine Flasche Becks.

»Ich plädiere schon lange dafür, dass Morde in der Silvesternacht gesetzlich verboten werden«, scherzte Kroll. »Aber du kennst ja unsere Politiker. Machen nur unnütze Gesetze.«

»Was habt ihr denn Schönes für mich? Meine Kollegen warten sehnsüchtig auf exklusive Infos. Ich hab ihnen versprochen, dass ich ihnen was liefere.«

Günther Hirte kramte ein rotes Notizbuch hervor, schlug es auf und sah die Polizisten erwartungsvoll an.

Kroll trank bewusst langsam von seinem Bier, um die Erwartungen des Journalisten noch zu steigern. »Bei dem Toten handelt es sich um den Psychoanalytiker Professor Dr. Jochen Kramer.«

»Sensationelle Info«, schwärmte Hirte überschwänglich.

»Der Tote wurde in der Nacht von 31. Dezember zum 1. Januar getötet.«

»Weiß ich schon.«

»Mordwaffe war eine Armbrust.«

Hirte pfiff so, als wäre eine schöne Frau vorbeigelaufen. »'ne Armbrust! Ich dachte, mit den Dingern hat man seit dem Mittelalter niemanden mehr umgebracht.«

»Dachten wir auch. Aber das sind inzwischen High-Tech-Geräte. Die schießen genauso gut und präzise wie ein Gewehr. Nur leiser.«

»Das ist ja sensationell«, lobte Hirte. »Der berühmte Professor stirbt durch den Pfeil einer Armbrust!« Hirte dachte wohl schon an eine plakative Überschrift für den Artikel der Kollegen. »Hat Wilhelm Tell nicht auch mit so einem Teil geschossen, ich meine die Nummer mit dem Apfel?«

»Ganz richtig«, bestätigte Wiggins. »Nur unser Täter hat leider nicht einen Apfel getroffen, sondern mitten ins Herz.«

Günther Hirte beendete seine Notizen und sah die Polizisten an. Er kannte sie lange genug, um zu wissen, dass sie im jetzigen Stadium der Ermittlungen nicht mehr erzählen würden. »Waren das exklusive Infos oder hattet ihr schon eine offizielle PK?«

»Die PK ist morgen. Heute ist Feiertag. Jetzt bist du dran.«

Der Journalist sah die Polizisten verwundert an. »Jetzt sagt doch mal, kanntet ihr den Professor wirklich nicht?

Der hat doch andauernd hier rumgehangen. Meist mit jungen Frauen.«

Kroll und Wiggins tauschten kurz Blicke. »Wir waren lange nicht mehr hier. Und wenn, dann ist er uns wirklich nicht aufgefallen. Ist ja auch meistens ziemlich voll hier.«

»Also, der Kramer war ein ganz wilder Hecht. Der liebte zwei Dinge: Frauen und Rotwein. Rotwein war er treu. Immer nur Chateau Margaux. Da kostet eine Flasche so viel, wie unsereins in der ganzen Woche verpulvert. Aber bei Frauen war der alles andere als treu. Den hast du jedes Mal mit 'ner anderen gesehen. Aber sein Typ war fast immer der gleiche: lange blonde Haare, schlank und nie älter als, na vielleicht so höchsten Mitte 30.«

»Hast du Namen?«, fragte Kroll.

Hirte schüttelte den Kopf. »Ne, ich kannte die meisten nicht. Ein paar so vom Sehen. Mal ein bisschen mit ihnen geflirtet, aber nichts Großes.«

Kroll bestellte zwei Bier und eine Bloody Mary. Wiggins setzte die Befragung fort. »Mit wem war er denn zuletzt zusammen?«

Günther Hirte musste nicht lange überlegen. Er hatte ein sehr gutes Gedächtnis, das ihm auch seine Arbeit erleichterte. »In letzter Zeit, und das hat mich sehr gewundert, hat man den immer mit derselben Frau gesehen. Die gehörte eigentlich so gar nicht zu seinem Beuteschema. Also nicht blond und groß. Die hatte so halblange braune Haare«, Hirte zeigte mit seiner Hand eine Stelle am Hals, »sie ist auch eher klein, vielleicht so 1,65 Meter. Aber ein niedliches Ding. Super Figur. Ganz schlank und zierlich. Macht bestimmt viel Sport. Aber fragt doch mal Stefan. Der kennt sie bestimmt auch. Die war häufiger im GONZI, noch bevor der Professor die angegrabscht hat.«

»Was verstehst du denn unter ›in letzter Zeit‹?«, hakte Wiggins nach.

»Na ja, da habe ich natürlich auch nicht so drauf geachtet. Aber ein paar Monate ging das schon, vielleicht ein halbes Jahr.«

»Wir rufen Stefan morgen an. Heute Abend scheint er ja nicht hier zu sein.«

Kroll spürte, dass er langsam müde wurde. Es war ein langer Tag gewesen, und er hatte in der letzten Nacht wenig geschlafen.

»Wir hauen ab, Günther. Sperr doch weiter die Ohren auf. Das nächste Mal sind wir alle wieder munter und können länger quatschen.«

AUGUST

Jochen Kramer hatte eigentlich keine Lust, sich mit seinem Freund und Kollegen Karl Schneeweiß zu treffen. Er hatte ihm regelmäßig die Berichte in Sachen Cori Landmann geschickt und konnte sich an den Fingern einer Hand abzählen, dass Karl Schneeweiß wieder versuchen würde, ihm das ganze Experiment auszureden. Karl Schneeweiß war ein guter Freund und ein anerkannter Wissenschaftler, aber er stand auch kurz vor seiner Pensionierung. Er hatte nicht mehr den Mut, die Flexibilität und vor allen den Ehrgeiz, den er noch als junger Professor gehabt hatte. Aber das Schlimmste war: Im Alter war er immer konservativer und unbeweglicher geworden. Kramer nannte das Altersstarrsinn. Ihm war schon vor der Zusammenkunft klar, dass er seine Taktik ändern musste.

Sie begannen das Gespräch mit dem üblichen Small Talk über die Wissenschaft, die Universität, Äußerungen von Kollegen und einige belanglose Dinge.

Karl Schneeweiß kam schnell zum eigentlichen Thema. »Ich habe deine Berichte gelesen, Jochen. Das geht so nicht! Du musst dieses fragwürdige Experiment abbrechen, und zwar sofort.«

Die Antwort war für ihn mehr als überraschend. »Du hast völlig recht, Karl. Es war einfach eine geniale, aber doch nicht umsetzbare Idee. Ich habe mich da in etwas verrannt, musste jetzt aber in der empirischen Phase feststellen, dass das Experiment nicht durchführbar ist.«

Karl Schneeweiß war zwar beruhigt, dass ihm mühsame Überzeugungsarbeit und Argumentation offenbar erspart blieben, mit einem so plötzlichen Sinneswandel hatte er jedoch nicht gerechnet.

»Und wie bist du zu dieser Erkenntnis gekommen?«

Kramer gab vor, zu überlegen. Er bediente sich des Tonfalls, den er sich für wissenschaftliche Ausführungen angeeignet hatte. »Mehrere Gründe spielen eine Rolle: Zuerst ist da natürlich die wissenschaftliche Komponente. Es ist schon sehr fragwürdig, ob eine Versuchsanordnung überhaupt in unseren Fachkreisen aussagekräftig ist, die nur auf den Verhaltensmustern einer Person beruht.«

Karl Schneeweiß unterbrach ihn nicht, stellte aber fest, dass er das Argument für überzeugend hielt.

Kramer gab vor, ein wenig verlegen zu sein. »Was ich mir von Anfang an nicht richtig überlegt habe; Ich schildere doch, wie ich eine Frau für mich erobere, um sie dann wieder wie eine heiße Kartoffel fallen zu lassen. Das kommt doch nicht gut an bei den Kollegen. Den Ruf als gewissenloser Macho werde ich dann in den nächsten 100 Jahren nicht mehr los.«

Schneeweiß konnte sich eine spitze Bemerkung nicht verkneifen. »Zumal dein Ruf in dieser Beziehung so tadellos ist. Jeder weiß, dass du die Weiblichkeit nur in ernster Absicht betörst.«

Jochen Kramer überlegte kurz, ob er auf die Ironie eingehen sollte, entschied sich aber dafür, fortzufahren. »Und natürlich ist es auch nicht von der Hand zu weisen, was du von Anfang an gesagt hast: Man geht so nicht mit einem Menschen um. Das ist mir inzwischen auch selbst klar geworden. Es ist nicht gut, eine junge Frau, die bis jetzt ehrlich und tapfer durchs Leben gegangen ist und die noch niemandem etwas zuleide getan hat, so zu behandeln. Das ist nicht anständig, und wir alle sind doch aufgerufen, die Moral gerade nicht der Forschung zu opfern.«

Karl Schneeweiß ließ sich zufrieden in die Lehne seines Stuhls fallen. Er gab der Bedienung ein Zeichen und bestellte eine Flasche Rotwein, ohne seinen Kollegen zu fragen, was er trinken wollte. »Ehrlich gesagt, bin ich sehr erleichtert, nicht nur, weil dem armen Mädchen die ganze traurige Prozedur erspart bleibt.«

Kramer sah ihn fragend an.

»Ich bin auch erleichtert, weil ich mich nicht in dir getäuscht habe. Wir kennen uns doch schon lange und sind seit vielen Jahren befreundet. Ich habe dich immer für einen anständigen Kerl gehalten.« Er lächelte väterlich. »Gott sei Dank hast du meinen Eindruck nicht zerstört.«

»Du kennst mich doch. Ich habe mich schon öfter in irgendwelche Dinge verrannt. Aber meistens bin ich dann letztendlich irgendwann wieder zur Vernunft gekommen.« Kramer fiel während des Redens selbst auf, wie leichtfüßig und überzeugend seine Sätze waren. War er inzwischen schon so ein guter Schauspieler, oder lag es daran, dass er den alten Professor nicht von der Wahrheit überzeugen musste? Er erzählte nur das, was Schneeweiß ohnehin von ihm hören wollte.

»Gut, dass es jetzt auch wieder so ist.« Schneeweiß erhob das Glas, das der Kellner kurz zuvor eingeschenkt hatte, und stieß mit seinem jüngeren Kollegen an. »Und wie geht's jetzt weiter?«

Kramer sah ihn erstaunt an. »Sie ist in Indien.«

»Na komm schon. Irgendwann kommt sie doch wieder. Wie geht's dann weiter?«

»Wie soll's weitergehen? Wir werden uns natürlich treffen. So ganz ohne wissenschaftlichen Hintergrund.« Er machte eine Pause. »Sie ist wirklich eine sehr nette und sehr attraktive Frau.«

Karl Schneeweiß sah sein Gegenüber ungläubig an. »Sag mal, kann es sein, dass du mir den wahren Grund für die Beendigung des Experiments noch gar nicht erzählt hast?«

Kramer tat so, als wüsste er nicht, worauf sein Kollege hinauswollte.

»Kann es sein, dass du dich verliebt hast?«

Jetzt prostete Kramer seinem Kollegen zu und lächelte. »Ich verweigere die Aussage.«

JANUAR

Es war der erste Arbeitstag des neuen Jahres. Im Präsidium hatte sich schon wieder der hektische Alltag eingestellt. Als Kroll in ihr gemeinsames Büro kam, zeigte ihm Wiggins lächelnd ein paar Blätter Papier. »Auf unseren Freund Bernstein ist wirklich Verlass. Die Liste mit den Vereinsmitgliedern hatte ich heute Morgen bereits im Postfach.«

»Alles ehrenwerte und korrekte Leute«, war der knappe Kommentar des Kommissars. »Was haben wir sonst noch? Mich würden mal die Berichte der Spusi, der KTU und vor allem von Dr. Schmidt interessieren.«

Wiggins stöhnte. Offensichtlich waren Kroll und er die Einzigen, die gestern gearbeitet hatten. »Soll alles im Laufe des Tages eintrudeln. Gestern war ja schließlich Feiertag.« Er sah auf die Uhr. »Lass uns mal zu Reis gehen. Der wartet schon auf uns.«

Sie nahmen auf den Stühlen Platz, die vor dem überdimensionalen Schreibtisch des Staatsanwalts standen. Er ließ sich kurz über die Vernehmungen des gestrigen Tages informieren, erwartete aber keine entscheidenden Fortschritte, das wäre in diesem Fall Glück gewesen, und Glück kam bei der Polizeiarbeit nur selten vor. »Natürlich richten wir eine SOKO ein.« Das ›ist ja ein Promi gestorben‹, verkniff er sich. »Wie viele Leute braucht ihr?«

Kroll dachte laut nach. »Wir müssen seine drei Computer durchkämmen. Einen im Büro, einen in seinem Haus und einen Laptop. Da werden Dateien ohne Ende drauf sein. Ich würde sagen, allein dafür schon zwei Leute.«

Der Staatsanwalt machte sich Notizen.

»Dann müssen wir natürlich alle Telefonate checken. Dienstanschluss, Privatanschluss, Handy, sagen wir erst mal in den letzten drei Monaten. Die nächsten zwei Mann, oder besser drei, dann geht es schneller.«

»Das private und auch das dienstliche Umfeld des Professors nehmen Kroll und ich uns vor«, ergänzte Wiggins. »Da wäre vielleicht eine Person Verstärkung nicht schlecht, für alle Fälle, also für die Personen, die nicht so eng mit ihm in Kontakt standen. Und dann sind da natürlich noch die Vermögensverhältnisse. Einer muss die Konten einsehen, sagen wir die Zahlungsvorgänge des letzten Jahres, und natürlich müssen wir uns auf sein Testament stürzen, falls er eins gemacht hat. Der hatte ziemlich viel Kohle. Mich würde auch interessieren, ob er Gelder im Ausland gebunkert hat. Unser Professor war ja viel unterwegs. Das wären dann noch mal drei Leute. Die sollen sich dann auch gleich darum kümmern, ob es irgendeine Verbindung zwischen den Mitgliedern des ›Robin Hood‹ und dem Professor gibt. Das ist eher so eine konzertierte Aktion, aber auch das erfordert Zeit.«

Staatsanwalt Reis sah auf seine Notizen. »Also neun Leute. Ihr seid ja heute richtig bescheiden. Ich werde das organisieren. Spätestens morgen haben wir die Mannschaft zusammen.«

»Hast du schon unseren Stefan vom GONZALES erreicht?«, fragte Kroll seinen Kollegen, als sie wieder auf dem Weg zu ihrem Büro waren.

»Der ist vor drei Tagen nach Mexiko geflogen. Urlaub machen und Tequila kaufen. Der stellt sein Handy im Urlaub immer aus. Aber wir bleiben dran. Vielleicht haben wir ja Glück.«

Kroll fluchte leise vor sich hin. »Wann kommt er wieder?«

»In drei Wochen.«

»Wir fahren jetzt zu Melanie Nieblum. Vielleicht geht es ihr ja schon besser.«

Kroll parkte den Dienstwagen vor der Villa des Professors. Melanie Nieblum öffnete den Polizisten die Haustür. Sie war ungeschminkt und hatte die Haare nur notdürftig mit einem Gummi zu einem Pferdeschwanz gebunden. Sie trug einen grauen Jogginganzug, der viel zu groß wirkte. Man konnte ihr ansehen, dass sie wenig geschlafen hatte. Als sie die Polizisten erkannte, war sie bemüht, ein gequältes Lächeln zustande zu bringen.

»Ich hoffe, Sie konnten sich schon ein bisschen erholen«, begrüßte sie Kroll. »Wir würden gerne noch ein wenig mit Ihnen reden.«

»Ich mache uns einen Kaffee. Ehrlich gesagt, bin ich froh über ein wenig Gesellschaft. Meine Freundin hat heute hier übernachtet, aber sie ist jetzt natürlich zur Arbeit gefahren.«

Die Polizisten setzten sich an einen geräumigen Küchentisch aus hellem Holz, während Melanie Nieblum einen modernen Kaffeeautomaten aus Edelstahl bediente. »Haben Sie schon etwas herausgefunden?«

Kroll sah ihr bei der Zubereitung des Kaffees zu. »Ehrlich gesagt, wir haben leider die Befürchtung, dass wir ein wenig Zeit brauchen. Der Täter hat sicherlich keine oder nur wenige Spuren hinterlassen. Und der Professor war eine bekannte Persönlichkeit. Da gab es viele Kollegen, Freunde, Bekannte, Geschäftspartner. Es wird sicherlich dauern, bis wir das alles durchkämmt haben.«

Sie stellte die Kaffeetassen auf den Tisch und setzte sich zu den Polizisten. »Verstehe.«

»Wir hatten ehrlich gesagt gehofft, dass Sie uns ein bisschen weiterhelfen könnten«, hakte Wiggins nach.

»Ich? Warum ich?«

»Sie kannten Professor Kramer doch am besten. Hat er Ihnen erzählt, dass er sich bedroht fühlte oder dass er vor etwas Angst hatte? Hat ihn jemand belästigt oder bedroht?«

Melanie Nieblum schüttelte den Kopf.

Kroll war bemüht, beruhigend zu wirken. Aber auch unangenehme Fragen gehörten zu seinem Beruf. »Frau Nieblum, wir haben erfahren, dass Professor Kramer bei den Frauen, sagen wir mal, sehr gut angekommen ist. Er hatte sicherlich viele Gelegenheiten, die eine oder andere Frau näher kennenzulernen. Sind Sie sich sicher, dass sie die einzige Frau in seinem Leben waren?«

Melanie zuckte mit den Schultern. Sie lächelte wieder gequält. »Ich weiß nicht, wie ich das erklären soll. So einen Mann wie Jochen konnten sie nicht kontrollieren. Der war doch immer unterwegs: auf Reisen, auf Kongressen, bei Veranstaltungen, bei Firmeneinladungen und so weiter. Es wäre für ihn ein Leichtes gewesen, mir irgendetwas zu erzählen, wenn ich ihn gefragt hätte, wo er seine Abende und Nächte verbrachte. Also habe ich erst gar nicht gefragt.« Sie zögerte einen Moment. »Vielleicht wollte ich es auch gar nicht so genau wissen.«

Kroll nickte. »Haben Sie eigentlich hier gewohnt?«

»Ab und zu. Ich habe auch noch eine eigene Wohnung.«

»Haben Sie einen Schlüssel von diesem Haus?«

Melanie Nieblum ließ sich nicht anmerken, dass ihr die Fragen nach ihrem Privatleben langsam lästig wurden. »Nein.«

Wiggins wechselte das Thema. »Haben sie denn nie über die beruflichen Angelegenheiten von Professor Kramer gesprochen?«

»Doch, ab und zu.«

Die Kommissare sahen sie fragend an.

»Psychologie kann manchmal ganz schön kompliziert sein, vor allem, wenn der Mann auch noch Professor ist. Ich bin von Beruf Innenarchitektin. Da fehlt mir schon eine ganze Menge Fachwissen.«

»Aber irgendwas hat er Ihnen doch erzählt.«

»Ja, es waren mehr so einfache Dinge. Zum Beispiel, wie sich die Menschen in Krisenzeiten verhalten haben, in Hungersnöten, in Kälteperioden, bei Kriegen bis hin zur Eurokrise.«

Die Polizisten wussten bereits, dass sich Kramer mit diesen Fragen beschäftigt hatte. Sie wollten das Thema jedoch nicht vertiefen. »Hat er nicht über ganz aktuelle Untersuchungen gesprochen, ich meine nicht so Massenphänomene, sondern einzelne Personen?«

Wieder das Schulterzucken. »Er hat ja auch noch diese Gutachten fürs Gericht gemacht. Das war natürlich interessant. Aber das ist bei schweren Verbrechen doch immer so.«

»Können Sie sich vorstellen, dass sein Tod etwas mit dieser Tätigkeit als Gerichtsgutachter zu tun hat?«

Diesmal kam die Antwort ganz spontan. »Da gab es manchmal wohl schon Ärger, vor allem, wenn Verbrecher aufgrund seiner Gutachten aus der Haft entlassen wurden oder gar nicht erst hereingekommen sind.«

»Können Sie Namen nennen?«

»Namen fallen mir nicht ein. Jochen hat auch nie Namen erwähnt. Zuletzt ist wohl einer ausgerastet, dem so ein Betrunkener die Frau totgefahren hat. Der hat Jochen wohl richtig angemacht.«

Kroll wunderte sich, warum Melanie Nieblum das nicht schon eher erzählt hatte. Aber er wusste auch zu gut, dass es in ihrem Zustand nur schwer möglich war, die Gedanken zu sammeln.

»Haben Sie vielen Dank. Wir werden uns ohnehin alle Akten ansehen, bei denen Professor Kramer Gutachten geschrieben hat.«

AUGUST

Cori Landmann hatte sich während ihres Urlaubs in Indien nur selten bei Jochen Kramer gemeldet. Eine belanglose Ansichtskarte und zwei kurze Telefonate, die sich auf den Urlaub beschränkt hatten. Kramer war ein wenig enttäuscht, er entschuldigte den spärlichen Kontakt jedoch mit dem anstrengenden Reiseprogramm und den vielen neuen Eindrücken. Außerdem hatte ihre ›Beziehung‹ ja noch gar nicht richtig angefangen.

Es war nicht schwer, herauszufinden, wann Cori via Frankfurt in Leipzig eintraf. Er schickte ihr eine SMS, dass er sie am Flughafen abholen würde. Die Wahrscheinlichkeit, dass ein anderer Mann ihm bei der Abholung in die Quere kommen würde, war sehr gering. Schließlich hatte Cori noch vor Kurzem in Kontaktbörsen im Internet ihr Glück versucht.

Der Flieger aus Frankfurt sollte Sonntag um 17.43 Uhr in Leipzig eintreffen. Kramer war überpünktlich. Er wollte auf keinen Fall zu spät kommen. Schon gegen fünf Uhr betrat er die Ankunftshalle des Flughafens Leipzig/Halle. Er schaute zunächst auf die Uhr und vergewisserte sich dann auf der großen Anzeigetafel, dass der Flug keine Verspätung hatte. Danach ging er in den Imbissbereich und bestellte sich eine Cola light. Pünktlich um 17.43 Uhr wartete er vor den Schiebetüren, aus denen die Ankömmlinge kommen mussten. Natürlich war auch Kramer klar, dass Cori erst noch auf ihr Gepäck warten musste, aber er wollte sie auf keinen Fall verpassen.

Um 18.10 Uhr entdeckte er Cori, die mit ihrer Freundin Karli durch die Schiebetüren kam. Obwohl er für Karli nur einen kurzen Blick überhatte, war seine Einschätzung sofort klar: Modell Kampflesbe. Karli hatte kurze, stoppelige Haare, die sie rot gefärbt hatte, ihr Gesicht war kantig, und der Unterkiefer hatte einen Überbiss. Ihr Gang und ihr ganzer Körper wirkten männlich. Cori stand die Urlaubsbräune gut. Sie trug Jeans, Turnschuhe und eine rote Jeansjacke über ihrem T-Shirt. Sie lächelte freudig, als sie Kramer entdeckte, und beschleunigte ihren Gang. Karli ging hinter ihr her, ohne ihre Schrittfrequenz zu erhöhen.

»Hallo!«, rief Cori freudig und winkte mit der freien Hand. Als sie Kramer erreicht hatte, umarmte sie ihn und gab ihm einen Kuss auf die Backe. Er legte seine Hände auf ihre Hüften, um zu verhindern, dass der Abstand zu schnell wieder zu groß wurde. »Lass dich anschauen. Du siehst fantastisch aus. Die Bräune steht dir gut. Man kann richtig sehen, wie gut du dich erholt hast.«

»Die Bräune verdeckt vieles. Es war ein supertoller Urlaub, aber mit Erholung hatte das wirklich nicht viel zu tun. Oh Mann, es gibt so viel zu erzählen.«

»Na da bin ich ja mal gespannt.«

Cori drehte sich zu Karli. Kramer musste ihre Hüften

loslassen. »Das ist meine Freundin Karli«, sagte sie voller Begeisterung, als würde sie eine berühmte Person vorstellen.

Karli reichte Kramer die Hand. Ihr Lächeln wirkte aufgesetzt. Ihm fiel auf, dass ihre Haut blass war. Vermutlich hatte sie ständig ein Basecap gegen die Sonne getragen und Lichtschutzfaktor 50 benutzt. »Nett, Sie kennenzulernen«, log Kramer mit einem Lächeln, das nicht gekünstelt aussah. Er war schließlich Profi.

Karli nickte nur. Ihr vorstehender Unterkiefer ließ sie grimmig aussehen. Das konnte aber auch täuschen.

»Wir können Karli doch nach Hause bringen, oder?«, Cori war immer noch überschwänglich.

»Natürlich, gerne. Ist mir eine große Freude.«

Letzteres war nicht einmal gelogen. Kramer war tatsächlich froh, wenn er die humorlose Lesbe los war.

Karli wohnte im Leipziger Stadtteil Thekla, nicht gerade auf dem Weg, aber immerhin nahe an der Autobahn. Auf der Fahrt unterhielten sich überwiegend die beiden Frauen über ihren Urlaub. Kramer warf ab und zu eine Frage ein, wenn es so halbwegs passte. Als sie vor dem großen Mietshaus, in dem Karli wohnte, angehalten hatten, verabredeten sich die Frauen für den morgigen Abend. Das störte den Professor. Er hatte eigentlich erwartet, dass sich Cori die nächsten Abende für ihn frei hielt, er ließ sich aber nichts anmerken.

»Und was machen wir jetzt?«, fragte Kramer, als sie wieder alleine im Auto waren.

Cori ließ sich in den Sitz fallen. Sie wirkte plötzlich müde. »Ich brauche jetzt auf jeden Fall erst mal eine Dusche. Außerdem habe ich wenig geschlafen. Wir hatten nur eine Stunde Aufenthalt in Frankfurt. Und in diesen Flugzeugsitzen kann ich einfach nicht richtig pennen.«

Kramer konnte sich nicht erinnern, wann er zum letzten Mal in der Economyklasse geflogen war. Er gab vor, mitfühlend zu sein. »Aber du hast doch bestimmt noch Hunger. Oder gab es im Flieger ausnahmsweise mal etwas Vernünftiges?«

»Ne. Die hatten da so ein patschiges Huhn. Sollte sogar indisch sein. Ich hab meins Karli gegeben. Die ist da völlig unsensibel.«

Kramer enthielt sich eines Kommentars. »Also Vorschlag: Ich bringe dich jetzt nach Hause und hole dich in einer Stunde ab, und wir gehen noch schön essen. Schlafen kannst du noch genug. Du hast ja schließlich Ferien.«

»Einverstanden«, lächelte sie.

Kramer hatte ein nobles japanisches Restaurant ausgesucht. Er hielt dies für passend, weil es einen Kontrast zur indischen Küche darstellte, die Cori in ihrem Urlaub ja zu Genüge genossen hatte. Sie saßen an einem netten Tisch in einer Ecke, die ein wenig abgedunkelt war. Das gemütliche Licht wurde ausschließlich von Kerzen gespendet, auch ein Grund, warum Kramer sich für dieses Restaurant entschieden hatte.

Cori erzählte begeistert von ihrer Reise. Sie machte kaum eine Pause, holte kaum Luft. Ihr war deutlich anzumerken, dass die präsenten und frischen Erinnerungen sie immer noch beeindruckten. Die Ausflüge, die Landschaft, die Gebäude, die Menschen, die Tiere, das Meer, die Gastfreundschaft, die Begegnungen und vieles mehr. Kramer ließ sie reden, hörte aufmerksam zu und stellte ab und zu eine kurze Zwischenfrage. Er wusste nur zu gut, dass es ungeschickt gewesen wäre, sie in ihrem Redefluss zu unterbrechen. Sie wollte alles erzählen, und er ließ sie gewähren. Kramer musste aber auch zugeben, dass er die meisten Geschichten sogar interessant fand. Er kannte Indien, hatte das Land aber bislang nur aus der Perspektive der Reichen und Schönen kennengelernt.

Irgendwann unterbrach Cori ihre Erzählungen. Sie sah Kramer ein wenig verlegen an. »Übrigens, ich hab dir auch etwas mitgebracht.«

Kramer war überrascht. »Mir, wirklich? Das ist aber lieb. Was ist es denn?«

Cori errötete leicht. Sie stellte ihre Handtasche auf den Tisch und lächelte ihn an. »Es ist hier drin. Du darfst aber jetzt bitte nicht zu viel erwarten. Es ist nur eine Kleinigkeit.«

»Ach Cori, wenn du wüsstest, wie sehr ich mich freue, dass du in Indien überhaupt an mich gedacht hast. Wir haben ja so wenig telefoniert.« Er riss die Augen weit auf. »Jetzt zeig's schon. Ich bin richtig gespannt.«

Cori holte einen kleinen Schirm aus ihrer Handtasche und spannte ihn auf. Der Schirm war aus Stoff, er erinnerte mehr an einen Baldachin als an einen Regenschirm. Auf der Oberseite waren viele Zeichnungen und Schriftzeichen.

Sie hielt ihm den Schirm entgegen. »In Indien ist der Schirm ein Symbol für königliche Würde. Er schützt vor der Sonne, und die Kühle des Schattens symbolisiert den Schutz vor allen Gefahren wie Krankheit, Leidensdruck und allem Bösen.«

Er nahm den Schirm in die Hand und betrachtete ihn intensiv. »Das ist wirklich total lieb von dir. So einen kleinen Schutzengel kann ich wirklich gut gebrauchen.«

Er beugte sich zu ihr über den Tisch. Sie kam ihm entgegen. Er gab ihr einen Kuss auf die Wange. »Schön, dass du wieder da bist. Ich muss zugeben, ich habe dich schon ein wenig vermisst.«

Eigentlich hatte er jetzt ein ›ich dich auch‹ erwartet, aber es kam nicht. Wieder tat sie so, als hätte sie seinen letzten Satz nicht gehört.

Es entstand eine kleine Pause. »Du hast gar nicht viel von deiner Freundin Karli erzählt. Habt ihr euch gut verstanden?«

»Du denkst, sie ist lesbisch, stimmt's?«, kam es wie aus der Pistole geschossen.

Er nippte an seinen Rotwein. »Na ja, wenn man sie sich so anschaut, könnte man schon auf die Idee kommen.«

»Ist sie ja auch«, sagte Cori beinahe triumphierend.

»Dann lag ich gar nicht so falsch. Aber ich meine, es geht mich auch nichts an, und jeder kann tun und lassen, was er will, also, wie soll ich mich ausdrücken …«

»Du willst jetzt bestimmt wissen, ob ich auch auf Frauen stehe?«

Der Professor nickte.

»Würde es dich stören?«

»Grundsätzlich nicht, aber in diesem konkreten Fall, ehrlich gesagt, ja!«

»Da kann ich dich beruhigen. Karli ist eine ganz liebe Freundin von mir. Aber ich persönlich stehe nicht auf Frauen, zumindest nicht sexuell. Außerdem ist sie schon seit vielen Jahren mit ihrer Lebensgefährtin zusammen. Karli ist in jeder Hinsicht eine ganz treue Seele. Du brauchst dir also keine Sorgen zu machen.«

Kramer lächelte. »Dann bin ich ja beruhigt.« Er sah sich im Restaurant um. »Ich finde es hier nicht so gemütlich. Trinken wir noch woanders einen Absacker?«

Coris Müdigkeit war verflogen. »Gerne, ich habe ja noch Ferien.«

Die SOKO ›Philosoph‹ hatte erst seit wenigen Tagen ihre Arbeit aufgenommen. Bahnbrechende Ergebnisse waren nach so kurzer Zeit nicht zu erwarten. Kroll und Wiggins saßen mit ihren Kollegen im Besprechungsraum und hörten sich die Berichte der einzelnen Gruppen an.

Die Akten sämtlicher Verfahren, in denen Professor Kramer als Sachverständiger eingebunden gewesen war, lagen bereits vor. Stefanie Buri, eine junge Kollegin, hatte sich erst einen oberflächlichen Überblick verschafft und bislang keine Übereinstimmung mit der Mitgliederliste des Bogenschützenvereins Robin Hood gefunden. Natürlich stand eine gründliche Sichtung noch bevor.

Die übrigen Arbeiten waren in vollem Gange. Morgen würde man vielleicht mehr wissen.

Als die Runde sich schon langsam auflöste, ergriff Stefanie Buri noch einmal das Wort. »Eine Sache ist mir noch aufgefallen.«

Die Kollegen sahen sie interessiert an.

»Wir haben das Handy von Kramer noch nicht gefunden.« Sie machte eine kleine Pause. »Das ist sehr seltsam. Ein Mobiltelefon wird eigentlich nie versteckt. Man hat es doch stets in der Nähe, meistens finden wir das Ding in der Kleidung. Der abschließende Bericht der Spusi liegt zwar noch nicht vor, aber ich habe gerade noch mit den Kollegen telefoniert. Die haben definitiv kein Handy gefunden.«

Kroll überlegte laut. »Vielleicht hat es der Täter mitgenommen.«

»Dafür spricht einiges«, bemerkte Wiggins. »Kramer kannte sein Opfer, schließlich ist er Silvester ja zum Gartentor gegangen, nachdem er über die Sprechanlage in Erfahrung gebracht hatte, wer geklingelt hatte. Einen Fremden hätte er bestimmt abblitzen lassen. Wenn das Opfer seinen Mörder kannte, ist es mehr als wahrscheinlich, dass die auch häufiger miteinander telefoniert haben. Der Täter wollte nicht, dass wir über das Handy auf seine Spur kommen.«

»Oder die Täterin«, sagte Kroll trocken.

Das Gerichtsmedizinische Institut war in den Kellerräumen des Präsidiums untergebracht. Kroll und Wiggins trauten ihren Augen nicht, als sie den langen Flur betraten, um Dr. Schmidt aufzusuchen. Der Leichnam des Professors war mit Lederriemen an einer Bahre befestigt, die Dr. Schmidt um 90 Grad gedreht hatte, und stand am Ende des Flures. Sein Kopf hing schräg nach unten, er erinnerte an den Gekreuzigten. Der Oberkörper des Toten war mit demselben Oberhemd und demselben Jackett bekleidet, das Kramer auch in der Stunde seines Todes getragen hatte. Dr. Schmidt hatte sogar daran gedacht, ihm die Krawatte umzubinden. Die Genitalien des Professors waren deutlich sichtbar. Der Arzt hatte es nicht für erforderlich gehalten, sie zu bedecken.

In der Brust des Professors steckten zwei Pfeile. Dr. Schmidt legte einen Zollstock auf den Fußboden und machte mit Bleistift einen Strich auf den Boden. Dann legte er den Zollstock wieder an und wiederholte die Prozedur. Kroll und Wiggins schauten sich ungläubig an.

»Gut, dass ihr kommt«, rief der Arzt und ging auf die Leiche zu. »Schaut euch das doch mal an.« Er deutete mit dem Zeigefinger auf die Pfeile. »Diesen Pfeil hier habe ich aus genau fünf Metern abgefeuert. Er steckt deshalb relativ tief im Körper. Der Pfeil ragt nur 4,8 cm aus der Brust heraus.« Schmidt beachtete die Polizisten nicht. Die waren ohnehin sprachlos in einer Mischung aus Verwunderung und Interesse. »Der andere Pfeil hier wurde aus genau zehn Metern abgeschossen. Der ragt um 6,2 cm aus dem Körper von Kramer heraus. Jetzt geht mal zur Seite.«

Kroll und Wiggins gingen nicht nur zur Seite, sondern in Richtung des anderen Endes des Flures. Dr. Schmidt griff nach der Armbrust, die er am Fußende der Bahre angelehnt hatte, und suchte die Markierung am Boden. Als er die 15 Meter Marke gefunden hatte, feuerte er ab. Er war ein erstaunlich guter Schütze. Der Pfeil landete in Kramers Brust. Schmidt eilte zu der Leiche und maß den Abstand zum Pfeilende. »Ganz genau 7,8 cm«, rief er mit fester Stimme, wobei ihm der Stolz über sein gelungenes Experiment deutlich anzuhören war.

Kroll und Wiggins hatten inzwischen auch ihre anfänglichen Skrupel abgelegt. Natürlich hatten sie schnell begriffen, worauf der Arzt hinaus wollte. Ihre Neugier verdrängte die anderen Gefühle.

»Nun sag schon«, wurde Kroll ungeduldig. »Wie tief steckte der Pfeil des Mörders in Kramers Brust?«

Dr. Schmidt genoss die Spannung. »Nicht so hastig, meine Herren. Also fassen wir noch mal zusammen. Der erste Pfeil ragte nur 4,8 cm und der zweite 6,2 cm heraus. Das ist auf die Entfernung von fünf Metern eine Differenz von genau 1,4 cm.«

Kroll wurde langsam ungeduldig, ließ sich aber nichts anmerken.

»Den dritten Pfeil habe ich aus 15 Metern Entfernung abgeschossen, und er ragte 7,8 cm heraus. Jetzt haben wir auf die weiteren fünf Meter Abstand eine Differenz von 1,6 cm. Das ist noch eine relativ gute Konstanz, die zwei Millimeter.«

Wiggins fand inzwischen Gefallen an der Vorstellung des Arztes. »Und wann verrätst du uns endlich, wie weit der Pfeil aus Kramers Körper herausragte?«

Dr. Schmidt tat, als müsste er das in seinen Notizen nachlesen. »Der Pfeil aus der Tatwaffe ragte genau«, er sah sich noch einmal um, »7,9 cm aus dem Körper heraus.«

Kroll pfiff anerkennend. »Klasse, Dok. Dann wissen wir also jetzt mit ziemlicher Sicherheit, dass der tödliche Pfeil aus ungefähr 15 Metern abgeschossen wurde.«

Dr. Schmidt machte ein nachdenkliches Gesicht. Er wog den Kopf bedeutungsvoll hin und her. »Nicht ganz. Einen Faktor haben wir noch nicht berücksichtigt.«

»Welchen?«, fragte Kroll nach.

»Schwer zu sagen.«

»Schwer zu sagen, welchen Faktor wir noch nicht berücksichtigt haben?«

»Natürlich nicht. Schwer zu sagen, wie er sich auswirkt.«

»Doktor!«

»Das Fleisch des menschlichen Körpers verliert nach dem Tod relativ schnell seine Festigkeit. Das Gewebe wird einfach weicher. Wenn der Pfeil im jetzigen Zustand der Leiche zirka acht Zentimeter in den Körper eindringt, müssen wir bei einem noch lebenden Gewebe doch eher von einem kürzeren Abstand ausgehen. Ich denke, ihr könntet einen Meter abziehen.«

»Also 14 Meter«, bestätigte Wiggins.

»Was ich hier gemacht habe, ist natürlich keine wissenschaftlich anerkannte Untersuchungsmethode, aber ich bin mir sicher, dass wir mit den 14 Metern gar nicht so falsch liegen.«

»Gut gemacht, Doktor«, sagte Kroll anerkennend. »Dann kannst du unseren Freund ja wieder in die Horizontale befördern und zur Bestattung freigeben.«

»Geht noch nicht weg. Ich muss euch noch etwas zeigen.« Er ging in den Obduktionsraum und kam wenig später mit einer 50 cm langen dünnen Plastikstange wieder heraus. Anschließen rupfte er unsanft die drei Pfeile aus Kramers Körper heraus und öffnete Hemd und Jackett des Toten. Er zeigte auf eine kleine Öffnung im Brustbereich. »Das hier ist das Einschussloch. Er führte die Stange langsam in die Öffnung ein. »Ich zeig euch jetzt mal den Schusskanal.«

Kroll und Wiggins betrachteten die Stange. Sie zeigte aus der Perspektive des Opfers gesehen leicht nach oben links.

»Das ist ja interessant«, flüsterte Kroll.

»Unser Problem ist natürlich, dass wir nicht genau wissen, wie das Opfer stand, als der Schuss abgegeben wurde. Vielleicht stand er ja etwas schräg oder hatte den Oberkörper leicht verdreht. Das können wir natürlich jetzt nicht mehr rekonstruieren. Aber bei einem bin ich mir absolut sicher: Der tödliche Schuss wurde nicht aus ebener Erde abgegeben. Dann würden wir hier auf jeden Fall einen anderen Schusskanal vorfinden.«

Kroll und Wiggins klatschten den Arzt anerkennend ab. »Du bist das größte Genie hier im Haus, das wusste ich schon immer. Jetzt leg den Professor endlich wieder schlafen. Wir fahren noch mal zu Tatort.«

Kroll stand an der Stelle im Garten, wo der Professor gelegen hatte. Er drehte sich in Richtung der Straße und sah sich die umliegenden Gebäude an. Wiggins machte 14 Meterschritte, wobei er nicht einfach geradeaus lief, sondern leicht versetzt nach links. Er blieb vor einer Garage stehen und zeigte auf das Dach. »Hier hat der Mörder auf ihn gelauert, ich bin mir ganz sicher.«

Kroll tippte auf seinem Handy herum. »Ich schicke zur Sicherheit noch mal die Spusi hin. Können wir da raufklettern?«

»Nicht ohne Leiter.«

»Wurden die Nachbarn schon vernommen?«

»Bestimmt. Aber lass uns noch mal mit ihnen reden.«

Bei den Hausbesitzern handelte es sich um ein älteres Ehepaar, beide klein und untersetzt. Der Besuch der Polizisten schien für sie eine willkommene Abwechselung ihres Ruhestandes zu sein. Sie boten den Kommissaren Tee und übriggebliebene Weihnachtsplätzchen an und beantworteten bereitwillig und ausschweifend alle Fragen. Weiterhelfen konnten sie jedoch nicht. Sie hatten nichts gesehen. In der Silvesternacht hatten sie sich die Übertragung der Feierlichkeiten aus Berlin angesehen und waren anschließend ins Bett gegangen. Ihr Gehör war wohl auch nicht mehr im allerbesten Zustand. Gleiches schien für ihr Augenlicht zu gelten, was aufgrund der dicken Brillengläser stark zu vermuten war.

Als die Polizisten wieder aus dem Haus kamen, waren die Beamten von der Spurensicherung schon fleißig zugange. Kroll und Wiggins kletterten die Leiter herauf, die inzwischen an der Wand lehnte. »Eins ist sicher«, rief Kroll zu Wiggins, der sich über ihm befand, »die Rollstuhlfahrer aus dem Bogenschützenverein können wir streichen.«

»Damit hätten wir immerhin schon 58 Verdächtige weniger, und das auf einen Schlag. Ein großer Erfolg.« Wiggins war bekannt für sein gutes Gedächtnis.

Sie standen auf dem Garagendach und schauten in Richtung des Gartens auf der gegenüberliegenden Straßenseite.

»Melanie Nieblum hat ausgesagt, es habe cirka eine halbe Stunde nach 24.00 Uhr an der Tür geklingelt. Kramer ist an die Sprechanlage und dann auch sofort nach draußen.«

Wiggins wusste, worauf sein Kollege hinauswollte. »Die Sprechanlage befindet sich direkt neben dem Gartentor. Niemand ist in der Lage, in die Anlage zu sprechen und dann ganz schnell die Garage hochzuklettern und sich hier auf die Lauer zu legen. Auch wäre Kramer wahrscheinlich nicht gekommen, wenn er niemanden am Gartentor gesehen hätte.«

Kroll nickte seinem Kollegen zu. »Wir suchen zwei Täter, Wiggins. Einer hat geklingelt und in die Anlage gequatscht, und der andere hat hier mit der Armbrust auf den Professor gewartet.«

»Wir sollten Dr. Schmidt gelegentlich mal ein Bier ausgeben. Das hat er sich wirklich verdient.«

AUGUST

Jochen Kramer hatte Cori überreden können, den Abend mit ihm und nicht mit ihrer Freundin Karli zu verbringen. Schließlich hatten sie sich in den letzten zwei Wochen überhaupt nicht gesehen, und die Freundinnen sich jeden Tag. Karli war überhaupt nicht begeistert, was Kramer auf ihre Eifersucht zurückführte. Ein Teilerfolg für ihn.

Sie trafen sich um 19.00 Uhr am Ufer des Cospudener Sees. An der linken Seite des Hafens schlängelte sich ein kleiner

Weg, der um das Nordufer des Sees führte. In diesem Bereich war eine große Wiese, auf der sich nur wenige Badegäste aufhielten. Man hatte dort im Wesentlichen seine Ruhe. Kramer hatte eine große Decke ausgebreitet. Mitgebracht hatte er einen Picknickkorb und Schwimmsachen. Er machte es sich auf der Decke bequem und starrte auf den See. Einige Segelboote hatten den Versuch unternommen, trotz der drückenden Hitze, die durch kein Lüftchen abgekühlt wurde, Fahrt aufzunehmen. Sie standen auf der Stelle. Die Familie der grauen Schwäne, Vater, Mutter und sechs Kinder, kam deutlich schneller voran. Kramer überlegte, ob es immer dieselben Schwäne waren wie in jedem Jahr. Aber dann müssten es ja immer mehr werden. Oder suchten die Kinder sich irgendwann ein eigenes Revier? Zogen Schwäne eigentlich im Winter noch nach Süden oder blieben sie hier im Norden?

»Hallo!«, hörte er eine Stimme hinter sich.

Cori trug dreiviertellange weiße Jeans und ein weit geschnittenes Leinenhemd. In der Hand hielt sie eine große Tasche. Als sie sich bückte, um Kramer zu begrüßen, konnte er für einen kurzen Moment ihre Brüste sehen. Sie trug keinen BH.

»Schön, dass du da bist«, erwiderte er ihren Gruß.

»Ich freu mich auch«, lächelte sie. »Und was machen wir jetzt?«

»Bei dieser Hitze ist Abkühlung angesagt.« Kramer zog seine Jeans aus. Die Badehose hatte er schon an. »Ich schlage vor, wir gehen schwimmen.«

Cori schaute ihn nur ganz kurz zögerlich an. »Alles klar. Geh schon mal vor. Ich zieh mich schnell um und komme dann hinterher.«

Der Professor ließ sich nicht zweimal bitten. Er rannte ins Wasser, das neben ihm heftig aufspritze. Als der Widerstand zu groß wurde, ließ er sich nach vorne fallen und kraulte in Richtung des anderen Ufers. Nach zirka 20 Metern drehte er sich um und schaute nach Cori. Sie stand bereits bis zu den Knien im Wasser. Cori war offensichtlich noch die wärmeren Temperaturen des Indischen Ozeans gewöhnt. »Komm rein, sonst hole ich dich!«

»Komm doch!«

Kramer kraulte langsam in ihre Richtung. Als er nur noch fünf Meter von ihr entfernt war, lief sie schnell ins Wasser und schwamm mit geschickten Brustzügen an ihm vorbei. »Na warte. Dich krieg ich!«

Es dauerte nicht lange, bis er sie erreicht hatte. Er hielt zuerst ihren Fuß fest, dann die Schultern und zog sich neben ihren Kopf. Als sie sich kurz ansahen, gab er ihr einen Kuss auf den Mund. Keinen langen oder besonders innigen Kuss, einfach einen Kuss, wie ihn Eltern ihren kleinen Kindern geben. Er beobachtete gespannt ihre Reaktion. Die kam aber erneut nicht. Cori tat, als hätte sie den Kuss überhaupt nicht bemerkt. »Lass uns noch ein bisschen rausschwimmen. Das Wasser ist so herrlich.«

Nachdem sie wieder an Land angekommen waren, zogen sie sich umständlich um, wobei große Badehandtücher als Sichtschutz dienten. Kramer holte zwei Gläser und eine Flasche Rosé aus dem Picknickkorb und öffnete sie. »Ich schlage vor, wir trinken ein Gläschen Wein, bevor er zu warm wird.«

Sie lagen zusammen auf der Decke und redeten viel. Kramer hatte Rucolasalat und vegetarische italienische Vorspeisen mitgebracht, die sie sich schmecken ließen. Die Weinflache leerte sich langsam. Als die Dämmerung schon lange hereingebrochen war, öffnete Kramer die zweite und schenkte nach. Er legte sich auf die Seite und stützte seinen Kopf ab. Sein Blick wanderte über den See, der nun still vor ihnen lag. Die meisten Badegäste waren gegangen. »Ist es nicht herrlich hier? So schön es ist, in der großen weiten Welt herumzureisen, man sollte auch immer die Schönheit genießen, die einem am nächsten ist.«

Cori saß neben ihm und hatte ihre Beine vor die Brust gezogen. Sie betrachtete die Landschaft, die hinter dem See lag. Das Waldgebiet, das direkt an den See angrenzte, war nur noch in Umrissen zu erkennen. Sie nickte und hielt ihm ihr Glas zum Anstoßen hin.

»Hat es dich eigentlich sehr gestört, vorhin?«, fragte er mit unschuldiger Miene.

Sie tat so, als wüsste sie nicht, worüber er redete. »Was meinst du?«

»Ich habe dir einen Kuss gegeben. Hat es dich gestört? Oder fandest du das vielleicht sogar ein bisschen angenehm?«

Cori sah auf den See. Sie drehte langsam ihren Kopf zu ihm. »Ich bin mir nicht ganz sicher.«

Kramer richtete sich auf und legte seinen Zeigefinger auf ihr Brustbein. Mit sanftem Druck ließ sie sich nach hinten fallen. Er beugte sich über sie. Diesmal war es kein kurzer Kuss, sondern ein langer und intensiver.

»Bist du dir sicher, dass wir keinen Fehler machen?«, flüsterte sie.

»Ganz sicher!«, sagte er leise, bevor sich ihre Lippen wieder trafen.

»Wir können noch zu mir nach Hause fahren, ich habe ein gemütliches Haus.«

»Gib mir bitte noch ein bisschen Zeit, ja?«

Die SOKO ›Philosoph‹ traf sich um neun Uhr morgens im Besprechungsraum. »Wissen wir jetzt endlich, wer diese Liebschaft von Kramer ist, die mit ihm immer im GONZALES war?«, fragte Kroll ungeduldig.

»Wir wissen natürlich schon, welchen Flug dieser Stefan genommen hat und in welchem Hotel er abgestiegen ist. Wir haben unsere mexikanischen Kollegen um Amtshilfe gebeten, aber wir sind da nicht in der EU. Wir haben eine Nachricht in seinem Hotel hinterlassen und um dringenden Rückruf gebeten. Ein Angestellter des Hotels hat uns gesagt, dass er auf irgend so einer Expedition in den Anden sein soll. Natürlich versuchen wir es auch weiter auf dem Handy, aber da ist nach wie vor tote Hose.«

»Was haben wir noch?«

»Ich kann jetzt definitiv ausschließen, dass es eine Übereinstimmung zwischen der Mitgliederliste des ›Robin Hood‹ und den Verfahren gibt, in denen Professor Kramer Gerichtssachverständiger war«, meldete sich die junge Kollegin Stefanie Buri.

»Gut, bleib da trotzdem dran. Wir dürfen diese Spuren nicht aus den Augen verlieren. Rache ist ein häufiges Mordmotiv, und es gibt bestimmt einige, die mit Kramers Gutachten nicht einverstanden waren.«

»Was schlägst du vor?«

»Versuch, die Fälle mal so ein bisschen nach der Dramatik für die Angehörigen zu sortieren. Versetz dich doch mal in die Lage eines Verwandten und knüpf dir die Fälle vor, die einen besonders wütend machen. Such bitte auch die Personen raus, die Kramer während oder nach der Verhandlung bedroht haben.«

Kroll wandte sich an einen anderen Mitarbeiter. »Wie weit seid ihr mit den Telefonaten?«

»Die Listen aller Anschlüsse von der Telefongesellschaft, das sind sein Apparat in der Uni, sein privater Festnetzanschluss und sein Handy, liegen uns inzwischen vor. Die Listen sind nicht gerade kurz. Man kann nicht sagen, dass der gute Herr Professor wenig telefoniert hat. Wir arbeiten uns von hinten nach vorne durch, wählen jede Nummer an und reden mit dem Teilnehmer. Bislang noch nichts Auffälliges, aber wir sind natürlich erst am Anfang. Viele nehmen ja auch nicht sofort ab.«

»Gut, macht weiter. Konzentriert euch vor allem auf das private Handy.« Kroll schaute in eine andere Ecke des Tisches. »Wie kommt ihr mit der Auswertung der Computer voran?«

»Professor Kramer war zum Glück ein Mensch, der sehr gut strukturierte. Sämtliche Dateien wurden in Ordnern abgelegt, die auch die passenden Namen haben. Wir haben zwei Hauptgruppen gebildet: beruflich und privat. Die privaten Dateien scheinen nicht so spektakulär zu sein. Das sind im Wesentlichen seine Reisen, natürlich viele Fotos.«

Kroll überlegte kurz. Dann unterbrach er seinen Kollegen. »Frau Tenor, die Sekretärin des Toten hat eine Reise auf die Caymans erwähnt. Habt ihr da Fotos?«

»Die Caymans sind dabei, da bin ich mir ganz sicher.«

»Die sehen wir uns gleich an. Was ist mit den beruflichen Dateien?«

Der Kollege zuckte mit den Schultern. »Da ist die Sichtung natürlich nicht einfach. Wir haben von Psychoanalyse so gut wie keine Ahnung. Morgen früh kommt zum

Glück Professor Schneeweiß und hilft uns. Ich bin mir sicher, danach sind wir ein Stück weiter.«

»Wann kommt Schneeweiß?«

»Morgen früh um neun.«

»Okay. Wiggins und ich werden auch dabei sein.«

Kroll beendete die Zusammenkunft der SOKO. Sie gingen in den Bürotrakt der Kriminaltechnischen Untersuchung, in der die Computer des Professors standen. Kroll kam gleich zum Thema. »Zeig doch mal die Photos von den Caymans.«

Nur wenige Mausklicks später erschienen die Fotos auf dem Bildschirm. Es begann mit Landschaftsaufnahmen, alle von Strand und Meer. Die Begleitung von Professor Kramer war leicht auszumachen. Auf der Hälfte der Bilder tauchte immer dieselbe Frau auf. »Bingo«, sagte Kroll. »Das muss sie sein.« Er zeigte auf den Bildschirm. »Druck uns das Foto bitte ein paar Mal aus. Und dann schick es an alle Einwohnermeldeämter in Leipzig und an alle Städte in einem Umkreis von, sagen wir mal, 50 Kilometern. Die sollen das mit den Passfotos vergleichen. Vielleicht haben wir ja Glück.«

Sein Kollege nickte. Kroll wandte sich an Wiggins. »Wir fahren jetzt zu unserem Starreporter.«

Günther Hirte saß vor seinem Computer in den Räumen des LEIPZIGER TAGEBLATTES und arbeitete an einem Artikel über die Finanzlage eines bekannten Leipziger Fußballvereins. Als er die Kommissare sah, lächelte er sie freundlich an. »Welch eine Ehre. Die Elite des Leipziger Ermittlungsapparates in unseren heiligen Hallen. Habt ihr was Neues für uns?«

»Natürlich. Du weist doch, dass wir immer zuerst zu dir kommen.« Kroll legte das Foto auf Günther Hirtes Schreibtisch. »Ist das die Frau, mit der sich Professor Kramer in der letzten Zeit im GONZALES getroffen hat?«

Der Reporter musste sich das Foto nur kurz ansehen. »Natürlich. Das ist sie. Ihr seid ja wirklich Weltklasse.«

»Weißt du inzwischen, wie sie heißt?«

»Keinen blassen Schimmer. Ich habe sie auch lange nicht mehr im Gonzales gesehen. Sie geht da wohl nicht mehr hin.« Hirte schlürfte an einem Kaffeepott mit dem Aufdruck des letzten Leipziger Weihnachtsmarktes und sah die Polizisten fragend an. »Verdächtigt ihr sie?«

»Nein«, wiegelte Wiggins ab. »Aber du weißt ja, dass sie vermutlich bis kurz vor seinem Tod mit dem Professor zusammen war. Sie ist eine wichtige Zeugin. Also, wenn du sie findest, sag ihr bitte, dass sie sich schnell mit uns in Verbindung setzen soll.«

Hirte wollte noch weitere Fragen stellen, aber die Polizisten hatten sich schon auf den Weg gemacht. »Machs gut, Günther. Wir sehen uns.«

»Was machen wir jetzt?«, fragte Wiggins, als sie wieder im Auto saßen.

»Wir fahren zum ›Robin Hood‹. Lass uns noch mal mit Dieter Bernstein reden.«

Sie erreichten Dieter Bernstein am Telefon. Bei den frostigen Temperaturen im Januar war er nicht im Vereinsheim. Dort gab es nichts zu tun. Er befand sich gerade in der Innenstadt, um Einkäufe zu erledigen. Sie verabredeten sich in der Buchhandlung Hugendubel. Dort gab es einen kleinen Cafébereich, in dem man ungestört reden konnte.

Kroll und Wiggins hatten es sich schon in den schwarzen Ledersesseln bequem gemacht, als Bernstein zu ihnen stieß.

In jeder Hand hielt er eine Einkaufstüte. Der Vereinspräsident sah sich um. Offensichtlich war er zum ersten Mal in dem kleinen Café. »Nett ist es hier. War eine gute Idee von Ihnen. Da kann ich meiner Frau ja noch gleich einen Krimi mitbringen. Sie verschlingt die Dinger nämlich, wissen Sie?«

Er ließ sich in einen Sessel fallen. Seine Einkaufstaschen stellte er nicht an die Seite, sondern platzierte sie auf seinem Schoß. Die dicke Jacke ließ er an. Er machte den Eindruck, nicht lange bleiben zu wollen.

»Wir wollten Ihnen mitteilen, dass wir derzeit nicht davon ausgehen, dass der Mörder aus den Reihen Ihres Vereins stammt«, begann Kroll. »Wir dachten, das würde Sie interessieren.«

Bernstein fragte nicht nach, auf welchen Fakten die Aussage des Polizisten beruhte. Die Mitgliederliste. Natürlich. Eine andere Möglichkeit gab es nicht. Er lächelte präsidial, schon fast väterlich. »Natürlich freue ich mich darüber. Aber um ganz ehrlich zu sein, ernsthafte Sorgen habe ich mir darüber auch nicht gemacht. Ich kenne meine Pappenheimer ganz gut. Das sind alles ehrliche Menschen, glauben Sie mir.«

»Wir konnten die Tat inzwischen rekonstruieren«, übernahm Wiggins das Gespräch. »Der Täter oder die Täterin hat aus circa 15 Metern Entfernung von einem Garagendach auf der gegenüberliegenden Seite geschossen. Über den Gartenzaun direkt ins Herz.«

»Guter Schütze.« Bernstein schob die Unterlippe nach vorne und nickte anerkennend. »Der hatte mit Sicherheit nicht zum ersten Mal eine Armbrust in der Hand.«

Wiggins wartete einen Moment, aber Bernstein schien seine Äußerungen nicht ergänzen zu wollen. »Fällt Ihnen vielleicht noch etwas ein, das uns weiterhelfen könnte?«

Bernstein schüttelte den Kopf.

»Was schätzen Sie«, fragte Kroll, »wie viele Vereinsmitglieder bei Ihnen sind in der Lage, einen derartigen Treffer zu landen?«

Der Vereinsboss überlegte laut. »Von einer Garage? Die Rollis scheiden dann ja wohl von vornherein aus. Und von den Übrigen … vielleicht acht, zehn oder zwölf. Manchmal gehört ja auch ein bisschen Glück zu einem guten Schuss.«

Kroll deutete auf die Einkaufstüten seines Gegenübers. »Vielen Dank. Wir wollen Sie nicht länger aufhalten.«

AUGUST

Im Haus des Professors machte sich der Geruch von vorzüglichem Essen breit. Kramer war ein leidenschaftlicher und bekennender Nicht-Koch, und so traf es sich gut, dass Coris Interesse an Indien sich nicht nur auf die Landschaft und die Menschen beschränkte, sondern auch auf die kulinarischen Köstlichkeiten des Landes. Im Ofen schmorte ein dezent gewürztes Curry-Safran-Bio-Huhn, auf den Herdplatten kochte eine nicht näher zu identifizierende Suppe von rotbräunlicher Farbe und Reis.

Kramer öffnete die Rotweinflasche und füllte zwei großbauchige Bordeauxgläser. Er stellte sich hinter Cori, die mit einem fachkundigen Blick das Garen des Huhns kontrollierte. Sie stießen an, der satte Klang der Gläser erfüllte die Küche. Bevor sie sich wieder dem Essen widmete, gab er ihr einen Kuss. Sie errötete leicht und lächelte. »Das Essen ist in zehn Minuten fertig. Deckst du schon mal den Tisch?«

Er räumte das gute Geschirr aus dem Wohnzimmerschrank und öffnete die Schachtel mit dem blank polierten Silberbesteck. Ein bisschen spießig, dachte er, aber trotzdem schön. Kramer stellte die großen Gläser neben die Teller und zündete die Kerzen an. Danach dimmte er das Licht, um dem Kerzenlicht die von ihm beabsichtigte Wirkung zu geben. Für die musikalische Untermalung waren langsame Klavierstücke von Chopin zuständig.

Das Essen schmeckte vorzüglich. Sie redeten angeregt und leerten mit viel Genuss die Weinflasche. Kramer blieb nicht verborgen, dass Cori ein wenig aufgeregt war. Sie war zum ersten Mal in seinem Haus, und es war klar, dass er sie bitten würde, bei ihm zu übernachten.

Nach dem Essen setzte er sich auf das schwarze Ledersofa, weit rechts neben die Lehne. In der rechten Hand hielt er das Weinglas, den linken Arm hatte er auf die Lehne gelegt. Er lächelte Cori an, eine Aufforderung, sich zu ihm zu setzen. Langsam ging sie auf ihn zu. Kramers Sitzposition ließ keine andere Möglichkeit zu, sie musste sich in seinen Arm setzen. Er stellte sein Weinglas auf den flachen Couchtisch und nahm ihr langsam das Weinglas aus der Hand. Seine linke Hand wanderte langsam in ihren Nacken und kraulte ihr Haar. Seine rechte Hand streichelte zärtlich ihren Arm und wanderte dann in Richtung Wange, sein Daumen berührte ihre Lippen. Als er sich zu ihr beugte, lag seine rechte Hand auf ihrem Rücken. Der Kuss war lang und schien nicht enden zu wollen. Cori ließ ihn gewähren, auch sie versuchte, dem Kuss den Ausdruck allergrößter Zärtlichkeit und Hingabe zu verleihen.

Seine Hand streichelte mit langsam kreisenden Bewegungen ihren Rücken, wobei sie sich immer weiter nach unten bewegte. Als seine Finger unter ihrem Pullover waren, spürte er ihre nackte Haut. Der Verschluss ihres BHs war kein Problem. Er wusste, wie man ihn mit einer Hand öffnen konnte. Auch das Streicheln ihrer Brüste und das Massieren ihrer Brustwarzen ließ sie zu. Ihr Kuss hielt an, ein Zeichen von sexueller Erregung war aber nicht zu verspüren. Ihr Atem wurde nicht schneller, ihre Brustwarzen veränderten sich nicht. Ihre Arme umklammerten ihn emotionslos, als wären ihre Muskeln verkrampft. Sie machte keinerlei Anstalten, seine erogenen Zonen zu berühren.

Seine Hand bewegte sich langsam über ihren Bauch nach unten, bis sie am Bund ihrer Jeans angekommen war. Er machte sich am Knopf zu schaffen.

Cori brach den Kuss ab. Mit einer langsamen, aber bestimmten Armbewegung schob sie seinen Oberkörper zurück.

Kramer sah sie fragend an. »Sind wir nicht alt genug?«

In ihren Augen sammelten sich Tränen. »Doch … natürlich, aber ich … bin einfach noch nicht so weit.«

Ihre Tränen machten ihn hilflos. »Aber das ist doch kein Problem. Ich dachte nur … aber wenn es dir nicht recht ist … Wir haben doch alle Zeit der Welt.«

Sie wischte sich eine Träne von der Wange und lächelte verlegen, fast entschuldigend. »Du hältst mich jetzt bestimmt für bescheuert oder zumindest für frigide.«

Er schüttelt den Kopf. Sein Blick war väterlich. »Aber nein. Ich denke, du wirst deine Gründe haben, und ich bin der Letzte, der sie nicht akzeptieren würde. Und wie ich bereits gesagt habe, wir haben alle Zeit der Welt.«

Coris Erleichterung war deutlich zu spüren. Sie reichte ihm das leere Weinglas. »Holst du uns noch ein Glas Wein? Ich möchte dir etwas erzählen.«

Er kam mit zwei vollen Gläsern zurück, gab ihr ein Glas und küsste sie zärtlich auf den Mund. Dann setzte er sich neben sie und wartete ab.

Das Reden fiel ihr schwer. Sie trank einen großen Schluck. Einige Tropfen liefen an ihrem Kinn herunter, sie wischte sie in Gedanken ab. »Was ich dir jetzt sage, habe ich noch niemandem erzählt. Nicht einmal meinen Eltern und auch nicht Karli. Ich möchte es dir aber jetzt erzählen, weil ich nicht möchte, dass du einen falschen Eindruck von mir hast, und weil ich dich sehr lieb habe und … und weil ich glaube, dass vielleicht jetzt der richtige Zeitpunkt gekommen ist, um auch einmal mit der Vergangenheit abzuschließen.«

Er sah sie nur an, weil er wusste, dass jedes Wort jetzt fehl am Platz gewesen wäre.

»Meinen letzten Geschlechtsverkehr hatte ich mit 20 Jahren. Ich war damals noch Studentin. Mein Freund – wir waren schon über fünf Jahre zusammen, er hieß Martin, und er war die Liebe meines Lebens, und ich bin mir sicher, das war ich für ihn auch. Kennst du das Gefühl, wenn man auf einmal einen Menschen so liebt, dass man sich sicher ist, dass es niemals mehr einen anderen Menschen geben wird und dass man zusammen alt werden will?«

Er nickte. Seine Hand umklammerte zärtlich die Ihre. Sein Daumen streichelte ihren Handrücken.

»Wir saßen zusammen auf seinem Motorrad. Auf der Landstraße Richtung Süden. Wir wollten ins Erzgebirge. Er war immer ein vorsichtiger Fahrer, vor allem, wenn ich hinten drauf saß. Und dann war da dieses Auto. Es überholte einen LKW, der uns entgegen kam. Und dann ging alles ganz schnell. Im Krankenhaus habe ich erfahren … dass er tot ist. Genickbruch.« Sie machte eine Pause und atmete ein paarmal schwer. »Ich hatte noch Glück. Ich lag über ein Jahr im Krankenhaus und in der Reha, aber sie konnten nach drei Operationen eine Lähmung verhindern. Ein Lendenwirbel war gebrochen, aber irgendwie haben die Ärzte das wieder hingekriegt.«

Sie machte wieder eine Pause.

Er nahm ihre Hand in beide Hände. »Das ist ja schrecklich.«

Cori stellte das Weinglas auf den Tisch. Die Tränen hatten ihre Augen gerötet. »Und … wir haben unser Baby verloren.«

Sie suchte seine Augen. »Weißt du jetzt, warum ich noch ein bisschen Zeit brauche? Hast du noch etwas Geduld mit mir?«

Er nahm sie in den Arm und gab ihr einen langen Kuss.

JANUAR

Als Kroll und Wiggins in das Büro ihres Kollegen kamen, saß Professor Karl Schneeweiß schon vor dem Monitor und ging mit dem Beamten die dienstlichen Dateien von Karl Kramer durch.

Die Kommissare begrüßten den Wissenschaftler freundlich, bedankten sich kurz für seine Unterstützung, hielten sich aber nicht lange mit Smalltalk auf. Kroll zeigte ihm das Bild von Cori Landmann. »Kennen Sie die?«

»Mein Gott«, entfuhr es dem Professor.

Kroll bemühte sich, ruhig und sachlich zu bleiben, was ihm auch gelang.

»Ich glaube, wir müssen uns jetzt einmal über diese Frau unterhalten.«

Karl Schneeweiß war seine Betroffenheit deutlich anzusehen. »Es war an einem heißen Sommerabend, ich glaube, es war, Moment, lassen sie mich einmal überlegen, es muss im Juli gewesen sein. Wir saßen im GONZALES, ich meine, der Kollege Kramer und ich. Wir hatten viel Wein getrunken, viel zu viel Wein, vor allem Jochen. Er erzählte so einen Schwachsinn. Er habe ein neues Experiment geplant, um die Aktualität der Freud'schen Thesen zu beweisen. Es war, wie gesagt, völliger Schwachsinn. Ich habe dem nicht allzu viel Bedeutung beigemessen, wie ich bereits sagte, er war schon ziemlich betrunken. Es ging um die Freud'schen Triebtheorien, also das Zusammenspiel, oder besser gesagt die Wechselwirkung zwischen dem Liebes- und dem Todestrieb. Er verstieg sich immer mehr in dieses Experiment, er schien wie besessen. Und diese Frau da,« er zeigte auf das Bild, »war eine Person, die zufällig in der Nähe war. Er hat gesagt, dass ich ja auch aus wissenschaftlicher Sicht bezeugen könnte, dass er diese Frau vorher noch nie gesehen habe. Er wollte mich sozusagen als seinen universitären Authentizitätsbeweis einbinden. Natürlich habe ich ihm gesagt, dass das alles Blödsinn ist, aus vielfachen Gründen, aber ich konnte ihn an diesem Abend nicht von seiner Meinung abbringen.«

Schneeweiß sah die Polizisten fragend an. Weil keine Bemerkung von ihnen kam, fuhr er fort. »Er hat es dann tatsächlich geschafft, diese Frau näher kennenzulernen.

Das war auch kein Wunder bei dem Kollegen Kramer. Bei Frauen hatte er einfach einen Stein im Brett.«

Wieder der unsichere Blick in Richtung der Kommissare. Sie unterbrachen ihn nicht.

»Es dauerte nicht lange, da kam er reumütig zu mir und hat mir erklärt, dass er das Experiment abgebrochen habe. Ich war natürlich erleichtert.«

»Wie hat er das begründet«, hakte jetzt Wiggins nach.

»Es gab viele Gründe: An erster Stelle stand für ihn, glaube ich, die Lehre. Ein wissenschaftliches Experiment, das nur auf einem Probanten beruht, ist alles andere als aussagekräftig. Die neidischen Kollegen hätten ihn in der Luft zerrissen. Und ich hatte Ihnen ja bereits erzählt, dass es viele Kollegen in aller Welt gibt, die von Neid auf Kramer zerfressen waren und nur darauf warteten, etwas gegen ihn in der Hand zu haben.«

Er sah sich um. »Könnte ich vielleicht ein Glas Wasser haben?«

Wiggins verließ den Raum und kam kurze Zeit später mit einer Flasche Mineralwasser und einem Glas zurück. Er schenkte dem Professor ein und reichte ihm das Glas. Schneeweiß leerte es in einem Zug. »Danke. Also, wo war ich stehen geblieben? Ach ja. Ich sagte ja bereits, dass die lieben Kollegen ihn zerrissen hätten. Aber er hatte noch eine andere Einsicht, die für mich viel wichtiger war.« Sein Blick war jetzt wieder fest und selbstbewusst. »Er hat mir gesagt, dass er es auch menschlich nicht verantworten könnte, diese Gefühle dieser Frau«, er tippte wieder auf das Bild, »für ein Experiment zu missbrauchen. Sie können sich gar nicht vorstellen, wie erleichtert ich war. Immerhin zählte ich ihn ja zu meinen Freunden und ich war sehr beruhigt, dass er wieder auf den rechten Weg zurückgefunden hatte.«

Kroll bemühte sich immer noch, sachlich zu bleiben. »Und warum haben Sie uns das nicht gleich erzählt?«

Schneeweiß füllte sein Wasserglas nach und trank es in einem Zug aus. »Ich habe der Sache keine Bedeutung mehr zugemessen. Es ist ja auch schon fast ein halbes Jahr her. Ich habe einfach nicht mehr dran gedacht. Für mich war und ist die Sache erledigt.«

Kroll bat seinen Kollegen, die Fotos vom Aufenthalt auf den Cayman Islands anzuklicken. »Diese Aufnahmen wurden im September des letzten Jahres gemacht! Alles aus und erledigt?«

Schneeweiß betrachtete die Bilder, die auf dem Bildschirm erschienen, wortlos. Er wollte Zeit gewinnen und sich sammeln. »Bitte glauben Sie mir. Davon habe ich nichts gewusst.«

»Kennen Sie diese Frau?« Wiggins Ton wurde energischer.

»Ich habe diese Frau einmal gesehen, das war an diesem bewussten Abend im GONZALES. Ich habe sie seitdem nicht mehr getroffen. Ich kenne weder ihren Namen, noch weiß ich irgendetwas über sie.«

Die Kommissare konnten eine gewisse Enttäuschung kaum verbergen. Sie glaubten, so nah dran zu sein, endlich mehr über die Identität dieser Frau zu erfahren, aber sie kamen nicht weiter.

Kroll und Wiggins sahen sich kurz an. »Herr Professor, Sie müssen uns dieses ›Experiment‹ jetzt in allen Einzelheiten schildern. Sie dürfen auch nicht die geringste Kleinigkeit auslassen, auch wenn sie Ihnen noch so unbedeutend vorkommt.«

»Natürlich«, stammelte Karl Schneeweiß.

AUGUST

Sie hatten sich zum Mittagessen in Karlis Wohnung verabredet. Karli hatte sich beim Kochen viel Mühe gegeben. Sie hatte im Biomarkt Schafkäse gekauft und paniert in Olivenöl gebraten. Dazu gab es lauwarme Pellkartoffeln und grünen Salat. Die freundschaftliche Stimmung war jedoch schnell dahin, als Cori von ihrer Beziehung zu Kramer erzählte, und vor allem, wie ernst es ihr war.

Karli würgte den Bissen, den sie noch im Mund hatte, in einem Stück hinunter. Sie knallte ihr Besteck so heftig auf den Tisch, dass Cori erschrak. Die Gläser wackelten. »Bist du jetzt von allen guten Geistern verlassen? Hat man dir ins Gehirn gepisst?«

Cori sah ihre Freundin fassungslos an. Sie war erschrocken und hilflos. Sie wusste nicht, worauf Karli hinaus wollte. »Aber ich habe doch nichts … ich weiß wirklich nicht, was du …«

Karli ließ ihre Freundin nicht ausreden. Sie war wutentbrannt. Ihre Worte kamen direkt aus dem Bauch auf ihre Zunge, ohne vorher das Gehirn zu passieren. »MIT KRAMER? Hast du dich eigentlich mal gefragt, was der überhaupt von dir will? Der Mann ist einer der berühmtesten Professoren der Welt. Der wird sich doch nicht mit …«

Karlis Gehirn hatte wieder seine Tätigkeit aufgenommen. Sie bremste abrupt ab.

Aber Cori hatte schon begriffen, was ihre Freundin sagen wollte. Jetzt wurde auch sie zornig. »Ach so ist das also. Du meinst, ich bin nur eine dumme kleine Grundschullehrerin, in die sich doch kein vernünftiger Mann ernsthaft verlieben kann. Warum hast du mir nicht schon früher gesagt, was du von mir hältst? Dann hätten wir uns den einen oder anderen Urlaub doch auch sparen können.«

Karli beruhigte sich schlagartig wieder. Tränen liefen über ihr Gesicht. Sie wusste selbst nicht, ob aus Wut oder aus Trauer. »So war das doch nicht gemeint. Das weißt du ganz genau.«

»Ach ja? Das weiß ich ganz genau? Und wie war das dann bitteschön gemeint?«

Karli schüttelte den Kopf. Sie sah zu Boden. »Ich weiß auch nicht. Ich wollte dir auf jeden Fall nicht wehtun. Tut mir leid.«

Die Freundinnen sahen sich an. Auch Cori hatte sich jetzt wieder beruhigt. Sie wurde kleinlaut. »Kann ja sein, dass du gar nicht so falsch liegst. Wenn ich ganz ehrlich sein soll, habe ich mich das auch schon gefragt. Vielleicht ist der ja wirklich eine Nummer zu groß für mich. Aber ich habe mich ganz einfach in ihn verliebt, und ich glaube, er sich auch ein bisschen in mich.«

Karli hoffte, dass Cori nicht bemerkt hatte, dass sie bei dem Liebesgeständnis förmlich zusammengezuckt war. Sie versuchte, zu lächeln. Es wirkte verkrampft. »Wahrscheinlich war ich mit meiner blöden Bemerkung auch nur ein bisschen vorschnell. Du bist eine tolle Frau, Cori. Wer wüsste das denn besser als ich, und jeder Mann sollte froh sein, dich an seiner Seite zu haben.«

Cori lächelte aufmunternd. »Lass uns weiteressen. Es wäre sonst schade um die leckere Mahlzeit.«

Karli begann zu essen. Sie versuchte, so normal wie möglich zu wirken, obwohl ihr der Appetit gründlich vergangen war.

Wie jeden Morgen, seit Kramers Leiche in seinem Garten gefunden worden war, begann der Arbeitstag der Polizisten mit der Besprechung der SOKO Philosoph. Vor Stefanie Buri lagen drei graue Akten.

»Ich habe hier drei Fälle herausgesucht, von denen ich glaube, dass sie für unsere Ermittlungen von Interesse sein könnten«, begann sie, als sie sich sicher sein konnte, dass ihr die ungeteilte Aufmerksamkeit der Kollegen zuteilwurde. Alle sahen sie interessiert an.

»Der erste Fall«, sie hob die Akte leicht in die Höhe, »handelt von einem Schwimmtrainer, sein Name ist Erik Svensson, sein Vater ist Schwede. Ihm wurde von mehreren Mädchen im Alter zwischen zwölf und 14 Jahren vorgeworfen, er hätte sie während des Trainings mehrfach unsittlich berührt. Konkret ist von Grapschereien im Brust- und Intimbereich die Rede. Svensson hat sich natürlich damit herausgeredet, er habe nie ein Mädchen befummelt, man könne aber nie ausschließen, dass es mal zu so einer Berührung, natürlich zufällig, gekommen sei, wenn er im Wasser die Lage des Körpers korrigiere.« Sie blätterte in der Akte und schlug eine Seite auf, die sie sich mit einem PKlebezettel markiert hatte. »Es kam zu einer Gerichtsverhandlung. Die Trainingsgruppe bestand aus 15 Mädchen. Alle in diesem Alter. Drei haben gegen Svensson ausgesagt. Aber zwölf Mädchen, also die überwiegende Mehrheit, haben ausgesagt, dass nie etwas Derartiges vorgefallen sei.« Sie blätterte zu der Seite, an der sich ein weiterer Merkzettel befand. »Und dann trat Professor Kramer auf den Plan. In seinem Gutachten hat er Svensson weder ein pädophiles noch ein sonstiges abnormales Sexualverhalten bescheinigt. Freispruch! Der Vater eines Mädchens, sein Name ist Heinrich Grothaus, hat Kramer noch im Gerichtssaal massiv beschimpft und bedroht. Er wollte ihn sogar persönlich attackieren, aber die Polizei ist noch rechtzeitig dazwischen gegangen.«

Stefanie Buri sah sich in der Runde um, um abzuwarten, ob jemand eine Frage stellen wollte. Die Kollegen machten sich Notizen.

Sie griff nach der zweiten Akte und legte sie vor sich auf den Tisch. Auch an dieser Akte waren mehrere Post-its befestigt.

»Der nächste Fall kommt wieder aus dem Bereich des Sports. Offensichtlich ein breites Feld für Sexualdelikte an Minderjährigen.«

»Das überrascht mich nicht«, bemerkte ein Kollege. »Es ist doch bekannt, dass viele Trainer sich im Sport engagieren, weil sie dort unter dem Deckmantel von irgendwelchen Übungen unauffällig die Kinder begrapschen können.«

»Dieser Fall ist aber ganz anders. Das Opfer heißt Aische Onur.«

»Komischer Name«, kam ein Kommentar aus der Runde.

»Sie ist türkischer Herkunft, genauer gesagt, der Vater ist Türke und die Mutter Deutsche.« Stefanie Buri sah sich wieder um und wartete, ob noch weitere Bemerkungen kamen. »Aische war Turnerin, eine ziemlich gute sogar. Sie war 15 Jahre alt, als sich der Vorfall ereignete, also sportlich gesehen Altersgruppe U 17. Es waren die Europameisterschaften in Zagreb. Die gesamte deutsche Mannschaft war im gleichen Hotel untergebracht. Aische war die haushohe Favoritin. Sie hat aber völlig versagt. Beim Bodenturnen ist sie bei einem Salto auf den Rücken gefallen und hat am

Reck die Stange nicht gekriegt. Keine Medaille. Aische war völlig frustriert, total fertig. Sie ist dann mit einer Freundin in eine Kneipe gezogen und hat sich volllaufen lassen.«

Stefanie Buri vergewisserte sich mit einem Blick in die Runde, dass sie die Aufmerksamkeit ihrer Kollegen genoss. »Ich muss dazusagen, dass Alkohol in diesem Alter strengstens verboten ist. Wäre sie erwischt worden, wäre sie sofort aus der Nationalmannschaft geflogen.«

Stefanie Buri räusperte sich und trank einen Schluck Wasser. »Ihr Trainer, ein gewisser Josep Ortega, hat sich äußerst verständnisvoll verhalten. Er hat Aische im Hotelflur gefunden. Sie lag fast besinnungslos auf dem Boden, und ihre Freundin versuchte, sie wach zu kriegen. Er hat sie aufgehoben und in ihr Hotelzimmer getragen. Als er sie in ihr Bett gelegt hatte, waren seine Worte ›Schlaft euch aus, ich habe nichts gesehen.‹«

Die Kollegen sahen Stefanie Buri interessiert an.

»Bis jetzt ist alles belegt und bewiesen. Jetzt kommt der Teil, über den in der Gerichtsverhandlung Anklage erhoben wurde. Im selben Hotel war auch die Männermannschaft der U 17 untergebracht. Aische hat sich am nächsten Morgen ihrer Freundin anvertraut und ihr erzählt, der Trainer der Männermannschaft, ein gewisser Kurt Bieger, habe sie vergewaltigt. Dadurch ist die ganze Geschichte ins Rollen gekommen.«

Sie blätterte in der Akte und schlug die Seite auf, an der sich ein roter Merkzettel befand. »In der Gerichtsverhandlung und auch bei den Vernehmungen davor hat Aische total zugemacht. Sie war völlig verstört. Wenn sie überhaupt etwas gesagt hat, war es das, dass sie sich an nichts erinnern könnte. Es stand somit die Aussage der Freundin gegen die Aussage von Bieger. Ziemlich dünn für eine Verurteilung.

Natürlich wurden alle Trainer, Betreuer und Sportler, die an dem besagten Abend im Hotel waren, als Zeugen vernommen. Bieger saß mit seinem Trainerstab in der Hotelbar und hat die Wettkämpfe analysiert. Er hat aber die Hotelbar für zirka 45 Minuten verlassen. Bieger hat ausgesagt, in dieser Zeit sei er auf der Toilette gewesen. Er habe Durchfall gehabt, was bei der nervlichen Anspannung der Trainer nicht ungewöhnlich ist. Sein großes Geschäft erledige er ungern auf öffentlichen Toiletten.«

Sie trank wieder einen Schluck Wasser und arbeitete sich zum nächsten Klebezettel vor.

Das Gericht hat die Erstellung von zwei Gutachten angeordnet. Eins über das Mädchen und das andere über Bieger. Aber an Aische ist nicht einmal der Psychologe rangekommen. Auch er musste konstatieren, dass es nicht möglich war, von ihr etwas über diesen Abend zu erfahren. Kramers Gutachten war im Ergebnis so wie das über Svensson. Keine sexuell abnormen Auffälligkeiten. Kein Hang zur Gewalt, keine Veranlagung, die Hilflosigkeit von Frauen oder Kindern auszunutzen. Also: Freispruch.«

Stefanie Buri machte wieder eine Pause und trank Wasser. »Der Vater ist natürlich ausgeflippt. Er hat alle bedroht. ›Das Arschloch hat meine Tochter gefickt!‹ Er hat geschworen, sich an allen zu rächen. An Bieger, an Kramer und auch am Richter.«

Die junge Polizistin wartete wieder auf eine Reaktion ihrer Kollegen. Aber bis auf ein ›Kann man denn sein Kind heutzutage nicht einmal mehr in einen Sportverein geben?‹ und ein ›Für den türkischen Vater war das bestimmt eine total schwere Belastung‹ kamen keine Kommentare. Stefanie Buri schlug die dritte Akte auf. »Der dritte und letzte Fall handelt von einem Autounfall: Karola Bernstein fuhr mit ihrem Fahrrad die Windscheidstraße herunter. Ein Autofahrer, der aus einer Nebenstraße, der Scheffelstraße, herausfuhr, hat sie übersehen und überfahren. Karola Bernstein ist im Krankenhaus ihren Verletzungen erlegen. Der Fahrer, ein gewisser Sven Neumann, hatte bei dem Unfall eine BAK von 2,8 Promille. Das Gericht hat viele Gutachten erstellen lassen, um zu prüfen, ob Neumann Alkoholiker war. Die Leber wurde untersucht, die Gamma-GTs, und Kramer sollte ein Gutachten über sein Suchtverhalten schreiben. Er kam auch und im Zusammenhang mit den medizinischen Berichten zu dem Ergebnis, dass Neumann keinerlei Suchttendenzen zeige. Neumann hatte sich volllaufen lassen, weil seine Lebensgefährtin ihn verlassen hatte. Natürlich wurde der Führerschein von Neumann eingezogen. Aber das Urteil war relativ milde: eine Geld- und eine Bewährungsstrafe. Ihr Mann, ein gewisser Dieter Bernstein, hat die Welt nicht mehr verstanden. Er war über 40 Jahre mit seiner Frau verheiratet und hat sie trotz der vielen Ehejahre noch geliebt wie am ersten Tag. Für ihn war es Mord, wenn ein Besoffener seine Frau einfach umfährt. Er wollte eine aus seiner Sicht gerechte Strafe, und das bedeutete für ihn zumindest Gefängnis. Als er bei der Urteilsverkündung erfahren musste, dass derjenige, der seine Frau getötet hatte, weiterhin frei herumlaufen darf, als wäre nichts geschehen, ist er ausgerastet.«

Stefanie Buri war mit ihren Berichten zu Ende. Kroll musste nicht lange überlegen. Er teilte zwei Teams ein, die noch einmal die Fälle Erik Svensson und Kurt Bieger untersuchen sollten. Nochmalige gründliche Befragung der Opfer, der Angehörigen, der mutmaßlichen Täter und des gesamten Umfeldes. Die Beamten sollten penibel vorgehen, vor allem alle Beteiligten nach deren Alibis fragen, insbesondere auch das familiäre Umfeld. Es mussten ja nicht die Väter selbst gewesen sein, die Rache genommen hatten. Möglicherweise hatte das ja auch ein anderer Angehöriger erledigt.

Nachdem Kroll die Gruppen eingeteilt hatte, wurde sein Ton forscher. »Dieter Bernstein ist Präsident des Robin-Hood-Bogenschützenvereins. Warum haben wir verdammt noch mal die Querverbindung nicht aufgedeckt?«

»Der stand definitiv nicht auf der Mitgliederliste«, antwortete Wiggins.

Kroll stand auf. »Also gut. Ihr wisst, was ihr zu tun habt. Gute Arbeit, Stefanie. Wiggins und ich fahren jetzt zu Bernstein.«

Sie trafen Bernstein in seiner Wohnung im Leipziger Stadtteil Plagwitz an. Er öffnete den Polizisten die Wohnungstür. Seine Kleidung war der eines Rentners angemessen. Hausschuhe, Stoffhose, ein Oberhemd und darüber eine graue Strickjacke. Er lächelte, wie immer, betont freundlich. »Die Herren von der Polizei. Gibt es was Neues? Kommen Sie doch bitte herein.«

Kroll und Wiggins gingen wortlos an ihm vorbei. Sie warteten auf den Rentner im Hausflur. Als Bernstein die ernsten Gesichter der Polizisten sah, wich auch aus seinem Blick die Freundlichkeit. Er bat die Kommissare, in der Stube Platz zu nehmen. Das Angebot auf einen Kaffee lehnten sie dankend ab. Bernstein sah sie fragend an.

Kroll kam gleich zum Thema. »Herr Bernstein, wir haben alle Gerichtsfälle, an denen Professor Kramer beteiligt war, mit den Namen abgeglichen, die auf der Mitgliederliste des ›Robin Hood‹ standen. Selbstverständlich sind wir auch auf den tragischen Tod Ihrer Frau gestoßen. Und wir fragen uns natürlich, warum Sie nicht auf der Liste standen.«

»Wir müssen uns jetzt natürlich Gedanken machen, warum Sie uns so eine wichtige Information vorenthalten«, ergänzte Wiggins.

Bernstein war betroffen. Er schien nachzudenken. Seine Stimme war leise, kaum lauter als ein Flüstern. »Das verstehe ich natürlich. Aber das lässt sich doch ganz leicht erklären.« Er sah die Polizisten mitleidig an. »Die Liste habe nicht ich geschickt, sondern unser Schatzmeister. Mein Name steht nicht auf der Liste, weil ich als Präsident beitragsfrei gestellt wurde. Daran hätte ich natürlich denken müssen. Tut mir leid.«

Kroll und Wiggins sahen sich an. Die Begründung des Vorsitzenden war einleuchtend, aber bei Weitem nicht dazu geeignet, alle Bedenken auszuräumen. Sie nahmen die plausible Erklärung jedoch zum Anlass, im Ton freundlicher zu werden.

Wiggins blätterte in seinem Notizbuch. »Da ist aber noch etwas. Als wir uns bei Hugendubel getroffen haben, haben Sie uns erzählt, dass Sie einen Krimi für Ihre Frau gekauft haben, weil sie so gerne Krimis lese. Haben Sie dafür auch eine Erklärung.«

Bernstein kramte ein weißes Stofftaschentuch aus seiner Hose hervor. Er schnäuzte sich die Nase. Seine Stimme war immer noch ein Flüstern. »Weil es so war. Ich habe meiner Frau immer einen Krimi mitgebracht, wenn ich alleine in der Stadt war. Und das mache ich heute immer noch. Auch seitdem sie …« Er brach den Satz ab.

Kroll und Wiggins hatten keine Veranlassung, der Frage weiter nachzugehen. Manche Erklärungen waren einfach glaubwürdig, auch wenn sie nicht immer nachvollziehbar waren. Viele Leute stellen Blumen auf das Grab ihrer verstorbenen Angehörigen, und niemand fragt, was eigentlich die Verstorbenen davon haben. Bei Bernstein waren es eben nicht Blumen, sondern Krimis.

Kroll bekam ein schlechtes Gewissen, weil sie Bernstein offensichtlich vorschnell verdächtigt hatten. »Herr Bernstein, es ist jetzt ganz wichtig, dass Sie uns die Wahrheit, und damit meine ich die ganze Wahrheit, erzählen. Kannten Sie Professor Kramer näher und wann haben Sie ihn zum letzten Mal gesehen?«

Bernstein verstand die Frage nicht. »Aber das wissen sie doch schon alles. Ich habe Kramer in der Gerichtsverhandlung kennengelernt. Ich war an jedem Verhandlungstag dabei.«

Die Kommissare warteten auf die Antwort des zweiten Teils der Frage.

»Seit der Verhandlung habe ich ihn nicht mehr gesehen.«

»Aber Sie haben ihn massiv bedroht. Da wäre es doch naheliegend, dass Sie ihn auch nach dem Gerichtsverfahren noch mal angesprochen haben.«

Bernsteins Stimme war jetzt wieder fest. »Ist das ein Wunder? Das Arschloch hat verhindert, dass der Mensch, der meine Frau ermordet hat, ins Gefängnis musste. Und eines kann ich Ihnen auch ganz deutlich sagen: Nein, ich weine diesem Kerl keine Träne nach. Im Gegenteil. Ich bin froh, dass er tot ist und keinem anderen Menschen mehr das Leid zufügen kann, das er mir angetan hat. Aber ich habe ihn nach der Verhandlung nicht mehr gesehen. Ich musste einfach einen Schlussstrich ziehen, und das Gerichtsverfahren war ein Anlass, das zu tun, auch wenn es beschissen ausgegangen ist.«

Wiggins zückte sein Notizbuch. Er wurde förmlich. »Wir müssen Sie leider fragen, wo Sie in der Silvesternacht waren.«

Bernstein reagierte gelassen. »Ich war zu Hause, hier in meiner Wohnung.«

»Allein?«

»Ja, allein.«

AUGUST

Die Loggia der Hotelsuite war atemberaubend. Cori nahm ihr Weinglas in die Hand und lehnte sich an das Geländer. Sie sah auf das Mittelmeer, das glatt wie ein Spiegel vor ihr lag. Am Horizont erkannte sie die Lichter eines Fischerbootes, das nach einem langen Tag den Hafen ansteuerte. »War eine gute Idee von dir, dieser Kurzurlaub.«

Kramer stellte sich hinter sie. »Es gibt nur wenige Dinge, die so faszinierend sind wie das Meer. Die Ruhe, die Kraft, die Gewalt, die Gefahr. Jetzt ruht die See, aber innerhalb von wenigen Stunden kann sich das Meer in eine tosende Furie verwandeln. Von hier oben sieht alles friedlich aus, aber unter der Wasseroberfläche toben gerade Kämpfe um Leben und Tod.«

Cori sah immer noch aufs Meer. »Leben und Tod. Ganz bestimmt. Aber auch Liebe, Vertrauen und Partnerschaft.«

Sie drehte sich um. Er stand ganz nah vor ihr. Sie küssten sich lange und innig. »Lass uns reingehen. Ich möchte mit dir schlafen«, flüsterte sie.

Kroll war ungeduldig. Sein Ton war laut und unbeherrscht. »Verdammte Scheiße! Es kann doch nicht wahr sein, dass wir nicht rauskriegen, wer die Frau ist, mit der Kramer auf den Caymans war. Wir haben das Foto, wir wissen, dass sie im GONZALES war, und wir treten auf der Stelle wie jemand, der mit den Füßen Weintrauben ausquetscht. Haben wir die Flugdaten gescheckt?«

Wiggins blieb gelassen. »Wir sind dabei. Aber das dauert seine Zeit. Diesen Stefan konnten wir immer noch nicht erreichen. Der hat sein Handy wirklich konsequent ausgestellt. Und der Abgleich des Fotos mit den Dateien von den Einwohnermeldeämtern läuft auf Hochtouren.« Er schaute auf seinen Computer und klickte mit der Maus herum. »Zum jetzigem Stand haben wir 25 Passbilder, bei denen man eine Übereinstimmung nicht ausschließen kann.«

Eindeutig die falsche Antwort für Krolls aktuellen Gemütszustand. »Leben wir denn noch im Mittelalter? Können die nicht die Bilder einfach mit dem Computer abgleichen? Oder arbeiten die alle noch mit dem Faustkeil?«

»Die müssen das per Hand machen. Alles optisch abgleichen. Was glaubst du denn, warum wir so viele Übereinstimmungen haben.« Er sah wieder auf seinen Computer. »Jetzt sind wir schon bei 32. Wir haben halt nur ein paar Urlaubsfotos. Keine Nahaufnahmen. Es kann sich viel verändert haben, die Frisur, die Mimik, die Hautfarbe ist im Urlaub natürlich auch dunkler. Auf den Urlaubsfotos lächelt sie entspannt und hat eine Sonnenbrille auf. So macht man kein Passfoto.«

Kroll ließ sich frustriert in seinen Schreibtischstuhl fallen. »Hat die Befragung der Trainer schon was ergeben?«

»Die Kollegen sind noch dran. Wir haben noch keinen Bericht.«

Kroll rieb sich die Augen. »Wir müssen diese Frau finden.«

Die Tür flog auf, und ein Kollege der SOKO Philosoph stürmte herein. »Der Vater der Schwimmerin, also die, die von diesem Svensson belästigt wurde, hat ein wasserdichtes Alibi. Er war in der Silvesternacht auf einer Party. Das können so ungefähr 20 Leute bestätigen.« Er machte eine kleine Pause, um sich der Aufmerksamkeit von Kroll und Wiggins sicher zu sein. »Aber der Vater von Aische hat keins. Der Vorfall hat für viel Wirbel gesorgt, gerade auch in der Ehe. Seine Frau hat sich inzwischen von ihm scheiden lassen. Das Sorgerecht für die beiden Kinder wurde der Mutter zugesprochen. Aisches Vater hat viel verloren. Er will Silvester alleine zu Hause verbracht haben. Also kein Alibi. Ich habe ihn zum Verhör einbestellt. Wollt ihr ihn vernehmen?«

Kroll wiegelte ab. »Gute Arbeit, Kollege. Aber vernimm du ihn. Das schaffst du schon alleine.«

Der junge Kollege konnte eine gewisse Enttäuschung nicht verbergen. Er hatte sich vorgestellt, dass seine Ermittlungstätigkeit deutlich mehr Anerkennung finden würde. Er verließ wortlos das Büro.

Wieder flog die Tür auf. Stefanie Buri fuchtelte wild mit den Armen. »Wir haben diesen Stefan vom GONZALES am Apparat. Er hat sein Handy an. Ich habe das Gespräch auf dein Telefon legen lassen.«

Kroll wartete ein kurzes Klingeln ab und nahm den Hörer in die Hand. Er hörte ein starkes Rauschen. Der

Empfang war schlecht. »Mein Name ist Stefan Moser. Sie haben versucht, mich zu erreichen?«

Kroll redete so laut, als wollte er die Verbindung von Leipzig nach Mexiko ohne Telefon erledigen. »Hauptkommissar Kroll, Kriminalpolizei Leipzig. Wir brauchen Sie dringend, um eine weibliche Person zu identifizieren. Können wir Ihnen ein Foto auf Ihr Handy mailen?«

Das Rauschen wurde stärker. »Ich bin gerade in den Bergen in Mexiko. Der Empfang ist sehr schlecht. Ich habe Sie nicht verstanden. Was haben Sie gesagt?«

»Wir würden Ihnen gerne ein Foto mailen. Sie müssen eine Person identifizieren!«

»Ja machen Sie nur. Ich melde mich dann wieder.«

Die Verbindung brach ab.

Kroll war immer noch unruhig. »Schick das Foto an die Handynummer.«

Stefanie Buri sah ihn entgeistert an. »Das haben wir doch schon 100 Mal gemacht.«

Kroll war bemüht ruhig, zu bleiben. »Einfach machen! Sofort. Dann ist es eben das 101. Mal.«

Stefanie verließ das Büro.

Kroll legte den Hörer auf, den er noch immer in der Hand hielt. »Endlich geht es weiter.«

Wiggins war skeptisch. »Warten wir erst mal ab.«

Kroll stand auf und ging zum Fenster. Er schaute auf den Verkehr, der sich auf dem Peterssteinweg staute. »Endlich geht es weiter. Endlich!« Er drehte sich um und setzte sich auf die Fensterbank. Sein Blick war auf das Telefon gerichtet. »Nun klingle schon!«

»So schnell geht das nicht«, warf Wiggins ein. »Das Foto hat 'ne Menge KB. Und bei dem Empfang – das kann dauern.«

Kroll ging zur Kaffeemaschine und schenkte zwei Tassen ein. Eine stellte er seinem Kollegen hin, mit der anderen setzte er sich wieder an seinen Schreibtisch. Sein Blick wanderte immer wieder zum Telefon. Die Polizisten schwiegen sich an. Endlich meldete sich das erlösende Telefon.

Kroll nahm ab. Wieder das starke Rauschen. »Sie heißt Cori. Ist ab und zu bei uns, aber kein Stammgast.«

»Cori? Und wie weiter? Können Sie uns noch mehr sagen?«

»Keine Ahnung. Ich kenne sie nur als Cori. Im GONZALES ist das Du an der Tagesordnung. Mehr weiß ich wirklich nicht. Wie gesagt, sie ist kein Stammgast.«

Wiggins widmete sich wieder seinem Computer. »Cori, Cori … wenn wir den Vornamen nehmen, könnte das eine Abkürzung für Corinna oder Kornelia sein oder vielleicht noch etwas anderes. Vielleicht kommt das auch von einem amerikanischen Namen. Ist hier ja sowieso groß in Mode.« Wiggins Blick war weiter starr auf den Bildschirm gerichtet. »Oder es ist eine Abkürzung für den Familiennamen. Das wäre dann so etwas wie Kormann oder Kornelius oder was weiß ich.«

»Schau doch mal in die Treffer vom Einwohnermeldeamt.«

Wiggins schüttelte den Kopf. »Was glaubst du denn, was ich gerade mache.«

Kroll beschloss, seinen Kollegen in Ruhe arbeiten zu lassen.

»Bislang kein Treffer«, war das enttäuschende Ergebnis.

SEPTEMBER

Es wurde herbstlich in Leipzig. Die Blätter der vielen Linden, die der Stadt vor 1000 Jahren ihren Namen gegeben hatten, färbten sich braun. Bald würden die Bäume sie einfach abwerfen, undankbar für die vitale Energie, die den Pflanzen in der warmen Zeit ihre lebensnotwendige Nahrung gegeben hatte.

Cori Landmann übernachtete immer häufiger bei Professor Kramer, meistens an den Wochenenden. Sie deckte den Frühstückstisch. Der Kaffeeduft erfüllte den großzügigen Erker, aus dem Backofen strömte ihr ein Duft von frischen Brötchen entgegen. Die bodentiefen Fenster sorgten für ein angenehmes Licht und einen entspannten Blick in den gepflegten Garten.

Kramer kam von seiner Laufrunde zurück. In der Hand hielt er ein paar Briefe, die er auf den Tisch legte. Er begrüßte Cori mit einem Kuss. »Ich spring noch schnell unter die Dusche, und dann machen wir's uns bei einem langen Brunch gemütlich.«

Sie gab ihm noch einen Kuss und holte die Brötchen aus dem Ofen.

Kramer setzte sich in seinem Morgenmantel an den reichlich gedeckten Frühstückstisch. Sein Blick fiel auf die Briefe, die auf dem Tisch lagen. Seine Augen leuchteten auf, als er den Absender des Briefes sah, der sich ganz oben auf dem Stapel befand. Er riss ihn mit den Fingern auf. »Das wird dich vielleicht auch interessieren.« Er lächelte entspannt. »Bingo! Ich habe wieder eine Einladung zu einem Vortrag auf den Cayman Islands. Das ist immer eine ganz tolle Reise.

Fünf Tage in der Karibik. Und der Veranstalter lässt sich wirklich nicht lumpen. Ich bekomme dort immer eine riesige Wohnung direkt am Strand. Zum Meer sind es keine 100 Meter. Sonne ist garantiert, das Wasser dort erinnert mich immer an eine Badewanne.«

Cori konnte Kramers Begeisterung nicht so recht teilen. »Wann fliegst du denn?«

Er sah wieder in den Brief. »Am 22. Oktober.« Kramer lachte schelmisch. »Sind da nicht Herbstferien?«

»Ja, das stimmt.«

Kramer stand auf und ging zu ihr. »Du musst mitkommen, unbedingt. Bitte, das wird ein riesiges Erlebnis. Ich würde mich so freuen, wenn du mit dabei wärst.«

Cori unterdrückte ihre Begeisterung gekonnt. »Eigentlich wollte ich in den Herbstferien zu meinen Eltern nach Rostock fahren.«

Er nahm sie in den Arm. Sein Mund wanderte langsam von ihrem Hals zum Ohr. »Kann ich dich gar nicht überreden?«, flüsterte er.

Sie drehte sich weg und biss demonstrativ in ihr Brötchen. »Ich kann ja mal darüber nachdenken«, erwiderte sie mit einem schelmischen Lachen.

Krolls Telefon klingelte wieder. Als er abnahm, hörte er wieder das starke Rauschen. Mexiko. Er gab Wiggins ein hektisches Zeichen.

»Die Verbindung ist gerade wieder abgebrochen«, hörte Kroll eine kaum verständliche Stimme. »Der Empfang hier in den Bergen ist einfach eine Katastrophe.«

Kroll wollte keine wertvolle Zeit verlieren. Die Verbindung konnte jederzeit wieder zusammenbrechen. »Ist Ihnen noch etwas eingefallen? Haben Sie das Bild bekommen?«

»Bitte …«

»Können Sie uns noch etwas sagen?«

Das Rauschen wurde wieder stärker. Kroll vernahm noch einige undeutliche Laute, dann war Stefan nicht mehr zu hören. Kroll legte auf.

Wiggins sah ihn erwartungsvoll an. »Hat er noch was gesagt?«

Kroll überlegte. »Ich habe ihn kaum noch verstanden. Die Verbindung war schon zu schlecht. Es klang irgendwie komisch. Er hat irgendwie so was gesagt wie Bresselkuhle.«

Wiggins sah seinen Kollegen ungläubig an. »Bresselkuhle?«

»Wie gesagt, die Verbindung war schon kurz vor dem Zusammenbruch.«

Wiggins setzte sich an seinen Schreibtisch und widmete sich seinem Computer.

»Vielleicht hieß das auch Kesselsuhle. Aber das würde ja auch keinen Sinn machen.«

Wiggins beachtete die Wortspiele seines Kollegen nicht.

Sein Blick war starr auf den Bildschirm des Computers gerichtet. Plötzlich richtete er sich auf. »Wir haben sie, Kroll.«

Kroll rannte um den Schreibtisch herum und starrte auf den Bildschirm seines Kollegen. »Lessingschule, der hat *Lessingschule* gesagt.«

Wiggins vergrößerte das Foto aus dem Personalausweis. »Die Dame heißt Corinna Landmann. Sie wohnt in der Elsterstraße.«

Kroll sah auf die Uhr. »Halb eins. Wir fahren jetzt in die Lessingschule«, sagte er schon im Gehen.

SEPTEMBER

Karli war traurig. Bevor sie mit Cori nach Indien gereist war, hatten sie viel miteinander unternommen. Sie hatten sich regelmäßig an den Wochenenden getroffen und waren auch unter der Woche ausgegangen, meist um ein Glas Wein zu trinken oder eine Kleinigkeit zu essen. Jetzt saß sie alleine in ihrer Wohnung und nippte lustlos an ihrem Rotwein. Frustriert schaute sie auf die Flasche, die sie schon wieder alleine geleert hatte, zu viel und zu schnell für diese Uhrzeit. Als das Herbstlaub von einem kräftigen Windstoß aufgewirbelt wurde und die Blätter vor ihrem Fenster zu tanzen schienen, dachte sie an den Sommer. Was hatten sie vor einem Jahr in der warmen Jahreszeit alles unternommen. Ausflüge an die schönen Seen im Leipziger Süden, unendliche Radtouren mit leckeren Picknicks oder einfach nur im Freien gesessen und getrunken und geredet. Das alles war jetzt vorbei und nur, weil sich Cori in diesen geleckten Aufschneider verlieben musste. Diesen blöden Schnösel mit seiner ganzen Kohle und seinem intellektuellen Gehabe. Sie öffnete eine weitere Flasche Rotwein und goss sich nach. Ihr gemeinsamer Urlaub im nächsten Jahr würde wohl auch ausfallen. Zumindest hatten sie noch keine Pläne geschmiedet, anders als in den Jahren zuvor, in denen sie sich im Herbst schon nach den ersten günstigen Flügen erkundigt hatten. Diese treulose Tomate. War sie es überhaupt wert, dass Karli ihr so nachtrauerte? Soll sie sich doch in irgendwelchen Luxussuiten auf seidenen Betttüchern durchvögeln lassen. Wenn ihr das mehr brachte, als mit ihr ferne Länder zu erkunden, dann Bitteschön. Wie konnte ein Mensch sich nur so verändern? Sie hatten untereinander geklärt, dass sich Cori nie in sie verlieben würde. Das hatte Cori relativ früh klargestellt. Aber musste das denn das letzte Wort sein? Manche entdeckten erst sehr spät ihre Liebe zum gleichen Geschlecht. Sie hatte die Hoffnung nie aufgegeben. Ihrer eigenen Beziehung hatte sie nie eine große Bedeutung zugemessen. Da standen sexuelle Beweggründe im Vordergrund. Karla gehörte zu den Menschen, die Sex und Gefühle trennen konnten. Die meisten Männer machten das ja schließlich auch. Gleichberechtigung, eben.

Und jetzt? Alles vorbei wegen eines neureichen Hampelmanns, der sich im Wesentlichen durch intellektuelle Abwichserei auszeichnete.

Sie ging zum Fenster und sah auf die Straße herunter, die friedlich im gelben Laternenlicht vor ihr lag. Der Herbstwind war noch immer damit beschäftigt, die braunen Blätter auf den Gehwegen und der Straße zu verteilen. Eigentlich ein malerischer Anblick. Unter anderen Umständen hätte sie ihn genossen.

Sie hatte viel im Internet über Kramer gelesen. Natürlich war er ein anerkannter Wissenschaftler, das musste sie zugeben. Aber was bedeutete das schon? Auch andere Menschen waren in ihrem Beruf erfolgreich, machten aber nicht annähernd so viel Aufhebens darum. Wie viele Altenpfleger oder Krankenschwestern leisteten einen viel wichtigeren Dienst an dieser Gesellschaft, leise, geduldig und vor allem demütig? Aber dieser Schaumschläger? Am aufschlussreichsten waren die Kommentare über ihn, die in den verschiedenen sozialen Netzwerken gepostet wurden. Der Kerl war nichts anderes als ein schwanzgesteuerter Frauenheld, der nichts Besseres vorzuhaben schien, als die endlose Liste seiner Frauengeschichten mit weiteren Gespielinnen zu verlängern. Und ausgerechnet ihre beste Freundin musste diesem Schmalspurcasanova auf den Leim gehen. Ausgerechnet Cori. Wie konnte man nur so blöd sein?

Sie leerte das Glas mit hastigen Schlucken. Ihr Blick war starr aus dem Fenster gerichtet. Teilnahmslos. Die Beziehung würde nicht lange halten, da war sie sich ganz sicher. Dagegen sprach schon Kramers Lebensführung. Und außerdem: Eine Grundschullehrerin war nicht das weibliche Schmuckstück, mit dem sich der berühmte Professor auf Dauer zufriedengeben würde. Das war doch völlig klar. Mochte Cori darüber denken, was sie wollte. Ihr Hirn war zurzeit ja eh vernebelt. Aber wie lange würde das noch so weitergehen? Einen Monat? Oder zwei? Oder vielleicht ein halbes Jahr? Seit wann war das neue Traumpaar denn eigentlich schon zusammen? Die Frage war sehr leicht zu beantworten. Seit Indien.

Und sie? Wie würde sie überhaupt reagieren, wenn Cori reumütig wieder bei ihr angekrochen kam und ihr erzählte, wie bescheuert sie doch war, wie sie nur auf so einen Aufschneider hatte reinfallen können? Karli hatte mit ihren Bedenken von Anfang an recht gehabt. Da war sie sich ganz sicher. Aber erklär das mal einer jungen Frau, die auf einmal nichts als Hormone im Kopf hat.

Sie beschloss, nicht länger tatenlos herumzusitzen. Man konnte ja mal ein wenig das feindliche Gebiet erkunden. Es war eine spontane Idee. Sie setzte sich in die Straßenbahn.

Die weiße Villa des Professors lag ruhig im hinteren Teil des Grundstücks. Im Erdgeschoss brannte Licht. Sie waren also zu Hause. Sie betrachtete den Rasen, der im Licht der Gartenlampen grün schimmerte. Das wenige Laub verriet, dass der Gärtner ganze Arbeit geleistet hatte. Wie konnte man nur so spießig werden? Ihre Cori, mit der sie noch vor wenigen Monaten in heruntergekommenen Hütten ohne Strom und fließendes Wasser übernachtet hatte. Karli lehnte sich an einen Baum und drehte sich eine Zigarette. Der Rauch bildete eine dichte weiße Wolke vor ihrem Gesicht. Sie beobachtete die hell erleuchteten Fenster. Als Coris Silhouette am Fenster vorbeiging, zuckte Karli kurz zusammen. Instinktiv suchte sie Schutz hinter dem Stamm des Baumes.

»Karli? Was machst du den hier?«, hörte sie eine vertraute Stimme hinter sich. Sie drehte sich um und sah ihren Vereinspräsidenten an. Dieter Bernstein war in einen Lodenmantel gehüllt, den Kragen hatte er hochgeschlagen. Sein Hut verhinderte, dass das Licht der Straßenlaterne auf sein Gesicht fiel.

Karli fühlte sich wie ein Kind, das bei einem Streich erwischt wurde. Sie ließ es sich aber nicht anmerken. »Ich wollte nur noch mal frische Luft schnappen.« Sie hob die Zigarette in die Höhe. »Und eine rauchen.«

Bernsteins Blick wanderte zum Haus des Professors. Er fragte aber nicht nach.

Karli zog heftig an ihrer Zigarette und trat sie dann auf dem Gehweg aus. »Und du? Was machst du hier?«

»Das Gleiche wie du. Noch ein bisschen die Beine vertreten.«

Einen Moment lang herrschte Schweigen. Offensichtlich waren beide nicht glücklich darüber, sich gerade vor diesem Haus getroffen zu haben.

»Weißt du, wer da wohnt?«, beendete Bernstein die Stille und sah auf das Haus.

»Irgend so ein Professor«, antwortete Karli, wobei sie sich Mühe gab, so belanglos wie möglich zu klingen. »Psychologe oder so was Ähnliches.«

Bernstein sah immer noch auf das Haus. Die Hände hatte er in den Taschen vergraben. »Professor Doktor Jochen Kramer.« Sein Ton war abfällig. »Unter anderem ein sehr gefragter Gerichtspsychologe. Der hat es geschafft, dass der Mörder meiner Frau immer noch frei herumläuft.«

Karli sah ihn erstaunt an. »Ich wusste natürlich, dass deine Frau bei einem Verkehrsunfall ihr Leben verloren hat. Wirklich eine traurige Geschichte. Aber was hat dieser Professor, wie hieß er noch mal gleich, Kremer, damit zu tun?«

»Kramer«, korrigierte Bernstein. »Das ist eine lange Geschichte. Die erzähle ich dir ein anderes Mal, wenn du Lust hast. Aber eins ist sicher: Dieser Typ ist einfach nur ein primitives Arschloch. Egal wie viele Titel der hat. Aber wie heißt es so schön: Man sieht sich immer zweimal im Leben. Und auf dieses zweite Mal warte ich sehnsüchtig.«

Karli wurde neugierig. »Was würdest du denn mit ihm machen, wenn du ihn zu fassen kriegst?«

Bernstein sah immer noch auf das Haus. Seine Augen waren kalt, seine Stimme war monoton. »Das erzähle ich besser nicht laut. Aber eins kann ich dir versichern. Das Leben ohne meine Frau ist nichts mehr wert. Du kennst mich nur aus dem Verein, wenn ich irgendwie normal und vielleicht manchmal sogar lustig bin. Aber wenn ich alleine zu Hause bin, bin ich ein ganz anderer Mensch: traurig, schwermütig, einsam. Glaub mir, ich hänge nicht an meinem Leben. Es ist mir eigentlich egal. Die Alternative, tot neben meiner Frau auf dem Friedhof zu liegen, ist für mich manchmal besser, als zu Hause zu verrecken. Oder vielleicht gibt es ja doch einen Himmel.«

Karli steckte sich eine neue Zigarette in den Mund. »Du solltest nicht so etwas sagen, Dieter. Es gibt viele Menschen, die dich brauchen und die froh sind, dass du da bist.«

Bernstein lachte freudlos auf. »Ja klar. Aber manchmal muss man auch an sich denken.«

Karli streichelte seinen Arm. »Sag nicht so etwas. Das macht mir Angst. Du weißt, dass wir dich brauchen und dass wir dich gern haben. Dieser Kerl da drüben«, sie zeigte mit der Zigarette auf das Haus, »ist es einfach nicht wert, dass du dich quälst.«

Dieter Bernstein wechselte das Thema. Er wollte nicht mehr über seine Gefühle reden. Er hatte schon zu viel erzählt, schließlich war das seine Privatsache. »Du warst lange nicht mehr im Verein, komm doch mal wieder vorbei. Du bist eine unserer besten Schützen. Das weißt du. Bald stehen die Bezirksmeisterschaften an.«

Karli lächelte ihn an. Es war ein liebevolles Lächeln, fast mütterlich. »Ich komme morgen vorbei, versprochen.« Sie machte eine kleine Pause. »Aber unter einer Bedingung: Du erzählst mir deine Geschichte mit diesem Professor.«

Bernstein reichte ihr die Hand. »Also dann bis morgen.«

JANUAR

Kroll und Wiggins erreichten die Lessingschule gegen zwei Uhr. Sie gingen ins Sekretariat. Die untersetzte Frau mit der geschmacklosen Dauerwelle, die ihren Haarausfall kaschieren sollte, sah die Polizisten missmutig an. Entweder waren ihr heute die Schüler auf die Nerven gegangen, oder sie war einfach nur unzufrieden mit ihrem Job. Kroll vermutete Letzteres. Er zeigte seinen Ausweis. »Wir würden gerne mit Frau Landmann sprechen. Wo können wir sie finden?«

Die Frau prüfte den Ausweis im Stil eines Grenzbeamten. »Frau Landmann? Warum interessiert sich die Polizei für unsere Lehrerin?«

Kroll gab sich Mühe, ruhig zu bleiben. »Wir wollen einfach nur mit ihr reden. Könnten Sie uns jetzt bitte sagen, wo wir sie finden?«

Sie gab Kroll den Ausweis zurück. Ihr Gesichtsausdruck verriet, dass sie über die Anwesenheit der Polizei nicht erfreut war. Betont langsam stützte sie sich auf die Armlehnen ihres Schreibtischstuhls und wuchtete ihren schweren Körper nach oben. Dann ging sie gemächlichen Schrittes zu einem großen Plan, der links neben ihr an der Wand hing. Sie betrachtete die bunten Balken. Krolls Blick fiel unweigerlich auf ihren dicken Hintern. Die Konturen der überdimensionalen Unterhose zeichneten sich auf dem viel zu engen giftgrünen Rock ihres Kostüms ab. Sie fuhr mit dem Finger über den Plan. Endlich drehte sie sich um. »Unsere Lehrkraft, Frau Corinna Landmann, hatte heute nur bis 13.00 Uhr Unterricht. Sie ist morgen früh um 8.15 Uhr wieder hier. Dann unterrichtet sie die 4 b.«

Den Polizisten reichte diese Information. »Vielen Dank.« Sie verließen das Sekretariat.

Kroll drückte die Klingel, die neben dem Namensschild C. LANDMANN angebracht war. Sie standen vor einem Mehrfamilienhaus in der Elsterstraße. Kein Türöffner summte, niemand meldete sich an der Gegensprechanlage. Kroll trat nervös von einem Fuß auf den anderen. »Verdammt, Wiggins. Ist diese Frau ein Phantom? Die kann doch nicht so schwer zu finden sein!«

Wiggins blieb sachlich. »Wir stellen einen Streifenwagen vors Haus. Wenn sie kommt, fahren wir sofort hin. Spätestens morgen früh können wir mit ihr reden.«

SEPTEMBER

Melanie Nieblum war es gewohnt, dass sich ihr Lebensgefährte für längere Zeit nicht bei ihr meldete. Kramer war schließlich alles andere als ein treuer und vor allem verlässlicher Partner. Aber dass er sich über mehrere Wochen nicht bei ihr meldete, war selbst für einen Lebemann wie ihn ungewöhnlich. Sie hatte mehrfach versucht, ihn über das Handy telefonisch zu erreichen. Wenn er überhaupt ranging, war er kurz angebunden. Er gab stets vor, in Arbeit zu ersticken, und versprach, sich wieder zu melden, wenn er etwas mehr ›Luft‹ hatte. Auf einen Rückruf wartete sie vergebens.

Melanie machte sich Gedanken über ihre Beziehung. Sie war eine attraktive Frau. Die Männer machten ihr reihenweise den Hof. Lohnte es sich überhaupt, weiterhin Gedanken oder Gefühle an diesen Mann zu verschwenden? Oder war es nicht besser, die Beziehung einfach zu beenden? Gab es da überhaupt noch etwas zu beenden? Vielleicht war ja ohnehin alles schon vorbei. Sie musste kein großer Prophet sein, um zu dem Ergebnis zukommen, dass eine andere Frau im Spiel war. Mal wieder. Sie kannte Kramer nur zu gut. Aber was würde sie sich noch alles zumuten lassen müssen? Wie lange musste sie sich noch von diesem Mann verarschen, betrügen und vorführen lassen. Sie hatte schließlich auch ihren Stolz.

Sie griff nach ihrem Handy und wählte Kramers Nummer. Nach dem dritten Klingeln wurde sie weggedrückt. Dieses Miststück. Jetzt hielt er es nicht einmal mehr für erforderlich, sich eine Ausrede einfallen zu lassen.

Sie überlegte, ob sie einfach bei ihm vorbeifahren sollte. So eine Art Überraschungsbesuch. Sie lächelte bitter. Für wen auch immer. Vermutlich war das keine gute Idee. ›Besuche mich nie unangemeldet zu Hause‹. Das war ihre Absprache. Kramer hatte das von Anfang an klar gesagt, und sie hatte sich immer daran gehalten. Aber was war das denn für eine Vereinbarung? Wenn man zusammen ist und sich lieb hat, dann freut man sich doch, wenn man sich sieht. Und sind es nicht gerade die überraschenden, die nicht erwarteten Begegnungen, die ihren besonderen Reiz haben? Am Anfang ihrer Beziehung glaubte sie noch, es läge an seinem Beruf. Er war ja schließlich Professor. Und was sagte man diesen hochgebildeten Menschen nicht alles nach. Die Frau eines Kollegen von Kramer hatte ihr einmal erzählt, dass ihr Mann seine Hose verkehrt herum angezogen hatte und in dieser Ausstattung zur Uni gegangen wäre, wenn sie es nicht bemerkt hätte. Professoren waren eben zerstreut, und das wusste sie. Deshalb glaubte sie zuerst, dass ihr Herr Professor keine Überraschungen wollte, weil er einfach nicht wusste, wie er damit umgehen sollte. Aber bei Kramer war das anders. Das hatte sie inzwischen natürlich begriffen. Er wollte in seinem Haus keinen unangemeldeten Besuch haben, weil er es vermeiden wollte, erwischt zu werden, wenn er gerade mit einer anderen Frau die Belastbarkeit der Matratze austestete.

Sie stellte ihre Weinschorle ab und schaute gedankenverloren auf den abstrakten Kunstgegenstand, den er ihr geschenkt hatte. Diese moderne Skulptur sollte ein Liebespaar darstellen, das sich innig umarmt. Mit viel Fantasie konnte man das erahnen. Kramer hatte es ihr so lange erklärt, bis sie es selbst glaubte. Das war am Anfang ihrer ›wunderbaren‹ Leidenschaft gewesen. Warum musstest du gerade auf diesen Blödmann hereinfallen?

Melanie versuchte, ihre eigenen Gedanken zu ordnen. Was hast du eigentlich zu verlieren? Nichts! Hast du es nötig, ständig diesem Kerl hinterherzulaufen? Nein! Brauchst du noch viele Tage, Abende und Nächte, um auf diesen Kerl zu warten, dir das Hirn zu zermartern, wenn du auch ein unbeschwertes Leben ohne ihn führen kannst? Nein!

Sie beschloss, an Kramers Haus vorbeizufahren. Sie würde ihn zur Rede stellen. Und wenn eine andere Frau da war? Na und? Dann hatte sie zumindest Klarheit. Das Schlimmste war die Unwissenheit. Die musste beseitigt werden. So oder so.

JANUAR

Kroll und Wiggins hatten sich an diesem kalten Winterabend nicht zufällig im GONZALES getroffen. Natürlich war das GONZALES auch ihre gemütliche Stammkneipe, in der sie sich wohlfühlten, aber das GONZALES war, mit Ausnahme der Schule, auch der einzige öffentliche Ort, von dem sie wussten, dass Corinna Landmann zumindest ab und an sich dort aufhielt.

Wiggins saß an einem der Tische und aß Hähnchenflügel und Gambas. ›Surf and Turf für Arme‹, nannte er das immer. Als er Kroll und Anja erkannte, wischte er sich die Finger mit der Serviette ab und begrüßte Anja mit einem Kuss auf die Wange. »Schön, dass ihr da seid.« Er sah auf seine Uhr. »Tut mir leid, dass ich schon mal angefangen hab. Aber ich hatte so einen Hunger. Habe seit heute Morgen nichts mehr gegessen.«

»Kein Problem«, sagte Kroll, während sie sich setzten.

Anja war betont fürsorglich. »Ach du Armer. Ich finde, du brauchst eine liebe Frau, die für dich mal ein Essen kocht.«

Wiggins griff die Bemerkung auf. »Wie soll ich das denn machen? Ich arbeite von morgens bis abends. Und wenn ich mal eine attraktive Frau kennenlerne, dann kommt mein gutaussehender Kollege und hat immer die Nase vorn. Nicht gerade das, was man Poleposition nennt!«

Wiggins trank den letzten Schluck aus seinem Bierglas und streckte es Kroll entgegen. »Prost, mein Freund.« Sie stießen an.

Anja und Kroll beschlossen, das Händchenhalten unter die Tischplatte zu verlegen.

Wiggins nagte das Fleisch vom Knochen ab und sah Anja an. »Kroll hat erzählt, du hast Urlaub?«

»Das ist noch der Resturlaub vom alten Jahr. Ich hatte eigentlich gehofft, ich könnte mit meinem Liebsten ein paar Tage in die Sonne fahren, aber uns ist ja eine Leiche in die Quere gekommen, wieder mal.« Sie sah Kroll wehmütig an. »Dabei hatte ich so schöne Reisen im Internet gefunden, und gar nicht mal teuer.«

Wiggins nippte an seinem Bierglas und schob den leeren Teller beiseite. »Ich weiß schon gar nicht mehr, wann ich das letzte Mal im Urlaub war. Ich meine nicht nur für ein paar Tage, sondern so richtig, mit Strand, Sonne, Meer und einem schönen Hotel.«

Kroll hielt es für angebracht, das Thema zu wechseln, bevor die beiden all zu sehr in Selbstmitleid verfielen. »Wo ist das Problem? Anja hat Urlaub, wir haben einen tollen Job bei Vater Staat. Lasst uns doch heute einfach mal ein bisschen über die Stränge schlagen. Ich habe meine Bierdurstphase.« Er gab der Kellnerin Magda ein Handzeichen.

Sie hörten hinter sich eine vertraute Stimme. »Ich sehe, die Elite unseres Polizeiapparates vergnügt sich beim Bier.« Der Reporter Günther Hirte stellte seine Bloody Mary auf den Tisch und begrüßte Anja mit zwei Küssen auf die Wange. Dann setzte er sich zu ihnen. »Bist du immer noch mit diesem Typen zusammen? Du könntest doch was Besseres haben«, begann er in seiner stets provokanten Art, die alle nur zu gut kannten, ihm aber nicht übel nahmen.

»Was soll ich denn machen?«, scherzte Anja und sah sich um. »Ich sehe weit und breit einfach keine Alternative.«

»Den Geschmack der Frauen werde ich wohl nie begreifen«, seufzte Hirte. Er leerte das halb volle Glas in einem Zug.

»Was gibt es denn bei dir Neues?«, fragte Kroll.

»Meinst du beruflich oder frauentechnisch?«

»Frauentechnisch natürlich.«

»Frag mich lieber nach beruflich.«

»Also beruflich.«

»Ich dachte eigentlich, da könntet ihr uns weiterhelfen. Wäre natürlich schön, wenn wir mal wieder interessante Neuigkeiten über den toten Professor hätten.«

»Das fänden wir auch schön«, bemerkte Wiggins.

Magda verteilte drei Bier und eine Bloody Mary auf dem Tisch.

»Kommt, Jungs, das ist ja auch nicht meine Story. Da ist eine junge Kollegin dran. Wenn ich der ein paar gute Infos gebe, lädt sie mich bestimmt auf ein Gläschen Wein ein. Ihr müsst jetzt mal zeigen, dass ihr richtig gute Freunde seid.«

»Wenn wir etwas haben, erfährst du es als Erster. Du kennst uns doch.«

»Eben«, stöhnte Hirte und nahm sein Glas in die Hand. »Aber wenn ihr so verschlossen seid wie eine Auster, dann erzähle ich euch eben auch nichts mehr.«

»Leg doch mal los«, ermutigte ihn Kroll. »Vielleicht können wir ja doch noch ins Geschäft kommen.«

Wiggins verdrehte die Augen. Er wusste, dass es Ärger geben würde, wenn die Presse zu gut informiert war. Aber er konnte sich auch auf Kroll verlassen. Kroll nahm sein Dienstgeheimnis sehr ernst und gab nie Informationen weiter, die ein guter Reporter irgendwann nicht ohnehin recherchiert hätte.

Günther Hirte setzte sein Glas betont langsam ab. »Wusstet ihr eigentlich schon, dass unser Professor zwei Dauerkarten für RB Leipzig hatte? Natürlich VIP-Bereich. Fünfte Etage im Stadion. Und da soll es ab und zu auch Ärger gegeben haben. Er wurde dort wohl häufiger blöd angemacht.«

»Von wem?«, hakte Wiggins nach.

Hirte lächelte. »Wohl von mehreren. Aber wir sind da noch dran. Eine Hand wäscht die andere. Meine junge Kollegin möchte gerne das Armbrustschießen lernen. Habt ihr da einen Verein, den ihr empfehlen könnt?«

»Schick sie in den Robin Hood e. V.«, antwortete Kroll beiläufig.

OKTOBER

Grand Cayman Island war das Paradies. Ihre große Wohnung lag direkt an dem traumhaften Strand, der weiße Sand war so fein, dass er Cori wie Puderzucker vorkam. Als Cori und Jochen Kramer zum ersten Mal ins Meer gerannt waren, erinnerte Cori die Temperatur an ihre Badewanne.

Sie unternahmen viel. Morgens, wenn Cori noch schlief,

verließ Kramer das Haus, um seine Vorlesung zu halten. Er kam gegen Mittag wieder und hatte dann keine beruflichen Verpflichtungen mehr. Sie konnten den restlichen Tag gemeinsam verbringen. Tauchen in den schönen Riffen, segeln, hochseefischen, wilde Ritte auf den Jetskiern, lange Spaziergänge am Strand und malerische Sonnenuntergänge. Abends gingen sie gemütlich essen und ließen den Tag mit kühlem Bier und schönem Wein auf dem Balkon ausklingen.

Cori betrachtete ihre gebräunten Arme und cremte sie ein. »Schade, dass wir übermorgen schon wieder abreisen. In diesem Paradies könnte ich ewig bleiben.«

Kramer lehnte sich zurück und sog die milde Meeresluft langsam ein. »Dabei hatte ich erst Bedenken, ob dieser Urlaub überhaupt etwas für dich ist.«

»Wieso?«

»Na ja. Du warst ja bislang immer der Typ Abenteuerurlaub. Zu Fuß durch Indien, Rucksack, einfache Behausungen. Das hier ist ja schon ein bisschen anders.«

Cori musste spontan an Karli denken. Sie hatte sich lange nicht bei ihr gemeldet. Zu lange. Cori hatte ein schlechtes Gewissen. So ging man nicht mit seiner besten Freundin um. Sie versuchte, die negativen Gedanken zu verdrängen. »Das eine schließt das andere ja nicht aus. Ich finde, man muss versuchen, jeden Tag zu leben. Im ›Jetzt‹. Das sagen übrigens auch die indischen Philosophen.«

Kramer füllte die Gläser nach. Er lächelte verliebt. »Ich hatte eigentlich gehofft, dass du dich hier so wohl fühlst, weil *ich* auf dieser schönen Insel bei dir bin. Das war zumindest die Einschätzung meines psychologischen Sachverstandes.«

Cori stand auf und gab ihm einen langen Kuss. »Sollte ich etwa dem berühmten Professor widersprechen?«

»Morgen, an unserem letzten Tag, würde ich gerne noch etwas ganz Schönes unternehmen. Musst du morgen arbeiten?«

Kramer sah auf das Meer. Der letzte Tag, dachte er. Wenn du wüsstest, dass sich diese Bemerkung vielleicht gar nicht nur auf unseren Urlaub bezieht. »Meine Vorlesungsreihe ist beendet. Wir haben morgen den ganzen Tag nur für uns.«

Cori war nur noch glücklich. »Und? Hast du eine Idee?«

Kramer nahm ihre Hand in beide Hände und fing ihren erwartungsvollen Blick auf. »Ich habe mir natürlich etwas einfallen lassen für unseren letzten Tag auf dieser traumhaften Insel. Ich würde vorschlagen, dass wir uns morgen ein kleines Segelboot mieten, nur für uns allein, und einfach rausfahren. Nur wir beide, der Wind und das Meer.«

Cori klatschte in die Hände. »Das ist genau das, was ich mir gewünscht habe. Die Insel, die Sonne, das Boot, das Wasser und … DU!«

Sie erdrückte Kramer fast vor Freude.

Der Professor zeichnet ihre Lippen mit dem Finger nach. »Ich glaube, ich werde müde. Sollen wir ins Bett gehen?«

»Ich hoffe, du bist nicht zu müde«, flüsterte sie. »Trinken wir nachher noch ein Glas Wein?«

JANUAR

Kroll und Wiggins hatten beschlossen, Corinna Landmann nach ihrem Unterrichtsschluss um 13 Uhr vor der Schule aufzusuchen. Es machte keinen Sinn, die Lehrerin in der Pause zu vernehmen. Es würde ein längeres Gespräch werden, sie brauchten Zeit und vor allem Ruhe.

Die SOKO Philosoph hatte ihre turnusmäßige Sitzung um neun Uhr.

Wie so oft war es ihre junge und talentierte Kollegin Stefanie Buri, die die Ermittlungen voranbrachte. Sie wartete geduldig, bis ihre Kollegen deren Ausführungen abgeschlossen hatten. Sie wollte ihre Ermittlungsergebnisse bewusst am Ende der Sitzung präsentieren, um einen nachhaltigen Eindruck zu hinterlassen. Zu ihren zweifellos hervorragenden polizeilichen Fähigkeiten mischte sich auch eine gesunde Portion Ehrgeiz, der von ihren Kollegen häufig mit abfälligen Bemerkungen quittiert wurde, freilich nur, wenn sie nicht in der Nähe war.

Sie blätterte wie immer in einer Akte, um die Aufmerksamkeit zu steigern. »Ich habe mir gedacht«, begann sie in einem Ton, der mehr nach Überlegen als nach Berichten klang, »jeder Mensch macht doch mindestens einmal im Jahr Urlaub. Und dann habe ich beschlossen, mir mal die Listen der Fluggesellschaften anzuschauen.« Wieder der Blick in die Runde. Alle sahen sie interessiert an. »Corinna Landmann hat zehn Jahre hintereinander Urlaub in Indien gemacht. Und laut Auskunft der Airlines saß sie immer neben derselben Person, eine gewisse Karla Pirke.«

»Und, hilft uns das jetzt weiter?«, fragte ein genervter Kollege. Buris Darbietung kratzte langsam an seinen Nerven.

Die junge Polizistin fuhr unbeeindruckt fort. »Das ist nicht alles. Ich war ja auch noch nicht fertig.« Wieder eine kleine Pause. »Die beiden haben zehn Jahre lang ihren Urlaub gemeinsam in Indien verbracht, und sie haben jeden

Flug, die ganzen zehn Jahre lang, immer schon im August des Vorjahres gebucht, nur nicht im letzten Jahr, da war ja Corinna Landmann bekanntlich mit dem Opfer auf den Caymans.«

Saubere Arbeit, dachte Kroll. Darauf muss man erst mal kommen. Seine Gedanken teilten aber nicht alle seiner Kollegen.

»Ja und?«, raunzte der Kollege, dem Stefanie Buris zögerliche Informationspreisgabe immer mehr auf den Geist ging. »Was soll das jetzt bringen? Ich bin mit meiner Ex sogar 15 Jahre in den Urlaub gefahren. Und als ich eine Neue hatte, war damit auch Schluss. Und habe ich deswegen gleich jemanden umgebracht? Was ist daran jetzt so besonders?«

»Und, wie hat deiner Ex das gefallen?«, konterte Buri, wobei sie das ›Ex‹ besonders betonte.

Ihr Kollege lehnte sich zurück und verschränkte die Arme hinter seinem Kopf. »Die hat sich gefreut, mich los zu sein.«

Die Lacher waren auf seiner Seite.

Kroll sah auf die Uhr und unterbrach die heitere Stimmung. »Ich wäre sehr froh, wenn ihr die Steffi jetzt mal ausreden lassen könntet. Ich denke, wir haben alle noch was zu tun.«

Stefanie Buri schenkte Kroll ein kurzes, aber für alle wahrnehmbares Lächeln. »Um es kurz zu machen: Karla Pirke ist Mitglied im Robin Hood e.V. Ich habe die Mitgliederliste abgeglichen.«

»Uups!«, bemerkte Wiggins spontan. »Schon wieder eine Querverbindung zu diesem Verein. So langsam laufen da ziemlich viele Fäden zusammen. Gute Arbeit, Steffi.«

Stefanie Buri warf ihrem angefressenen Kollegen, der immer noch zurückgelehnt in seinem Stuhl kauerte, einen kurzen Blick zu. Er kaute jetzt demonstrativ gelangweilt einen Kaugummi mit offenem Mund.

»Das ist aber noch nicht alles. Karla Pirke ist im September letzten Jahres dem Verein LESPENLAUB beigetreten. Das ist ein Verein, der, wie es der Name schon sagt, die Interessen von homosexuell orientierten Frauen vertritt. Bis zu diesem Zeitpunkt haben wir keine Informationen, dass Karla Pirke sich in irgendeiner Form geoutet hat.«

Kroll nippte an seinem Kaffee. »Sie hat sich geoutet, als Corinna Landmann mit Kramer auf die Caymans geflogen ist. Eifersucht ist ein starkes Motiv. Ich glaube, statistisch gesehen sind Beziehungsprobleme immer noch die Nummer eins bei den Mordmotiven. Möglicherweise hat Kramer ihre Beziehung zu Karla Pirke zerstört, oder sie hat es zumindest so empfunden.«

Er sah wieder auf seine Uhr. »Es ist jetzt halb elf.« Kroll stieß Wiggins mit dem Ellenbogen an. »Wir können diese Karla Pirke noch vor 13.00 Uhr besuchen. Komm. Wir machen los.«

Kroll leerte die Kaffeetasse im Stehen und ging zur Tür. »Haut rein, Jungs. Reis macht tierisch Druck, und die Presse sitzt uns auch im Nacken. Wir müssen langsam aber sicher Ergebnisse bringen. Wäre schön, wenn alle so engagiert wären wie Steffi.«

»War deine letzte Bemerkung nicht ein bisschen zu hart?«, stoppte ihn Wiggins auf dem Flur des Präsidiums. »Du weißt doch, wie die Kollegen über unser Karrierepüppchen reden.«

Kroll ging schnellen Schrittes weiter. »Lass uns den Druck auf die Kollegen doch mal ein bisschen erhöhen. Das Leben bei der Kriminalpolizei ist kein Ponyhof. Wer wüsste das besser als wir?«

OKTOBER

Karl Schneeweiß hatte ein schlechtes Gewissen. Er hätte es sich nie vorstellen können, seinem Kollegen nachzuspionieren. Er hatte viel überlegt, sich nachts schlaflos im Bett hin und her gewälzt und sich immer vorgenommen, nichts zu unternehmen. Aber er musste Klarheit haben. Hatte Kramer ihm wirklich die Wahrheit erzählt, als er ihm versprochen hatte, dieses dämliche Experiment zu begraben? Er hatte ihm nie so richtig geglaubt. Er kannte Kramer lange genug und wusste, dass Kramer immer die richtige Geschichte, immer die richtige Ausrede zur Hand hatte, wenn es darum ging, Problemen aus dem Weg zu gehen. Vor allem, wenn Frauen im Spiel waren. Er wusste nicht genau, warum er an diesem Freitagmorgen das Haus seines Kollegen aufsuchte. Musste er Gewissheit haben, um Kramer vor sich selbst zu schützen, oder konnte er einfach die eigene Ungewissheit nicht ertragen? Er parkte sein Auto vor Kamers Haus. Einen Moment hielt er inne und betrachtete das luxuriöse Gebäude. ›Fahr nach Hause‹, rief eine innere Stimme. Er ignorierte sie und stieg aus.

Kramers Haushaltshilfe stopfte eine Mülltüte in den Abfalleimer. Sie erkannte Schneeweiß sofort. »Guten Morgen, Herr Professor. Das ist aber eine Überraschung.« Sie schlug den Deckel der Mülltonne zu. »Sie wissen doch, dass Herr Kramer auf den Caymans ist?«

Schneeweiß gab ihr die Hand. Er sah, dass die Haustür offenstand. »Was würde Herr Kramer nur ohne sie machen? Er hat ja immer nur Zeit für seine Arbeit, und sie halten hier alles in Ordnung. Ich hoffe, er weiß zu schätzen, dass sie ein richtiges Goldstück sind.«

Die Haushaltshilfe winkte ab, während sie sich auf den Weg ins Haus machte. »Ach wissen Sie, Herr Professor Schneeweiß, für mich ist doch alles in Ordnung. Wenn der Chef nicht da ist, kann ich wenigstens in Ruhe meine Arbeit machen. Ich habe da einen anderen Kunden, einen Frührentner, der ständig zu Hause ist und rumnörgelt. Dagegen ist das hier doch schon fast wie Urlaub.«

Schneeweiß lächelte verständnisvoll. »Mein junger Freund und Kollege wird auch immer vergesslicher. Ich dachte, dieses Los trifft nur so alte Knochen wie mich. Er muss morgen auf den Caymans seinen letzten Vortrag halten und hat sein Manuskript vergessen. Ich soll es ihm mailen.«

»Sie kennen sich ja hier aus.«

Schneeweiß nickte und ging langsam die Holztreppe hoch. Aus den Augenwinkeln beobachtete er die Haushälterin. Sie begann, den Boden feucht aufzuwischen. Das würde dauern.

Kramer hatte seinen privaten Computer nicht mit einem Passwort gesichert. Das hielt er in den eigenen vier Wänden nicht für erforderlich. Schneeweiß wartete, bis der Computer hochfuhr. Dann klickte er sich durch die Dateien. Sein Kollege hatte es ihm einfacher gemacht, als er erwartet hatte. Er bewegte die Maus auf ›Arbeitsplatz‹, dann auf ›Dokumente‹. Es erschien ein Ordner ›dienstlich‹. Auf dem Bildschirm erschienen unzählige Dateien. Schneeweiß orientierte sich am Datum. Er öffnete die aktuellste Datei, die Kramer noch am Tag vor seiner Abreise bearbeitet hatte. Treffer! Schneeweiß sah sich um. Die Haushaltshilfe war nicht in der Nähe. Sicherlich war sie noch mit dem Boden im Erdgeschoss beschäftigt. Er öffnete eine Datei nach der anderen.

JANUAR

Karla Pirke öffnete den Polizisten die Tür. Offensichtlich musste sie am heutigen Tag nicht arbeiten. Karla war erstaunt, dass zwei fremde Männer vor ihrer Tür standen. Sie sah sie fragend an.

Kroll zeigte seinen Ausweis, den Karla misstrauisch beäugte. »Mein Name ist Hauptkommissar Kroll von der Leipziger Kripo. Das ist mein Kollege Wiggins. Dürfen wir einen Moment hereinkommen?«

Karla blieb demonstrativ in der Tür stehen. »Würden Sie mir bitte erst einmal erklären, was Sie von mir wollen?«

Kroll steckte seinen Ausweis wieder in die Tasche. »Es geht um Ihre Freundin Corinna Landmann.«

Karla war die Verunsicherung deutlich anzusehen. »Cori? Ist ihr was passiert?«

»Nein«, beruhigte sie Wiggins. »Wir haben nur ein paar Fragen.«

Karla machte einen Schritt zur Seite, um den Kommissaren zu signalisieren, dass sie hereinkommen durften. Sie ging voraus. Die Polizisten folgten ihr.

Die Wohnung war klein, zwei Zimmer, Bad, Balkon. Sie führte Kroll und Wiggins in das Wohnzimmer, in dem sich eine Kochnische befand. Das Zimmer erinnerte eher an eine Studentenbude. Eine Sitzecke aus Möbeln, deren verschlissenes Leder einen Hinweis auf ihr Alter gab. Davor ein Couchtisch mit Glasplatte. In einer Ecke stand ein Tisch mit vier Stühlen, der für die Größe des Zimmers eindeutig überdimensioniert war. Hier wurden vermutlich die Mahlzeiten eingenommen. Auf einer alten Kommode stand ein

Fernseher, bei dem Kroll sich fragte, ob dieses antiquierte Gerät schon in der Lage war, das Farbfernsehen zu übertragen. An den Wänden hingen Poster von Andy Warhol: Marylin, Tomatensuppe und John Lennon.

Sie setzten sich in die Sitzecke. Karla sah sie fragend an. Sie wollte nicht das Gespräch führen, einfach nur antworten und hoffte, dass es bald vorbei war. Nur ihre Neugier, als der Name ihrer Freundin fiel, hatte sie dazu bewogen, die Polizisten hereinzulassen.

Kroll unterbrach die Stille. »Kennen Sie Herrn Professor Jochen Kramer?«

Karla musste zu lange überlegen, um diese einfache Frage zu beantworten. »Ich weiß natürlich, wer das ist. Der wurde doch vor Kurzem umgebracht. Stand in allen Zeitungen. Ich habe ihn aber nie persönlich kennengelernt. Oder doch, Moment mal, einmal hat er Cori und mich am Flughafen abgeholt. Er hat mich zuerst nach Hause gefahren. Aber wir haben kein Wort miteinander gewechselt.«

»Sie mochten ihn wohl nicht besonders?«, hakte Wiggins nach.

Karla ließ sich nicht aus der Reserve locken. »Wieso sollte ich ihn nicht mögen? Ich kannte ihn doch kaum.«

Wiggins ließ nicht locker. »Immerhin hatte er im letzten Jahr viel Zeit mit Ihrer besten Freundin verbracht. Cori und Sie (sind seit zehn Jahren zum ersten Mal nicht zusammen in den Urlaub nach Indien gefahren, wegen Professor Kramer. Da kommt doch bestimmt keine Freude auf.) hatten nun weniger Zeit füreinander.«

Karla überlegte wieder zu lange. »Ich verstehe Ihre Frage nicht.«

Kroll versuchte, beruhigend zu wirken. Seine Stimme

warsanft und langsam. »Wir wissen, dass Sie Mitglied im Verein LESPENLAUB sind.«

Karla lachte bellend. »Ach daher weht der Wind! Sie glauben also, ich hätte eine sexuelle Beziehung mit Cori gehabt.« Wieder eine kurze Pause. »Ich glaube, Sie sollten mal Ihre Vorurteile überdenken. Aber um Sie zu beruhigen: Cori ist nicht lesbisch. Wir sind einfach nur gute Freundinnen, oder glauben Sie etwa, das ist mit einer Frau wie mir nicht möglich? Kommen Sie doch bitte mal zu den Infoveranstaltungen unseres Vereins. Die könnten wahrscheinlich für reaktionäre Beamtengehirne noch ganz hilfreich sein.«

Kroll hatte keine Lust, auf die letzte Bemerkung einzugehen. Das Gespräch sollte nicht abschweifen. »Sie haben unsere Frage nicht beantwortet.«

Diesmal musste Karla nicht lange überlegen. »Cori ist eine erwachsene Frau. Sie kann sich treffen, mit wem sie will. Sie kann Beziehungen eingehen, mit wem sie will. Ich bin ihre beste Freundin, und dabei wird es bleiben. Und wenn mal eine Urlaubplanung ausfällt? So what?«

Wiggins ertappte sich dabei, zu hinterfragen, ob die Bemerkung mit den Beamtengehirnen nicht zutreffend war. Er hatte keine Ahnung von gleichgeschlechtlichen Beziehungen. Er hatte gehört, dass es in diesen Beziehungen immer einen männlichen und einen weiblichen Partner gab. Wenn das stimmte, hatte Karla eindeutig die männliche Rolle. Sie umgab sich mit einem Schutzpanzer, der nur schwer zu durchdringen war. »Es hat Sie also nicht gestört?«

»Nein«, war die knappe Antwort. Sie sah die Polizisten emotionslos an.

Kroll wechselte einen kurzen Blick mit Wiggins. »Nach unseren Informationen begann das Verhältnis zwischen

Professor Kramer und Cori Landmann im Sommer des letzten Jahres. Haben Sie in dieser Zeit Cori häufig gesehen?«

»Nur ab und zu. Aber wie gesagt: Sie ist eine selbstständige Frau. Noch mal: Cori ist nicht lesbisch, wir verstehen uns einfach gut, und ich führe kein Tagebuch, wie oft ich mich mit irgendwelchen Freundinnen treffe.«

»Und als die Beziehung mit Professor Kramer beendet war: Haben sie sich da wieder häufiger gesehen? Was hat sie Ihnen erzählt?«

Karla ging zum Kühlschrank und goss sich ein Glas stilles Wasser ein. Auf die Idee, den Polizisten auch etwas anzubieten, kam sie nicht. Sie setzte sich wieder und trank das Glas fast leer. »Ich weiß nicht genau, wann die Beziehung gecrasht ist. War wohl irgendwann im Herbst, vielleicht auch später. Cori war natürlich ziemlich fertig. Wir haben viel darüber geredet.« Zum ersten Mal schien sie spontan zu antworten. »Ich habe natürlich versucht, ihr klarzumachen, dass sie einem Windhund aufgesessen ist. Aber wirklich helfen konnte ich ihr nicht. Sie können sich ja vielleicht vorstellen, wie das ist mit dem Liebeskummer. Es ist gut, wenn man jemanden zum Reden hat, aber eigentlich muss man nur warten, bis die Zeit die Wunden heilt. Einfach nur Abstand gewinnen.«

Wiggins richtete sich auf. »Sie hielten Kramer für einen Windhund? Wie kommen Sie darauf?«

Karla trank ihr Wasserglas hastig leer. »Also ich glaube, die Lebensweise von Herrn Kramer ist nun wirklich kein Geheimnis. Er macht ja auch selbst keins daraus. Er umgibt sich gerne mit schönen Frauen, und es scheint auch genug zu geben, die auf seinen vordergründigen Kurzstreckencharme hereinfallen.« Sie richtete sich auf. »Um Ihre nächste Frage zu beantworten: Ich weiß das von einer Freundin, die bei uns im Verein ist. Sie studiert bei Kramer und hat so einige Geschichten erzählt.«

»Dann haben Sie Cori doch bestimmt vor Professor Kramer gewarnt. Sie konnten doch bestimmt nicht einfach zusehen, wie Ihre Freundin ins offene Messer läuft«, bohrte Kroll nach.

»Ich hatte Ihnen doch bereits gesagt: Cori ist eine selbstständige Frau.«

Kroll akzeptierte, dass es keinen Sinn machte, das Verhältnis von Cori und Karla, falls es überhaupt eines gab, weiter zu hinterfragen. »Sie sind Mitglied im Verein Robin Hood.«

»Ist das verboten?«

»Professor Kramer wurde mit einer Armbrust erschossen.«

Karla verdrehte die Augen. »Jetzt hören Sie doch bitte auf. Langsam werden Ihre Unterstellungen einfach nur nervig. Suchen Sie doch einfach den Mörder und unterstellen mir bitte nicht irgendwelche Eifersuchtsgedanken. Ich will mich wirklich nicht wiederholen.«

Kroll fiel auf, dass Karla offensichtlich den Mörder für eine männliche Person hielt. Jede Emanzipation stößt an ihre Grenzen. »Noch eine letzte Frage: Wo waren Sie eigentlich Silvester?«

Karla gab sich keine Mühe, ihren Unmut nach der Frage ihres Alibis zu unterdrücken. Ihr Tonfall war eisig. »Ich habe hier mit Cori gesessen. Den ganzen Abend. Sie hat auch bei mir übernachtet. Das werden sie ja bestimmt überprüfen.«

Die Polizisten erhoben sich. »Danke, wir finden alleine raus.«

»Ich glaube der kein Wort«, sagte Wiggins, als sie wieder im Auto saßen.

»Ich auch nicht.«

OKTOBER

Der Rückflug in der First Class war angenehm. Sie hatten gut gegessen. Variationen von Meeresfrüchten mit blanchiertem Gemüse. Eine leichte Kost, die ihnen half, die Urlaubserinnerungen aufrechtzuhalten. Dazu tranken sie Rotwein, das übliche Schlafmittel auf Langstreckenflügen. Kramer bestellte bei der übertrieben freundlichen Stewardess noch Kaviar und Wodka. Cori hatte die salzigen Fischeier eigentlich noch nie gemocht, aber jetzt schmeckten sie ihr wunderbar. Sie bediente die kleinen Knöpfe und Schalter an der rechten Seite ihres Sitzes. Zufrieden stellte sie fest, dass sich die Rückenlehne langsam nach hinten bewegte. Das Fußteil schob sich nach vorne. Ein Bett im Flugzeug. Das war doch etwas anderes als die Langstreckenflüge in der Knochenklasse, die sie mit Karla überstehen musste. Sie setzte sich auf und gab Kramer einen intensiven Kuss. »Der Urlaub mit dir war so wunderschön. Aber jetzt bin ich müde. Schlaf gut. Ich liebe dich.«

»Ich lege mich auch jetzt hin. Träum was Schönes.«

»Dann träume ich von dir.« Sie ergriff Kramers Hand und ließ sie die ganze Nacht nicht wieder los.

In ein paar Tagen kommt der Showdown, dachte Kramer. Ich halte die Festrede zum Jubiläum 1000 Jahre Leipzig und 600 Jahre medizinische Fakultät. Da kann sie mich noch einmal richtig bewundern, und dann geht es bergab!‹

Er stellte seinen Sitz zurück. Ein wirklich interessantes Projekt. Die Wissenschaft würde ihm zu Füßen liegen. Die Bedenken von Schneeweiß hatte er schon lange ausgeblendet. Dieser alte Knacker. Sollte er doch endlich in Pension gehen. Er streichelte Coris Handrücken. Tut mir leid für dich, Baby. Aber die Wissenschaft hat noch nie Rücksicht genommen auf persönliche Schicksale.

JANUAR

Kroll und Wiggins passten Corinna Landmann vor der Lessingschule ab. Sie stellten sich vor und erzählten, warum sie mit ihr reden wollten. Sie beschlossen, das Gespräch in einer Bäckerei in den Waldstraße zu führen. Dort hatten sie Ruhe, und es gab einen guten Kaffee.

»Es war ja richtig schwierig, Sie ausfindig zu machen«, begann Kroll das Gespräch, als sie sich gesetzt hatten.

Cori war erstaunt. »Ich habe gar nicht gewusst, dass Sie nach mir suchen. Ich habe mich bestimmt nicht versteckt.«

»Das wissen wir. Aber wir hatten lange nur ein Bild von Ihnen und nicht den dazugehörigen Namen.«

»Ein Bild von mir?«

Die Bedienung stellte die Getränke auf den Tisch. Wiggins rührte sich Zucker in den Kaffee. »Auf dem Computer von Professor Kramer waren viele Fotos von den Cayman Islands. Sie wurden im Oktober des letzten Jahres gemacht.« Er lächelte. »Und da durften wir Sie im Bikini bewundern.«

Cori errötete leicht. »Ja, das war eine schöne Reise. Aber irgendwie ist das schon wieder ganz weit weg.«

»Wie meinen Sie das?«, wollte Kroll wissen.

Cori starrte auf ihren Latte macchiato. Dann sah sie die Polizisten an. »Ich hatte im letzten Sommer eine freundschaftliche Beziehung mit Jochen Kramer. Deshalb sind wir auch zusammen in die Karibik geflogen. Aber relativ kurz nach dem Urlaub hat die Beziehung geendet. Ich hatte danach keinen Kontakt mehr zu Jochen. Das Thema ist für mich abgeschlossen. So meinte ich das.«

Den Kommissaren fiel auf, dass Cori völlig emotionslos über ihre Beziehung zu Kramer sprach. Entweder berührte sie das Thema tatsächlich nicht mehr oder sie war eine gute Schauspielerin.

»Können Sie uns ein bisschen mehr über Ihre Beziehung zu Professor Kramer erzählen?«, bat Kroll.

Er hatte erwartet, dass es Corinna nicht recht sein würde, über diese private Angelegenheit zu reden. Aber es schien ihr überhaupt nichts auszumachen. Sie erzählte in einem leidenschaftslosen Tonfall, als würde sie von einer Fortbildungsveranstaltung berichten, wie sie Kramer kennengelernt hatte, als der Hund auf sie zulief. Wie sich die Beziehung über die Monate entwickelt hatte bis zu den Caymans. Auch schien es ihr nicht unangenehm zu sein, einzuräumen, dass Kramer die Beziehung beendet hatte. Die Polizisten konnten sich des Eindrucks nicht erwehren, dass Kramer die ganze Geschichte geschickt inszeniert hatte. Aber Cori schien den Gedanken gar nicht in Betracht zu ziehen.

»Waren Sie sehr traurig über das Ende dieser Beziehung?«, fragte Wiggins.

Cori zuckte mit den Schultern. »Ein bisschen schon. Das ist doch immer so. Aber es hielt sich in Grenzen. Ich habe von Anfang an nicht allzu viele Gefühle in diese Freundschaft investiert.«

Kroll nahm das Plätzchen, das auf seiner Untertasse lag. »Und warum?«

Cori lachte. »Was Jochens Beziehungen zu Frauen anging, eilte ihm ein gewisser Ruf voraus. Böse Zungen behaupten, er wechselte die Frauen häufiger als seine Unterhosen. Ich war nicht so arrogant, mir einzubilden, dass ausgerechnet ich auf einmal die große Liebe seines Lebens sein würde. Ich habe einfach die Zeit mit ihm genossen, aber mir war klar, dass es früher oder später zu Ende sein würde.«

»Aber Sie sind doch eine attraktive Frau«, bemerkte Wiggins.

»Vielen Dank. Aber das waren meine Vorgängerinnen und wahrscheinlich die Frauen, die nach mir kamen, bestimmt auch.«

»Wann haben Sie Kramer denn zuletzt gesehen?«, fragte Kroll.

»Als er mir gesagt hat, dass es aus ist. Ich glaube, das war im Oktober, kann aber auch Anfang November gewesen sein.«

»Und dann war Funkstille?«

»Ja klar. Was blieb mir denn anderes übrig? Sollte ich ihm vielleicht eine Szene machen? Das hätte doch nichts gebracht. Jochen war eben Jochen.«

Kroll und Wiggins sahen sich kurz an. Beide dachten das Gleiche. Cori erzählte viel zu locker über ihre Beziehung zu

Professor Kramer. Sie war einfach nicht der Typ, der sich mal eben auf eine Affäre einließ, um den Spaß mitzunehmen. Andere Frauen mochten sich vielleicht so verhalten, aber Corinna Landmann war definitiv aus einem anderen Holz geschnitzt.

»Können Sie sich vorstellen, wer Professor Kramer getötet hat? Hatte er Feinde? Wurde er bedroht? Sie müssen doch bestimmt etwas mitbekommen haben«, fragte Wiggins.

Wieder dieses teilnahmslose Achselzucken. »Keine Ahnung. Der Mann war verschlossen wie ein Tresor. Ich weiß überhaupt nichts über sein Privatleben. Eigentlich wollte ich auch nichts darüber wissen.«

Cori setzte ihre Kaffeetasse ab und sah die Polizisten fragend an.

Kroll fing ihren Blick auf. »Wie war es denn auf den Caymans? Ich meine, wie hat sich Professor Kramer dort verhalten?«

Coris Mund verzog sich zu einer Andeutung eines Lächelns. Sie war in Gedanken wieder auf der Insel. Zum ersten Mal zeigte sie so etwas wie Gefühle. »Es war eigentlich eine sehr schöne Zeit. Jochen hatte dort mehrere Vorlesungen, aber die waren alle vormittags. Wir hatten eine traumhafte Wohnung direkt am Meer. Morgens haben wir zusammen gefrühstückt, danach ist Jochen zu seinen Vorträgen gefahren. Gegen Mittag kam er zurück, und dann haben wir viel unternommen. Wir haben uns die Insel angeschaut, lange Spaziergänge gemacht oder einfach nur am Strand gelegen. Abends haben wir romantisch«, sie betonte das Wort mit einer Spur von Ironie, »gegessen und dann noch ein bisschen Wein auf unserer Dachterrasse getrunken. Danach sind wir ins Bett gegangen … und wenn Sie es ganz genau wissen wollen: Dann haben wir auch miteinander geschlafen.«

»Also der klassische Liebesurlaub?«

»Wenn Sie es so nennen wollen?«

Wiggins wurde nachdenklich. »Und kurz danach war so plötzlich alles zu Ende? Praktisch von hundert wieder auf null? Ich könnte das nicht so einfach verdauen. Nach diesen tollen Tagen in der Karibik. Ich hätte die Welt nicht mehr verstanden.«

Cori hatte wieder in den Modus ›zeige keine Gefühle‹ geschaltet. »Ich hatte Ihnen doch bereits erzählt, dass ich ein bisschen traurig war. Aber wie gesagt: Jochen war eben Jochen.«

»Nur ein bisschen traurig?«, hakte Wiggins nach.

»Ist das wichtig?«

»Was haben Sie denn empfunden, als Sie von Professor Kramers Tod erfahren haben?«

Cori stellte demonstrativ die leere Tasse ab. »Ich war schon ein bisschen traurig. Immerhin hatten wir eine schöne Zeit zusammen, auch wenn es nur eine kurze Zeit war. Jochen war zwar ein Hallodri, was Frauen anging, aber ich denke, sonst war er eigentlich ein guter Mensch. Und außerdem ein genialer Wissenschaftler.«

Kroll beschloss, das Gespräch zu beenden. Zumindest heute würden sie nicht viel aus Corinna Landmann herausbekommen. »Wir müssen leider noch eine Frage stellen, nur aus Routine: Wo haben Sie denn die Silvesternacht verbracht?«

Die Antwort kam spontan. »Ich war bei meiner Freundin Karla Pirke. Wir haben zusammen gegessen, und ich habe dort übernachtet. Das können Sie gerne überprüfen.«

OKTOBER

Die Festveranstaltung zum 600-jährigen Bestehen der medizinischen Fakultät, die im Rahmen der 1000-Jahr-Feier der Stadt abgehalten wurde, fand im Augusteum, einem Neubau im Campus am Augustusplatz, statt. Die 890 Sitzplätze waren bis auf den letzten Platz gefüllt. Nur wenige Karten waren für die Öffentlichkeit verfügbar. Die meisten Plätze waren reserviert für Politiker, Vertreter der Universität und die führenden Köpfe der Leipziger Wirtschaft, die eine nicht unerhebliche Sponsorenleistung erbracht hatten. Die üblichen Verdächtigen. Leipzig war ein Dorf.

Die erste Begrüßungsansprache hielt der Oberbürgermeister; die zweite die Bundesbildungsministerin, die herzliche Grüße von der Bundeskanzlerin überbrachte, die selbstverständlich heute auch gerne persönlich anwesend gewesen wäre, es aber terminlich nicht einrichten konnte; die dritte der Ministerpräsident des Freistaates Sachsen.

Dann folgte der eigentliche Festvortrag. Professor Dr. Jochen Kramer schritt gemächlichen Schrittes in Richtung Rednerpult. Er trug einen maßgeschneiderten dunkelgrauen Anzug. Kurz, bevor er das Rednerpult erreicht hatte, öffnete er sein Jackett, das taillierte weiße Hemd betonte seine sportliche Figur. Die Krawatte war perfekt gebunden, seine Frisur hatte ein sündhaft teurer Frisör vor zwei Stunden noch in Höchstform gebracht. Cori, die einen Platz in der siebten Reihe hatte, bemerkte, dass einige Frauen die Köpfe zusammensteckten und tuschelten.

Jochen Kramer begrüßte die anwesenden Ehrengäste und begann mit seiner Festrede.

Nach einer allgemeinen Einführung über die Entwicklung der Fakultät in baulicher und organisatorischer Hinsicht widmete er sich seinem Fachgebiet, der Medizin. »Die Geschichte der Wissenschaft, und das gilt in ganz besonderer Weise und gerade auch für die Wissenschaft der Medizin, ist immer von Namen geprägt, von herausragenden Persönlichkeiten, die die Entwicklung ihres Fachbereiches vehement vorangetrieben haben und ohne deren Beiträge eine Forschung schlichtweg nicht möglich wäre. Für die heutige Riege der Wissenschaftler sind die Erkenntnisse der vorherigen Wissenschaftsgeneration unerlässlich, praktisch das Brot, von dem wir leben. Aber ein Wissenschaftler kann sich immer nur dann entwickeln und gute Forschungsergebnisse leisten, wenn die Rahmenbedingungen stimmen. Und gerade diese Grundvoraussetzung einer jeden akademischen Leistung hat die Universität Leipzig im Laufe ihrer 600-jährigen Geschichte, trotz aller politischen Systeme und Schwierigkeiten, immer in vorbildlicher Art und Weise gewährleistet.«

Applaus.

»Ich selbst, gestatten Sie mir bitte diese persönliche Anmerkung, verneige mich tief vor den herausragenden Persönlichkeiten, die unter weit schwierigeren Bedingen, als wir sie heutzutage glücklicherweise antreffen dürfen, hervorragende wissenschaftliche Arbeit geleistet und uns ein Fundament geschaffen haben, von dem wir profitieren, aber auch mit großem Respekt begegnen müssen.«

Wieder Applaus.

»Ich möchte das gerne an einem einfachen Beispiel verdeutlichen, und ich kann Ihnen versprechen, dass dies der einzige Ausflug in die große weite Welt außerhalb des schönen Leipzig bleiben wird. Der Arzt und Wissenschaftler Wendell Holmes hat in Boston und in Paris Mitte des 19.

Jahrhunderts gelehrt, geforscht und praktiziert. Er stellte fest, dass in den damaligen Krankenhäusern die Sterblichkeitsrate der Mütter, die an Kindbettfieber erkrankt waren, signifikant höher war als bei den Frauen, die ihre Kinder, wie es damals die Regel war, im Wege einer Hausgeburt zur Welt gebracht hatten. Das Ergebnis seiner Forschung war bahnbrechend, er wurde zur damaligen Zeit heftig kritisiert, aber seine vordringlichste These hat bis zum heutigen Tage Gültigkeit und wird von niemandem mehr ernsthaft in Abrede gestellt: Ein Arzt, der seine Patienten behandelt hat, sollte sich gründlich die Hände waschen, bevor er sich dem nächsten Patienten widmet, um Infektionen zu vermeiden.«

Gelächter. Kramer hatte sein Publikum im Griff.

Er wartete mit einem zurückhaltenden Lächeln, bis wieder Ruhe eingekehrt war. »Meine Damen und Herren, das finde ich erstaunlich. Etwas, was man heute jedem Kind beibringt, hat eine so hochkomplizierte Wissenschaft wie die Medizin nachhaltig vorangebracht.«

Kurze Pause.

»Aber richten wir unser Augenmerk auf die großen Mediziner, die in Leipzig gewirkt und gelehrt haben. Auch diese Universität hat eine Vielzahl von bedeutenden Gelehrten hervorgebracht. Es würde sicherlich den Rahmen dieser Veranstaltung sprengen, wenn ich mich mit allen befassen würde. Deshalb möchte ich eine herausragende Persönlichkeit beispielhaft hervorheben, die mir persönlich im Geiste auch sehr nahesteht: der Arzt und Psychologe Paul Flechsig, der in den Jahren 1894 und 1895 sogar Rektor dieser ehrwürdigen Alma Mater war, und nach dem in dieser Fakultät ein Institut benannt wurde. Seiner Forschung haben wir es zu verdanken, dass wir Geistesstörungen mit körperlichen, also organischen Abnormalien, insbesondere im Gehirn, in Verbindung bringen können. Flechsig hat erkannt, dass gewisse Erkrankungen sich durch eine Veränderung der Struktur des Gehirns erkennen lassen, vor allem im Bereich der Großhirnrinde und des vorderen Stirnlappens. Das war damals eine mühevolle Arbeit, weil kein menschliches Organ so gut verschlossen ist wie das Gehirn. Flechsig war daher auf die Obduktion von Leichen angewiesen. Heute, mit den modernen Methoden und der fortgeschrittenen Technik, können wir die Strukturveränderungen des Gehirns erkennen und profitieren von der mühevollen Arbeit, die sich Flechsig unter schwierigsten Bedingungen gemacht hat. Aber auch die Weiterentwicklung wissenschaftlicher Erkenntnisse lässt sich am Beispiel Paul Flechsigs gut nachvollziehen: In seiner Antrittsvorlesung an dieser Universität am 4. März 1882 hat er ausgeführt, dass ungefähr 50 % der geistigen Erkrankungen erblich bedingt seien, hierzu zählte er auch die Veranlagung, zum Verbrecher zu werden.«

Kurze Pause.

»Erzählen Sie doch heutzutage einmal einem Psychoanalytiker, dass das Verbrechen vererblich ist. Wenn Sie Glück haben, ernten Sie nur Kopfschütteln.«

Wieder Gelächter.

JANUAR

Kroll und Wiggins saßen in ihrem Büro und machten sich Gedanken über den bisherigen Ermittlungsstand. Zurzeit gingen sie davon aus, dass alle Fäden bei Corinna Landmann zusammenliefen. Ihre Vernehmung hatte diese Vermutung eher noch bekräftigt. Diese vorgeschobene teilnahmslose und unterkühlte Art, das Alibi ihrer besten Freundin, die wahrscheinlich noch in Cori verliebt war, trugen alle keineswegs zu ihrer Entlastung bei. Aber wie an diese Frauen herankommen? Dieses eingeschweißte Duo konnte man einfach nicht aufbrechen. Karla Pirke würde nie zugeben, dass sie Cori ein falsches Alibi gegeben hatte. Dazu brauchten sie andere Beweise, aber die hatten sie einfach nicht. Warum gab es keine Zeugen? Sie traten auf der Stelle.

Ihre Gespräche wurden unterbrochen, als Stefanie Buri hektisch in ihr Büro stürmte. »Wir haben die Tatwaffe gefunden!«

Kroll war schlagartig hellwach. »Wo?«

»Ein Angler hat sie aus dem Elsterbecken gefischt. Der Täter oder die Täterin hat sie vermutlich von der Brücke Hans-Driesch-Straße ins Wasser geworfen. Zum Glück hat der gute Mann Zeitung gelesen und uns sofort informiert.«

Kroll ging auf Stefanie zu. »Wo ist die Waffe jetzt?«

»In der KTU.«

Fred Krüger in der KTU schien wenig begeistert, dass Kroll und Wiggins so schnell auftauchten. »Macht jetzt bloß nicht wieder Stress. Ich habe die Waffe erst seit einer Stunde auf dem Tisch. Und sie lag im Wasser. Was wollt ihr denn jetzt schon hier?«

Kroll klopfte Krüger zur Beruhigung auf die Schulter. Er betrachtete die Armbrust. Obwohl er ein Laie war, konnte er erkennen, dass es sich nicht um eine normale Armbrust handelte, sondern um ein Hightech-Gerät, wie es Sportschützen für Wettkämpfe verwenden. »Wissen wir schon, ob es die Tatwaffe ist?«

Krüger war genervt. »Woher soll ich das bitteschön wissen? Ich konnte nicht einmal einen Abgleich mit dem Pfeil machen, den wir in der Leiche gefunden haben. Ich bin doch kein Hexenmeister. Aber ich glaube nicht, dass irgendjemand so ein teures Gerät einfach so und ohne Grund in den Fluss schmeißt.«

Wiggins wechselte einen kurzen Blick mit Kroll und wandte sich ab. »Dann mach mal schön deine Arbeit. Wann können wir mit ersten Ergebnissen rechnen?«

Krüger verdrehte demonstrativ die Augen. »Morgen früh, wenn ich ausnahmsweise einmal Überstunden mache, wie jeden Tag in den letzten drei Wochen.«

Kroll klopfte ihm wieder auf die Schulter. »Die Arbeit bei der Polizei ist kein Zuckerschlecken. Auch wenn dich das nicht tröstet: Uns geht es auch nicht besser.«

»Wartet mal. Ich glaube, ich habe hier noch etwas, das euch interessieren könnte.« Er holte eine Petrischale und gab sie Kroll. »In dem Abzugsmechanismus der Armbrust hat sich dieses Haar eingeklemmt.«

Die Kommissare betrachteten den Inhalt der Schale.

»Das Haar ist grau«, stellte Wiggins fest.

Krüger war wieder besänftigt. Seine Gereiztheit war verschwunden. »Das ist, vorbehaltlich weiterer Untersuchungen, ein graues Haar, also das Haar eines älteren Menschens. Wir bringen es natürlich noch ins Labor, aber ich kann mit ziemlicher Sicherheit ausschließen, dass das Haar gefärbt ist.«

Er riss Kroll die Petrischale aus der Hand. »Schaut mal genau hin. Das Haar ist von der Wurzel bis zur Spitze durchgehend weiß. Wäre es gefärbt, würde man oberhalb der Wurzel einen kleinen Bereich der natürlichen Farbe erkennen. Aber da ist nichts. Ich habe mir das schon unter dem Mikroskop angesehen.«

»Du bist einfach der Beste!«, lobte ihn Wiggins.

»Weiß ich doch.«

Sie beeilten sich, wieder ins Büro zurückzukommen. »Dieter Bernstein hat ziemlich viele graue Haare«, sagte Wiggins.

»Und er hat ziemlich viele Sportwaffen.«

OKTOBER

Corinna Landmann lag an diesem Freitagabend auf ihrem Sofa. Freitagabend. Der Beginn des Wochenendes. Sie überlegte, wie viele Menschen jetzt unterwegs waren. Zwei freie Tage vor der Nase. Ausgehen, tanzen, reden, einfach nur Spaß haben. Und sie? Lag alleine auf ihrem Sofa und schaute auf den Fernseher. Auf ARTE lief irgendein Film, von dem sie dachte, er würde sie interessieren. Aber sie nahm die Handlung kaum wahr. Was war verdammt noch mal los mit Jochen? Seit der Landung am Flughafen hatte sie ihn nur einmal gesehen, auf dieser langweiligen Veranstaltung in der Uni. Aber das zählte für sie nicht. Es war kein Abend zu zweit, wie sie ihn noch auf den Caymans erlebt hatten. Sie saß im Publikum, und er musste sich um die superwichtigen Leute kümmern und um die aufgebrezelten Frauen, die in ihren Designerkleidern, ihrem perfekten Make-up und dem betörenden Duft sündhaft teurer Parfüms seine Nähe suchten. Sie war sich vorgekommen wie eine Randfigur, wie ein alter Regenschirm, der nutzlos in der Ecke stand, weil überall die Sonne schien. Cori kannte niemanden auf dieser Veranstaltung. Sie hatte zuerst versucht, ihre Situation zu überbrücken. Hielt sich lange am Buffet auf, betrachtete die Bilder an der Wand, ging selbstbewusst durch den Raum, als würde sie ganz bewusst ein Ziel ansteuern. Zwischendurch schielte sie immer wieder zu Kramer, aber der nahm sie überhaupt nicht wahr. Der führte Gespräche mit dem Oberbürgermeister, mit den Größen der Universität, mit den aufgetakelten Weibern.

Irgendwann war sie einfach gegangen.

Eigentlich hatte sie erwartet, dass sich Jochen wieder bei ihr meldete. Ihr sagte, dass es ihm fürchterlich leid tue, dass er leider auf berufliche Belange Rücksicht nehmen müsse und dass gute Kontakte für ihn wichtig seien. Sie hätte ja jede Ausrede dankbar akzeptiert. Aber es kam nichts. Seit dieser Veranstaltung hatte er sich nicht mehr bei ihr gemeldet. Und auch sie konnte ihn nicht erreichen. Auf seinem Handy wurde sie weggedrückt, und im Büro wimmelte die Sekretärin, Frau Tenor, alle Anrufe ab. »Der Herr Professor ist in einer Besprechung. Tut mir leid.«

Cori wollte sich ein weiteres Glas Rotwein einschenken, aber die Flasche war leer. Was soll's?, dachte sie mit einer gehörigen Portion Galgenhumor und ging in die Küche, um sich die nächste Flasche zu holen. Auf dem Weg hielt sie inne. Ihr Handy piepste dreimal. Eine SMS. Endlich. Das musste doch Jochen sein. Sie rannte zurück und drückte auf die Taste mit dem gelben Briefumschlag.

Rufnummer unterdrückt. Die Hektik unterdrückte ihre Enttäuschung. Sie öffnete die Nachricht. *Geh doch mal in die Kleine Träumerei in der Münzgasse. Da wirst du was Interessantes sehen.*

Cori war verwirrt. Sie setzte sich wieder auf ihr Sofa

und trank Wein. Was hatte diese Nachricht zu bedeuten? Wollte sie jemand veralbern? Aber das konnte ja auch nicht sein. Warum bekam gerade sie diese SMS? Sie sah die leere Flasche an, die vor ihr auf dem Wohnzimmertisch stand. Warum eigentlich nicht? Fahr da einfach mal hin. Das ist doch ein öffentlicher Raum. Was kann schon passieren? Und wenn schon. Schlimmer kann dieser Abend doch bestimmt nicht mehr werden. Sie bestellte sich ein Taxi.

Als sie die KLEINE TRÄUMEREI betrat, fühlte sie sich unsicher. Sie betrat einen großen Raum, in der linken Ecke befand sich eine Theke. Die Tische waren gut besetzt. Die Gäste waren in ihre Gespräche vertieft und beachteten sie nicht. Sie schaute sich vorsichtig um und suchte nach einem bekannten Gesicht. Aber sie erkannte niemanden.

Steffen, der Inhaber, der hinter dem Tresen gerade Bier zapfte, hatte den neuen Gast bemerkt. »Komm rein, mein Schatz.« ›Mein Schatz‹ war seine übliche Anredeform für alle weiblichen Gäste, egal ob er sie kannte oder nicht. Er deutete auf die Barhocker vor der Theke. »Setz dich doch. Was kann ich Gutes für dich tun?«

Cori setzte sich zögerlich auf einen der Barhocker vor der Theke und betrachtete das gut sortierte Regal an der Wand, auf dem sich unzählige Flaschen befanden. »Ich weiß nicht so recht. Hast du eine Empfehlung für mich? Aber mir ist heute nicht nach Wasser.«

Steffens Augen leuchteten. Er öffnete das Eisfach des Kühlschranks und holte eine eisbeschlagene Wodkaflasche hervor. »Das ist ein Geschenk von meiner Mutter. Ich kühle den Wodka auf minus 40 Grad herunter. Ein ganz besonderes Wässerchen. Trinkst du einen mit?«

Cori stellte fest, dass sie sich auf einmal wohlfühlte. Den

Anlass ihres Besuches hatte sie für einen Moment vergessen. »Ich glaube, das ist genau das, was ich jetzt brauche. Trinken wir auf deine Mutter.«

Sie erhob ihr Glas und sie prosteten sich zu.

Cori sah sich um. »Ich bin zum ersten Mal hier. Richtig gemütlich.«

Steffen bedankte sich mit einem Lächeln für das Lob. »Na ja, man gibt sich Mühe.« Er verschwand mit einem Tablett voller Gläser und bediente die Gäste.

Cori leerte ihren Wodka und wartete, bis er zurückgekommen war. »Jetzt hätte ich gerne ein schönes kühles Bier.«

Steffen bediente den Zapfhahn. »Kommt sofort.«

»Hast du noch andere Räume oder nur den großen hier vorne?«

»Wenn du an der Theke vorbei gehst, kommen hinten noch kleinere Räume. Auch alle ganz gemütlich mit kuscheligen Sitzecken.«

Cori spürte, dass sie nervös wurde. Kuschelige Sitzecken. »Kann ich mir die mal angucken?«

»Na klar, mein Schatz. Schau dich nur in Ruhe um.«

Sie ging um die Theke herum in den hinteren Teil der Kneipe. In dem breiten Gang saßen meist Pärchen an den Tischen, die nur flüchtig Notiz von ihr nahmen. Sie ging weiter. Am Ende des Ganges befand sich ein weiterer Raum, der wirklich gemütlich eingerichtet war. Um einen kleinen Tisch herum befanden sich ein Sofa und Sessel. Cori spähte diskret durch die offene Tür. Sofort erkannte sie den Grund für die anonyme SMS. Sie glaubte, ihr Herz würde für einen Moment stehen bleiben. Jochen Kramer saß mit einer langhaarigen blonden Frau engumschlungen auf dem Sofa und tauschte Zärtlichkeiten aus.

Sie war gelähmt vor Entsetzen. Dann machte sie auf dem Absatz kehrt, zahlte an der Theke ihre Getränke und verließ fluchtartig das Lokal.

JANUAR

Dieter Bernstein öffnete den Polizisten die Tür. Kroll kam es so vor, als wäre er gealtert. Seine Schultern hingen schlaff herunter, er hatte abgenommen, seine Haut war blass, seine viel zu langen Haare waren ungepflegt und wirr. Kroll empfand Mitleid mit dem alten Mann, der den Tod seiner Frau wohl nie überwinden würde. Bernstein nahm die Kommissare kaum wahr. »Kommen Sie herein.« Sie setzten sich in das Wohnzimmer.

»Wir wollen Sie gar nicht lange stören«, begann Kroll. »Wir haben nur noch ein paar Fragen.«

Müde Augen sahen ihn an.

»Wir haben in der Elster eine Armbrust gefunden, und wir gehen davon aus, dass es sich um die Tatwaffe handelt. Wissen Sie, ob eine Waffe Ihres Vereins fehlt?«

Bernstein schüttelte teilnahmslos den Kopf. »Nein, nicht dass ich wüsste.«

»Darf ich mal Ihre Toilette benutzen?«, fragte Wiggins.

»Ja, da vorne links.«

Wiggins ging ins Bad. Es hätte eine Reinigung dringend nötig gehabt. Die Fußmatten waren dreckig, die Armaturen beschlagen, überall Ränder von Wasser und Zahnpasta, überall lagen Haare herum. Wiggins holte einen durchsichtigen Beutel heraus und sammelte fünf Haare ein. Dann drückte er auf die Spülung und ging zurück ins Wohnzimmer.

Kroll hatte Bernstein in der Zwischenzeit belanglose Fragen gestellt. Er überlegte, ob er ihn auf den Vorfall in der Red-Bull-Arena ansprechen sollte, unterließ es aber, weil er sich nicht viel von den Antworten versprach.

Wiggins Rückkehr war für ihn das Signal zum Aufbruch. »Das war's, Herr Bernstein. Entschuldigen Sie die Störung.«

OKTOBER

Professor Karl Schneeweiß hatte lange überlegt, ob er Cori anrufen sollte. Die Dateien, die er sich in Kramers Computer angesehen hatte, hatten ihn nicht mehr zur Ruhe kommen lassen. Er war von Anfang an gegen dieses sinnlose Experiment gewesen und hatte dann auch noch feststellen müssen, dass Kramer eine unschuldige und hilflose Frau ins Verderben schicken wollte. Nochmal wägte er alle Argumente sorgfältig ab. Was hatte er zu verlieren? Die Freundschaft zu Kramer? Die Loyalität unter Wissenschaftlern? Was soll's? Kramer hatte ihn dreist angelogen, als er erzählt hatte, dass er das ›Experiment‹ abgebrochen hatte. Was war die Freundschaft jetzt noch wert? Außerdem würde er ohnehin bald in Pension gehen, und auch seine wissenschaftlichen Leistungen waren unbestritten. Er wählte Corinna Landmanns Handynummer. Er hatte sie in Kramers Computer gefunden. »Mein Name ist Professor Schneeweiß. Ich würde mich gerne mit Ihnen unterhalten. Es geht um meinen Kollegen Professor Kramer.«

Sie trafen sich in einem Café gegenüber der Thomaskirche. Karl Schneeweiß war schon lange vor dem verabredeten Termin gekommen. Er war aufgeregt. Während er an seinem Tee schlürfte, überlegte er, wie er das Gespräch am besten beginnen sollte. Aber ihm fiel nichts Brauchbares ein. Er beobachtet die Eingangstür. Als er Cori erkannte, gab er ihr ein Handzeichen.

Sie kam zu ihm an den Tisch. Cori war zurückhaltend. Sie gaben sich die Hand. »Sie wollten mich sprechen?«

Karl Schneeweiß war verlegen. Er räusperte sich. »Äh, ja. Bitte setzen Sie sich.« Der alte Professor suchte nach Worten. »Also, ich weiß gar nicht, wie ich anfangen soll. Da gibt es nur etwas, was ich Ihnen gerne erzählen würde, weil ich glaube, dass es wichtig für Sie ist. Es geht um ein äußerst fragwürdiges wissenschaftliches Experiment, und ich kann einfach nicht so tun, als wüsste ich von nichts.«

Cori bestellte sich ein Kännchen Kaffee. Sie sah Schneeweiß verständnislos an. Ihre Gefühle schossen im Zeitraffer durch ihr Gehirn. Das Arschloch hatte sie ausgenutzt und betrogen. Das wusste sie. Aber sie hatte keine Erklärung für Kramers Verhalten. Sie hatte sich schlaflose Nächte um die Ohren geschlagen, um sein Verhalten irgendwie nachvollziehen zu können. Aber ihr war einfach nichts eingefallen. Der alte Mann, der ihr jetzt gegenübersaß, ein Kollege des Arschlochs, konnte ihr dabei vielleicht weiterhelfen. Sie rang sich ein Lächeln ab. »Das müssen Sie mir schon ein bisschen genauer erklären.«

Schneeweiß fühlte sich nicht wohl. Er änderte andauernd seine Sitzposition, konnte aber keine passende finden. »Es geht um diese alten Freud'schen Theorien.«

Cori goss sich einen Kaffee ein und sah ihn fragend an.

»Also das ist so.« Karl Schneeweiß erzählte von den alten Freud'schen Thesen über den Todestrieb und den Liebestrieb. Er wurde immer sicherer, jetzt war er endlich in seinem Fachgebiet, in dem Fahrwasser, in dem er sich auskannte. Er erklärte die Freud'sche Trieblehre, die für ihn nicht nachvollziehbaren pseudowissenschaftlichen ›Versuche‹ seines jungen und übermotivierten Kollegen Kramer, schilderte betont seine Bedenken und seine Versuche, ihn von diesem sinnlosen und entwürdigenden Plan abzubringen, und erzählte auch, was er in den Dateien in Kramers Haus gefunden hatte, während Cori und Kramer auf den Caymans waren. Die Wette im GONZALES erwähnte er vorsichtshalber nicht.

Cori hörte sich die Schilderungen des alten Professors geduldig an. Sie verzog keine Miene, unterbrach ihn nicht, nur ab und zu nippte sie an ihrem Kaffee. Sie hatte sich unter Kontrolle. Als Schneeweiß zum Ende gekommen war, herrschte für einen Moment Stille. Cori war fassungslos. Ihr war natürlich klar gewesen, dass Kramer sie ausgenutzt hatte. Aber bislang hatte sie immer gedacht, dass dies ausschließlich auf sexuellen Gründen beruhte. Diese Erkenntnis war zwar bitter genug, aber sie bedeutete immerhin, dass Kramer sie zu irgendeinem Zeitpunkt attraktiv gefunden haben musste. Ein schwacher Trost, aber immerhin ein Umstand, der ihr ein kleines bisschen Selbstwertgefühl gab. Aber dieser letzte Rest war jetzt auch zerstört. Kramer hatte sie nie als begehrenswert empfunden, sie war einfach nur das Objekt einer Forschungsreihe, ein Versuchskaninchen, eine Laborratte. Mehr nicht. Wie konntest du nur so saublöd, so blind sein?, schoss es ihr durch den Kopf.

Sie öffnete ihre Handtasche, kramte einen Fünf-Euro-Schein hervor und legte ihn auf den Tisch.

»Ich muss jetzt gehen.«

Cori stand auf und verließ schnellen Schrittes das Café. Schon als sie die Thomaskirche erreicht hatte, spürte sie, dass ihr schwindlig wurde. Sie setzte sich auf die nächste Bank und versuchte, ruhig zu atmen. Tränen schossen in ihre Augen. Sie stützte den Kopf auf die Hände und weinte bitterlich. Die vorbeigehenden Passanten beäugten sie mitleidig, sprachen sie aber nicht an.

JANUAR

Kroll kam gegen neun Uhr ins Büro. Er wunderte sich, dass Wiggins noch nicht da war, sein Kollege war fast immer der Erste. Er musste nicht lange auf ihn warten.

»Ich war gerade bei Krüger in der KTU. Manchmal ist der Typ ja wirklich genial. Wenn man mal von seinen ständigen Maulereien absieht, ist der doch ein ziemlich brauchbarer Typ. Wenn wir den nicht hätten …«

»Schieß schon los«, unterbrach ihn Kroll.

Wiggins setzte sich an seinen Schreibtisch. »Krüger hat das Haar von der Armbrust mit dem Haar verglichen, das wir von Bernstein geholt haben. Natürlich steht der DNA-Test noch aus, aber Krüger hat die Haare unters Mikroskop gelegt, und er ist sich ›mit an Sicherheit grenzender Wahrscheinlichkeit‹ sicher.« Wiggins machte eine kurze Pause und beobachtete seinen Kollegen, der ihn aufmerksam ansah. »Das Haar ist nicht von Bernstein.«

Kroll musste nicht lange überlegen. »Wen haben wir denn noch mit grauen Haaren?«

»Ich habe auch schon graue Haare. Vielleicht sollten wir uns nicht nur auf die alten Säcke konzentrieren. Manche Leute bekommen schon mit Mitte 30 die ersten Grauen. Zwar nicht so viele, aber immerhin.«

»Mir fällt da aber spontan einer ein, der schon ziemlich viele graue Haare hat.«

»Du meinst Professor Schneeweiß?«

»Ja, wen denn sonst?«

»Aber warum sollte der Kramer umgebracht haben? Der hat doch überhaupt kein Motiv.«

Kroll zuckte mit den Schultern. »Keine Ahnung. Aber einen Versuch ist es allemal wert.«

Wiggins war skeptisch. »Bei dem können wir aber nicht einfach das Badezimmer plündern. Seine Frau hat nämlich genauso viele graue Haare. Das würde nichts bringen. Und einen Beschluss zur körperlichen Untersuchung kriegen wir bei dieser Verdachtslage nie im Leben.«

Kroll stand auf und ging zur Tür. »Komm, Wiggins, wir sind die Polizei. Uns wird schon etwas einfallen.«

Karla nahm Cori in den Arm, die wieder in Tränen ausgebrochen war. »So ein mieses Arschloch! Was bildet sich dieser Lackaffe nur ein? Dem zahlen wir das heim. Darauf kannst du dich verlassen!«

Cori setzte sich auf den Stuhl an dem großen Tisch. Sie wischte sich mit einem Taschentuch die Augen. »Du kannst dir gar nicht vorstellen, wie es mir geht. Ich habe mich in meinem ganzen Leben noch nie so beschissen gefühlt. Ich komm mir so ausgenutzt vor, richtig missbraucht, vergewaltigt.«

»Wir machen eine Strafanzeige«, war Karlas erste Idee.

Cori hatte sich wieder ein wenig gefangen. Sie sah Karla mit roten Augen an. »Und wegen was? Ausnutzung? Ausbeutung? Erniedrigung? Menschen zu Laborratten machen? Das ist doch alles nicht strafbar.«

Karla ging zum Kühlschrank. »Wir trinken jetzt erst mal was.« Sie kam mit einer Flasche Wein an den Tisch und schenkte zwei Gläser bis zum Rand voll.

Sie streichelte Coris Hand, die auf dem Tisch lag. »Ich bin für dich da. Das weißt du. Es geht doch immer weiter.«

Cori sah ihre Freundin an. Ihre Stimme war belegt. »Wie konnte ich nur so bescheuert sein? Dieses niederträchtige Arschloch.« Sie schüttelte den Kopf. Ihre Haare blieben an der feuchten Stirn kleben. »Ich war so dämlich. Auch dir gegenüber. Ich war so geblendet. Ich weiß, dass ich auch dich …«

Karla unterbrach sie. Sie drückte Coris Hand jetzt ganz fest. »Pssst. Ich bin deine Freundin. Und wir halten immer zusammen.« Sie machte eine kurze Pause. »Und mit diesem

Arschloch werden wir auch noch fertig. Das versprech ich dir. Wir gehen jetzt nicht einfach zur Tagesordnung über und tun so, als wäre nichts gewesen, als hätte er dich nicht verletzt. Er wird dafür büßen. Und das zahlen wir ihm heim, aber richtig heftig.«

Cori sah ihre Freundin ratlos an. »Aber was sollen wir denn machen?«

Karla trank ihr Glas aus und überlegte einen Moment. »Stell ihn erst mal zur Rede.«

Cori wehrte ab. Allein die Vorstellung, Kramer noch einmal begegnen zu müssen, versetzte sie in Angst und Schrecken. »Das schaffst du, Cori. Du bist stark. Du musst ihm deutlich sagen, was du von ihm hältst. Das bist du dir selbst schuldig.«

»Glaubst du, das wird irgendetwas bringen?«

»Vermutlich nicht, aber willst du dich einfach wegducken? So tun, als wäre nichts gewesen? Das würde doch bedeuten, dass du die ganze Scheiße, die er dir angetan hat, einfach akzeptierst. Du musst ihm deine Meinung sagen. Mach es ihm nicht zu bequem. Er hat dich weggeworfen wie eine leere Flasche. Das musst du ihm deutlich sagen. Das musst du auch für dich tun.«

Cori lachte freudlos. »Das überlebe ich nicht.«

Karla füllte die Gläser nach. »Und warum nicht? Was ist an dem Typ schon so Tolles dran? Der sieht vielleicht einigermaßen gut aus, bumst sich durch die Weltgeschichte und erniedrigt reihenweise Frauen. Du *musst* ihm deine Meinung geigen.«

Cori nippte gedankenversunken an ihrem Glas. »Ich glaube, du hast recht. Ich will auch von ihm selbst hören, was er sich bei der ganzen Angelegenheit so gedacht hat.« Sie atmete tief durch. »Irgendwie stehe ich das schon durch.«

Karl Schneeweiß empfing die Kommissare im Wohnzimmer. Wiggins stellte schon beim Hereinkommen fest, dass er einen schwarzen Pullover trug. Darauf sammelten sich immer Haare, und in der Tat war auf seiner Schulter ein langes graues Haar deutlich zu erkennen.

»Wir wollten uns nur mal erkundigen, ob Sie schon neue Erkenntnisse über die Forschungsarbeiten von Professor Kramer haben«, begann Kroll das Gespräch.

Schneeweiß sah ihn irritiert an. »Aber Sie wissen doch, dass ich mit Ihrem jungen Kollegen in regem Kontakt stehe. Hat er Sie denn nicht informiert?«

»Ja, natürlich hat er das. Aber wir waren gerade in der Nähe und da dachten wir, wir reden mal persönlich mit Ihnen. Außerdem brauchen wir einen guten Kaffee.«

Schneeweiß verstand die Anspielung. Er ging in die Küche, die Polizisten folgten ihm. Als er ihnen den Rücken zugewandt hatte, tippte Wiggins mit seinem Finger auf Schneeweiß' Schulter. Kroll nickte. Er hatte verstanden.

Schneeweiß redete, während er die altmodische Kaffeemaschine bediente. »Wie ich Ihrem Kollegen bereits erzählt habe, habe ich nichts Auffälliges gefunden. Es sind alles ganz normale Forschungsprojekte. Viel über die körperlichen Anomalitäten, die mit einer geistigen Erkrankung einhergehen. Er musste ja diesen Vortrag zum 600-jährigen Bestehen der medizinischen Fakultät halten. Das Thema seiner Rede hat ihn offensichtlich animiert, die Untersuchungen in dieser Hinsicht zu intensivieren. Aber es waren überwiegend Forschungen, mit denen er seine Mitarbeiter und Studenten beauftragt hat. Man kann dies also nicht als ernsthaftes Forschen bezeichnen. Dafür sind die Studenten einfach noch nicht weit genug.« Er stellte drei Tassen auf den Küchentisch.

»Was sind das denn für körperliche Bedingungen?«, fragte Wiggins.

»Zittern, zucken. Meist aber sind es Veränderungen im Gehirn. Demenzkranke haben zum Beispiel Löcher in bestimmten Gehirnbereichen.«

»Können Sie einen Zusammenhang zu Kramers Tod erkennen?«

Schneeweiß lachte bitter. »Er wird ja wohl nicht vorgehabt haben, sich selbst zu obduzieren.«

Kroll bedankte sich mit einem kurzen Nicken für den Kaffee. »Wir können uns die Rolle von Corinna Landmann immer noch nicht genau erklären. Haben Sie etwas entdeckt, was mit ihr im Zusammenhang stehen könnte, oder zumindest mit einer, nennen wir es mal, Liebesbeziehung?«

Schneeweiß schüttelte den Kopf. »Nichts. Verdächtigen Sie sie?«

»Wir wissen einfach noch nicht genug, um überhaupt jemanden zu verdächtigen«, räumte Kroll ein. »Irgendwie macht das alles keinen Sinn. Frau Landmann hat sicher unter der Trennung gelitten, aber ist sie deswegen gleich eine Mörderin?«

»Das glaube ich auch nicht«, schoss es aus Schneeweiß heraus.

»Kennen Sie Corinna Landmann«, fragte Wiggins erstaunt.

Karl Schneeweiß merkte, dass er sich verplappert hatte. Er errötete leicht. Seine Antwort kam zögerlich. »Nein, ich habe sie nie persönlich kennengelernt. Ich meinte das nur aufgrund meiner psychologischen Erfahrung.«

Wiggins blieb hartnäckig. »Aber ein Mord aus Eifersucht oder enttäuschte Liebe ist doch nichts Außergewöhnliches.«

Schneeweiß hatte sich wieder im Griff. Er war auf sicherem Terrain. »Aber nicht nach so kurzer Zeit. Wenn ich das richtig verstanden habe, waren Kramer und Frau Landmann nur wenige Monate zusammen. Da wäre ein Mord aus enttäuschter Liebe ungewöhnlich, zumindest nach den Statistiken, die ich kenne.«

Kroll stellte die leere Tasse auf den Untersetzer. »Wir müssen weiter. Bitte unterstützen Sie uns weiterhin.«

»Selbstverständlich.«

Karl Schneeweiß ging voraus. Die Kommissare folgten ihm. Im Flur stolperte Wiggins über eine Teppichkante. Er musste sich kurz an Schneeweiß' Schulter abstützen. »Bitte entschuldigen Sie.«

»Aber ich bitte Sie, Herr Wiggins. Es ist doch wirklich nichts passiert. Außerdem sind Sie nicht der Erste, der über das dusselige Ding stolpert. Ich habe meiner Frau schon tausendmal gesagt, dass wir den alten Teppich entsorgen müssen. Aber sie hängt irgendwie daran. Sie wissen ja, wie Frauen sind.«

Im Auto steckte Wiggins das Haar triumphierend in eine Plastikhülle.

»Der kannte Cori«, bemerkte Kroll nüchtern.

Wiggins nickte. »Das könnte dem Fall allerdings eine neue Dimension geben.«

»Wir lassen die Computer von Kramer noch von einem unabhängigen Sachverständigen durchstöbern. Vielleicht war es ja keine gute Idee, einen Kollegen von Kramer damit zu beauftragen.«

NOVEMBER

Cori fasste all ihren Mut zusammen. Zur Sicherheit hatte sie ihre Nerven noch mit zwei Gläschen Whiskey beruhigt. Sie öffnete die Tür zu Kramers Institut und hastete an Erika Tenor vorbei, die ihr nur verdutzt nachsah. Die Tür zu Kramers Büro riss sie ohne anzuklopfen auf. Kramer korrigierte eine Doktorarbeit. Er sah Cori erstaunt an. Sie baute sich vor seinem Schreibtisch auf und stemmte die Hände in die Hüften. Ihre Stimme war sicher und fest. »Ich glaube, du bist mir eine Erklärung schuldig!«

Kramer lehnte sich betont entspannt in seinem großen Schreibtischstuhl zurück. Er wirkte übertrieben gelassen. »So, bin ich das?«

Erika Tenor erschien in der offenen Tür. »Es tut mir leid, Herr Professor, aber ich konnte es nicht verhindern, dass sie hereingekommen ist. Sie ist einfach …«

»Ist schon gut, Frau Tenor. Schließen Sie bitte die Tür.«

Cori hatte durch die Unterbrechung kurz den Faden verloren. Sie sammelte sich wieder. »Ja, ich denke, das bist du. Du hattest ja nicht einmal den Arsch in der Hose, mir zu sagen, dass Schluss ist.«

»Ist denn schon Schluss?«, fragte Kramer mit einem entsetzlich arroganten Lächeln.

»Nach deiner Befruchtungsaktion in der TRÄUMREI muss ich ja wohl davon ausgehen. Außerdem hast du ja den Kontakt zu mir abgebrochen. Bist einfach nicht mehr erreichbar.«

Er drehte lässig einen Füller in seiner Hand. »Befruchtungsaktion?«, wiederholte er. »Können wir nicht sachlich bleiben?«

Sie sah ihn wütend an.

»Also, meine Kleine, es ist doch so: Frauen kommen und gehen. Und dass das in meinem Leben häufiger vorkommt als bei anderen Männern, ist dir ja vielleicht nicht verborgen geblieben.«

Cori wurde immer wütender. Die betont lässige Haltung von Kramer empfand sie als provozierend. »Du hast so getan, als wäre es dir ernst. Wir waren auf den Caymans, wir haben zusammen geschlafen!«

»Hat mich übrigens eine Stange Geld gekostet. Der Veranstalter hat deinen Flug nicht übernommen. Die ›First‹ ist bei der Lufthansa nicht gerade billig. Aber Schwamm drüber. Und der Sex hat dir doch auch Spaß gemacht. Ich hatte nicht den Eindruck, dass du dich im Bett mit mir gelangweilt hast. Wenn du kommst, jodelst du immer so süß. Deine Orgasmen waren doch nicht gespielt, oder? Also, meine Kleine. Bleib entspannt. Denk an die schöne Zeit zurück und such dir einen anderen, der es dir zumindest annähernd so gut besorgt wie ich.«

Cori rang um Fassung. Anfangs war Kramer nur arrogant und lässig gewesen. Jetzt wurde er beleidigend, ordinär und verletzend.

»Du glaubst also, ich bin eine von diesen Frauen, die nur Sex suchen?«

»Sex gehört zum Leben, meine Kleine. Das ist der natürliche Arterhaltungstrieb. Ohne sexuelle Bedürfnisse würde jede Art aussterben. Das gilt doch für alle Tiere, egal, auf welchem Entwicklungsstand sie sind, bis zum Menschen. Wollust ward dem Wurm gegeben, hat schon Schiller geschrieben.«

»Ach ja? Du vergleichst mich jetzt schon mit Tieren?«

»Ich glaube, du willst mich einfach nicht verstehen. Und übrigens: So toll war der Sex mit dir auch nicht. Immer Missionarsstellung, ab und zu ein bisschen doggy. Du solltest dein Repertoire erweitern. Da habe ich schon Aufregenderes erlebt.«

Cori war nur noch entsetzt. Kramer hatte offensichtlich nichts Besseres zu tun, als sie herunterzuziehen. Aber auf das Niveau von Bettgeschichten wollte sie sich nicht herablassen. Sie sah ihn fassungslos an.

Er sah demonstrativ auf die Uhr. »Ich habe gleich ein Seminar. Ich denke, es ist alles gesagt.« Er blickte zur Tür. »Ich halte es für sinnvoll, wenn wir das Gespräch jetzt beenden.«

Sie ließ sich auf den Stuhl fallen, der neben ihr stand. Das ganze Selbstbewusstsein war schlagartig verschwunden. »Du hast mich ausgenutzt.«

Er beugte sich vor und stützte seine Ellenbogen auf dem Schreibtisch auf. »Sieh es doch einmal so, meine Kleine.« Wieder dieses ›Meine Kleine‹. »Ich hatte im Leben schon viele Frauen. Aber keine hat so ein Theater gemacht wie du. Dabei hatte ich schon viele, die hübscher waren und auch besser in der Kiste. Sei doch einfach mal stolz, dass du so einen Mann eine Zeit lang für dich hattest. Erzähl es deinen Freundinnen, die werden dich bestimmt beneiden.«

Cori musste bei der letzten Bemerkung an Karla denken. Sie war alles andere als begeistert. Sie sank in ihrem Stuhl immer mehr zusammen. »Du hast mich ausgenutzt.«

»Ausgenutzt? Wofür? Was habe ich denn von dir bekommen?«

»Für ein wissenschaftliches Experiment«, stammelte sie kaum hörbar.

Kramer lachte laut. Es war ein künstliches Lachen. »Das hat dir bestimmt dieser grenzdebile pensionierte Kollege Schneeweiß erzählt. Glaub doch nicht alles, was der sagt. Der ist schon froh, wenn er nicht in seine Schnabeltasse sabbert.«

Er drückte auf eine Taste auf seinem Telefon. »Frau Tenor, würden Sie meinen Gast bitte nach draußen begleiten?«

JANUAR

Kroll und Wiggins standen in der KTU hinter Krüger. Er hatte das Haar, das sie an der Waffe gefunden hatten, und das Haar von Karl Schneeweiß unter das Mikroskop gelegt. Krüger nahm sich viel Zeit. Er machte es spannend. Endlich fing er an zu reden. »Also, die Haarlänge ist bei diesen Beweisstücken natürlich nicht entscheidend. Dafür liegt ein zu undefinierbarer Zeitraum zwischen dem Verlust der Objekte. Wenn ich mir die Struktur der Vergleichsobjekte ansehe, kann ich zunächst erkennen, dass beide Haare nicht gefärbt sind, das ist leicht festzustellen. Aber das habe ich euch ja schon erklärt.«

Kroll und Wiggins sahen sich entnervt an. Krüger spannte sie auf die Folter und genoss es augenscheinlich. Sie sagten aber nichts. Der Kollege war sensibel und leicht erregbar, das wussten sie.

»Ich vergleiche jetzt gerade die Struktur der äußeren Ränder, wir nennen das Haarufer. Das könnte uns vielleicht weiterhelfen … interessant … interessant.«

Krüger schraubte die Linse herauf und herunter. »Interessant … interessant.«

Endlich, nach einer gefühlten Ewigkeit, drehte er sich um und sah die Kommissare an. »Also das Ergebnis meiner vorläufigen Betrachtung ist, aber das ist erst eine erste Einschätzung, und das wisst ihr, die ist alles andere als gerichtsfest …« Er drehte sich noch mal um und sah in das Mikroskop. »Die Haare könnten tatsächlich von ein und derselben Person stammen.«

»Wie sicher bist du dir?«, fragte Wiggins.

»Die Struktur der Haare ist schon ziemlich aussagekräftig. An einem Haar kann man sehr viel erkennen. Das liegt daran, wie ein Mensch mit seinem Kopfschmuck umgeht. Wie oft wäscht er seine Haare, welches Shampoo benutzt er, welchen Witterungsbedingungen ist das Haar ausgesetzt? All das wirkt sich auf den Zustand, insbesondere die äußerliche Verfassung, aus, und das können wir unter dem Mikroskop sehen. Und der Befund ist hier ziemlich eindeutig.«

»Wie lange brauchen wir für den DNA-Abgleich?« Kroll wurde ungeduldig.

Krüger drehte sich auf seinem Hocker zu den Kommissaren und putzte seine Brille. »Schnelltest: drei Tage.«

Kroll und Wiggins bedankten sich und verließen die KTU.

NOVEMBER

In den Zeiten des real existierenden Sozialismus war der Südraum von Leipzig überwiegend durch den Braunkohletagebau geprägt. Riesige Krater, die jede Mondlandschaft vor Neid erblassen lassen würden, gruben sich wie tiefe Schluchten in die Landschaft, um für die Wärme in den Wohnungen zu sorgen. Umweltfeindliche Monster, die für das gewisse ›Aroma‹ in der DDR-Luft sorgten und dafür verantwortlich waren, dass man in Leipzig im Freien keine Wäsche aufhängen konnte, zumindest keine weiße. Nach der Wiedervereinigung wurde eine geniale Idee geboren: Die ehemaligen Krater in den Abbaugebieten wurden zu Seen gemacht. Geflutet, schöne Strände angelegt, Gastronomie, Hotels, Häfen, Segelboote, Ferienhäuser und eine lukrative Wohnbebauung. Heute ist der Leipziger Südraum ein attraktives Erholungsgebiet, das sogar schon für den Tourismus interessant ist. Die Qualität des Wassers steht bundesweit an der Spitze.

Corinna Landmann und Professor Dr. (em) Karl Schneeweiß trafen sich am Hafen des Cospudener Sees in dem Promi-Vorort Markkleeberg.

Es war kalt, windig, und der starke Regen würde den Lodenmantel, den der alte Professor trug, im Nu durchnässen. Er klappte den Kragen hoch und richtete seinen Hut in der Hoffnung, dass ihm zumindest ein wenig Schutz vor der hässlichen Witterung zukommen würde.

Cori kam schnellen Schrittes auf ihn zu, bemüht, den Regenschirm so in Position zu bringen, dass die Windböen kein Mikadospiel aus den Streben machten.

»Danke, dass Sie sich noch einmal Zeit für mich nehmen«, begann sie das Gespräch, während sie ihm die Hand entgegenstreckte.

»Aber ich bitte Sie. So ein alter Pensionär wie ich hat doch viel zu viel Zeit und freut sich immer über eine willkommene Abwechslung.«

Er beugte sich nach vorne. Ein Wasserstrahl lief von seiner Hutkrampe herab. Schneeweiß streifte die Wasserperlen, die sich auf seinen Ärmeln angesammelt hatten, ab. »Vielleicht sollten wir unseren Spaziergang verschieben.« Er sah in Richtung der Hafengebäude. »Dort drüben ist ein nettes Restaurant. Da ist es warm und vor allem trocken. Die haben bestimmt einen schönen Tee für uns.«

Sie setzten sich an einen Tisch mit Blick auf den Hafen. Die Masten der Segelboote schwangen unruhig hin und her. Schneeweiß glaubte, das Klappern der Takelage zu hören, merkte aber schnell, dass es nur Einbildung war. Bei diesem Wetter und den geschlossenen Fenstern konnte keine Schallwelle zu ihnen hervordringen.

Nachdem sie die Bestellung aufgegeben hatten, kam Cori gleich zum Thema. »Ich habe Jochen zur Rede gestellt!«

Schneeweiß führte seine Teetasse zum Mund, stellte sie aber abrupt wieder auf den Tisch. »Sie haben doch hoffentlich nichts von meinen geheimen Recherchen erzählt?«

Cori beruhigte ihn. »Nein, das würde ich nie tun, vor allem, weil ich Ihnen so dankbar bin.«

Er blies den Dampf von seiner Tasse weg und nippte an dem noch viel zu heißen Getränk. Die Tasse stellte er ab und rieb sich die Finger. Danach suchte er ihren Blick. »Was hat er denn gesagt? Wie hat er reagiert?«

»Ja was erwarten Sie denn?« Coris Frage klang provozierender, als sie es eigentlich vorgehabt hatte.

Schneeweiß wog den Kopf langsam hin und her. »Also meine Einschätzung ist, dass ihn das alles ziemlich am, bitte entschuldigen sie den Ausdruck, Allerwertesten vorbeiging. Jochen Kramer ist ein Lebemann. In seinem Leben gibt es eigentlich nur zwei Dinge: die Wissenschaft und die Frauen. Die Reihenfolge habe ich ganz bewusst so gewählt. An erster Stelle steht bei ihm die Wissenschaft, und an zweiter Stelle stehen die Frauen. Aber die Wissenschaft ist ewig, und die Frauen sind, zumindest aus Jochens Sicht, beliebig austauschbar. Es tut mir herzlich leid, dass Sie das vermutlich auch am eigenen Leibe erfahren mussten. Aber es ist einfach die Wahrheit. Das klingt jetzt komisch, aber hätte Jochen nicht so eine Anziehungskraft auf Frauen, wäre vieles leichter.«

Cori grinste teilnahmslos. »Ich war ja da irgendwo dazwischen. Zwischen der Lehre und den vielen, vielen Frauenbekanntschaften.«

Schneeweiß schüttelte frustriert den Kopf. »Unverantwortlich, einfach unverantwortlich. Sie wissen doch, dass ich versucht habe, dieses absolut blödsinnige Experiment zu verhindern … aber Kramer hat nur eine Instanz über sich akzeptiert. Und das war er selbst.«

Er schlürfte seinen Tee, der noch immer viel zu heiß war, und runzelte die Stirn. Dieses blöde Gespräch im GONZALES würde irgendwann ans Tageslicht kommen. Aber er hatte keinen Anlass, seine Mitschuld, die er persönlich empfand, preiszugeben. Was sollte ihm schon passieren? Er hatte das Beste, was einem passieren konnte: staatliche Versorgung bis zum Tod. Und für die Angehörigen auch noch. Ein Beamter im Ruhestand. Daran gab es nichts zu rütteln.

Cori stützte ihren Kopf auf die rechte Hand. Das Interesse an dem Tee hatte sie verloren. Dennoch rührte sie langsam das heiße Getränk um, bis sich Milch, Zucker und Tee zu einer hellbraunen Brühe vermischten. Sie ließ sich ganz bewusst Zeit, schaute auf ihre Tasse, obwohl sie genau wusste, dass Schneeweiß sie mit wachen Augen beobachtete.

»Was ich gerne von Ihnen wissen möchte: Ich brauche da Ihre ganz persönliche Einschätzung. Vergessen Sie bitte nicht, dass ich nur eine einfache Lehrerin bin.«

Schneeweiß fühlte sich genötigt, ihr den gebotenen Respekt zukommen zu lassen. Eine intellektuelle Hierarchie würde das Gespräch nur schwieriger machen. »Aber ich bitte Sie. Lehrer sind doch wichtig und angesehen. Stellen Sie Ihr Licht nicht unnötig unter den Scheffel.«

Cori registrierte seine letzte Bemerkung mit Wohlwollen, ging aber nicht weiter drauf ein. »Was mich interessiert: Ich war ja unfreiwillig sein Forschungsobjekt. Kann man da irgendetwas machen?«

Schneeweiß schlürfte an seinem Tee und stellte zufrieden fest, dass die Temperatur langsam ein Trinken ermöglichte. Seine Kehle war trocken. Das führte er auf sein Unwohlsein zurück. »Schwierig, ganz schwierig. Kramer hat seine, nennen wir es mal Forschungen noch gar nicht veröffentlicht. Die Wissenschaft und die Freiheit von Forschung und Lehre sind ein hohes Rechtsgut in unserem Staat. Und Rücksicht auf Probanden wird höchst selten genommen. Der Stauferkönig Friedrich II. soll versucht haben, herauszufinden, welche Sprache die Kinder erlernen, wenn sie nicht von ihren Eltern beeinflusst werden, er wollte wissen, ob es so etwas wie eine originäre Kindersprache gibt. Er isolierte viele Kinder und ließ sie jahrelang allein. Das Ergebnis war niederschmetternd: Alle Kinder starben.«

»Also keine Chance?«, hakte Cori nach.

Schneeweiß sah sie mitleidig an. »Die Wissenschaft hat ihre eigenen Gesetze und vor allem ihre eigenen Kontrollmechanismen. Wer Blödsinn veröffentlicht, wird von den geschätzten Kollegen zerrissen. So läuft das Spiel.«

Cori nickte apathisch. Die Antwort hatte ihr nicht gefallen, aber sie musste sie akzeptieren. Sie sah aus dem Fenster. Der Regen hatte nachgelassen. »Können wir vielleicht doch noch ein paar Schritte am Ufer machen? Ich glaube, ich brauche ein wenig frische Luft.«

JANUAR

Kroll war ungeduldig. Er ignorierte den Aktenstapel auf seinem Schreibtisch. »Warum brauchen die Idioten im Labor drei Tage, um herauszufinden, ob zwei Haare identisch sind? Das nennen die dann auch noch Schnelltest! Haben die nur Urlaub? Die machen Dienst nach Vorschrift und wir können uns hier im Kreis drehen.«

Wiggins blieb wie immer gelassen. »Wir können die Chemie doch nicht beeinflussen.«

Kroll rieb sich auffällig lange die Augen. Während er nachdachte, ging er zur Kaffeemaschine und schenkte sich einen großen Becher ein. »Lass uns doch mal zusammenfassen, was wir bis jetzt haben.«

Wiggins richtete sich auf und ging zu der Pinnwand, an der ein Foto der Leiche von Professor Kramer und viele Zettel hingen. Er zeigte auf das Foto. »Ein Frauenheld durch und durch. Corinna Landmann war, soweit wir wissen, seine letzte Eroberung, die er zutiefst enttäuscht hat. Dann haben wir Karla Pirke, vermutlich homosexuell, die für ihre Freundin Corinna vermutlich alles tun würde. Außerdem ist sie in diesem Robin-Hood-Verein. Wir haben den alten Bernstein, der aufgrund seiner Schießkünste in der Lage war, die Tat zu begehen. Außerdem hatte er ein handfestes Motiv. Kramer hat den Menschen, der seine Frau tödlich verletzt hat, vor einer Haftstrafe bewahrt. Kramer und Bernstein haben sich auch in der Red Bull Arena gestritten. Ich glaube, wir können davon ausgehen, dass das Haar, das wir an der Tatwaffe gefunden haben, von Professor Schneeweiß stammt. Da fällt mir aber spontan kein Motiv ein. Im Gegenteil. Er hatte ein gutes, kollegiales Verhältnis zum Opfer.«

Kroll unterbrach genervt seinen Kollegen. »Das ist doch irgendwie alles zu wenig. Mir fehlt einfach die entscheidende Erkenntnis. Verdächtige haben wir genug, aber wir kommen der eigentlichen Tatbegehung nicht näher. Wenn das Haar an der Armbrust wirklich von Schneeweiß ist, was hat das zu bedeuten?«

Kroll machte seiner Verärgerung Luft, indem er mit der flachen Hand auf die Tischplatte schlug. »Der Schneeweiß bringt doch niemanden um. Aber er muss den Mörder oder die Mörderin kennen. Vielleicht hat er ihr geholfen, die Tatwaffe zu entsorgen. Aber warum? Kann es sein, dass wir etwas übersehen haben?«

»Vielleicht ergeben die Computerdaten von Kramer ja mehr Erkenntnisse. Ich glaube, es ist gut, dass wir uns hier nicht nur auf den alten Professor verlassen.«

Kroll war immer noch ungeduldig. »Wie weit ist der Kollege?«

Wiggins sah seinen Partner verständnislos an. »Wir reden hier über drei Computer. Alle randvoll mit Daten.«

»Wir müssen den Druck erhöhen. Ich glaube, die tanzen uns alle auf der Nase herum.«

»Das Gefühl habe ich allerdings auch«, bestätigte Wiggins. »Aber wie sollen wir den Druck erhöhen? Wir haben nichts in der Hand, zumindest nicht viel.«

Krolls Stimme wurde lauter. »Die lügen uns alle an. Der Schneeweiß, die Pirke und die Landmann! Halten die uns für doof?« Er stand auf und setzte sich auf die Fensterbank. »Schneeweiß hat gesagt, er würde Corinna nicht näher kennen. Das kann der doch nicht mal seiner Oma erzählen. Warum sagt er das? Woher kennen die sich? Wo ist die Verbindung?«

»Kramer«, bemerkte Wiggins trocken.

Das Gespräch wurde unterbrochen, als ihre Kollegin Stefanie Buri hereinkam. Sie sah Kroll und Wiggins fragend an, weil sie nicht stören wollte.

»Schieß los«, ermunterte Kroll sie.

»Ich weiß nicht, ob das wichtig ist. Aber Kramer wurde im November letzten Jahres in die Uniklinik eingeliefert. Mit höchst merkwürdigen Verletzungen.«

NOVEMBER

Jochen Kramer joggte regelmäßig durch den Leipziger Auenwald. Es war ein typischer Novembermorgen. Kalter, ungemütlicher Regen, der den Waldboden aufweichte und ihn zwang, der einen oder anderen Pfütze auszuweichen. Die Bäume über ihm hatten nur noch wenige Blätter, das viele Laub unter seinen Schuhen war rutschig. Aber das Wetter war ihm egal. Muskeln waren die Heizung des Körpers, und bald würde ihm warm werden. Er lief lieber bei diesen Bedingungen als bei brütender Hitze. Kramer nahm die kleinen Wege abseits der gut angelegten Strecken, an denen er mit hastig zur Arbeit eilenden Fahrradfahrern konfrontiert wurde. Außerdem liebte er es, am Wasser zu laufen. Der Auenwald war wie ein Adernetz durchzogen von kleinen Flüssen. Er lief immer dieselbe Strecke. Das war eine Gewohnheit. Er kannte die Kilometer, die er bewältigen wollte, war immer eine knappe Stunde unterwegs, und sein Orientierungssinn war ohnehin nicht der beste. Als er die ›Weiße Brücke‹ erreicht hatte, war ihm schon warm. Er zog die Mütze, die er sich am Anfang tief in das Gesicht gezogen hatte, höher, sodass seine schon schweißnasse Stirn mehr von der feuchten Kälte mitbekam, die er jetzt als angenehm empfand.

Die Angelschnur, die unter dem Laub lag, konnte er genauso wenig erkennen wie die Scherben, Nägel und Reißzwecken, die in einer großen Grube lagen, die ebenfalls mit Blättern bedeckt war. Es bedurfte nur eines kurzen Rucks, um die Schnur auf einer Höhe von 15 Zentimetern stramm zu ziehen. Kramer konnte den Sturz nicht verhindern, und bevor er begriffen hatte, was ihm geschah, lag er schon auf dem Boden. Reflexartig hatte er es noch geschafft, auf die Seite zu fallen und sich mit der rechten Hand abzustützen. Er drehte sich auf den Rücken und betrachtete seine blutende Hand, in der Scherben und Reißzwecken steckten. Dann schaute er an seinem Körper herunter: Von der Schulter bis zum Schuh steckten Nägel und Scherben in seiner Kleidung. Die rote Färbung wurde immer intensiver. Er rollte sich langsam auf die linke Seite. Seine linke Hand war unverletzt. Er stemmte sich vorsichtig hoch und versuchte, aufzustehen. Aber auch das gelang nicht. Er konnte seinen rechten Fuß nicht belasten. Rückwärts schob er sich vorsichtig zum nächsten Baum und lehnte sich am Stamm an. Das Sitzen ging so einigermaßen. Die Kälte spürte er genauso wenig wie die Feuchtigkeit. Aber jetzt, als der Schock langsam abklang, bemerkte er die Schmerzen der vielen Wunden, die immer mehr zunahmen. Erneut betrachtete er seine rechte Körperhälfte. Die Glasscherben und Nägel steckten immer noch in seiner Haut. Das Blut hatte sich weiter ausgebreitet und lief schon an seiner Kleidung herunter. Sein nächster Blick inspizierte den verletzten Fuß. Ein dick angeschwollener Knöchel staute sich über dem Laufschuh. Er schüttelte verzweifelt den Kopf und kramte mit der gesunden Hand sein Handy heraus. Dann wählte er die 112.

JANUAR

Kroll blätterte eifrig in der Akte, die er Stefanie Buri aus der Hand gerissen hatte. Dies hinderte ihn jedoch nicht daran, weiter zu reden. In manchen Situationen war er multitaskingfähig. »Hat Kramer damals Anzeige erstattet?«

Stefanie Buri antwortete, wie gewohnt, gut vorbereitet und präzise. »Nein, er hat den Vorfall eher heruntergespielt.

Bei der Vernehmung hat er ausgesagt, dass es ihn wohl eher zufällig getroffen haben müsse. Schließlich seien im Auenwald viele Jogger unterwegs.«

»Aber die Leine wurde doch bewusst bei Kramer strammgezogen«, warf Wiggins ein.

»Kramer hat gesagt, er wäre eigentlich gar nicht zu erkennen gewesen, weil er die Mütze tief ins Gesicht gezogen hatte. Wegen dem Wetter. Er redete auch etwas von einem Dummejungenstreich, der auch jeden anderen hätte treffen können.«

Kroll blätterte in der Akte hektisch hin und her. »Und wer hat uns benachrichtigt?«

»Die Klinik. Aufgrund der Verletzungen, insbesondere der Scherben und Nägel, sind die von einer Straftat ausgegangen und haben die PD in Markkleeberg informiert.«

Kroll legte die Akte zur Seite und sah Stefanie Buri an. Sie stand ein wenig steif, fast wie ein Soldat beim Rapport, vor dem Schreibtisch. »Und wir haben weiter ermittelt trotz der Aussage von Kramer, und obwohl der keine Anzeige erstattet hat?«

Die junge Kollegin räusperte sich. »Aufgrund der Scherben und Nägel, also gefährlichen Werkzeugen in Sinne des Gesetzes, ist der Staatsanwalt zu Recht von einer gefährlichen Körperverletzung gemäß § 223a StGB ausgegangen, also von einem Offizialdelikt. Da müssen wir auch ohne Strafantrag ermitteln.«

Wiggins lächelte Kroll an. Natürlich hätte sein Kollege da auch alleine drauf kommen können, wenn er nur eine halbe Sekunde nachgedacht hätte. Die Belehrung durch die junge Kollegin amüsierte ihn.

Kroll schien das nicht zu interessieren. »Und was haben die Ermittlungen ergeben?«

»Nichts!«, kam die prompte Antwort. »Kramer hat, wie gesagt, keine brauchbaren Hinweise gegeben. Die Angelschur war Standardware, wie sie im einschlägigen Handel überall erhältlich ist, und das Spurenbild war gleich null. Denk bitte auch an die Witterungsverhältnisse: Regen, viel Laub. Die Kollegen haben nicht einmal einen Fußabdruck gefunden.«

Für einen Moment kehrte Stille ein. Kroll stand auf und ging zum Fenster. Wiggins schob die Akte auf seinen Schreibtisch. Stefanie Buri setzte sich auf den Stuhl, der neben Krolls Schreibtisch stand.

Wiggins unterbrach das Schweigen. »Bleibt die große Frage, warum Kramer keine Strafanzeige erstattet hat. Diese Aktion konnte doch selbst er nicht unterschätzen. Hätte auch nur eine Scherbe eine Schlagader getroffen, wäre der ausgelaufen wie ein Käse im Pizzaofen.«

Stefanie Buri entspannte sich zusehends. Der Umstand, dass sie gemeinsam mit den erfahrenen Kollegen über die neuen Erkenntnisse nachdenken konnte, verdrängte alle Angespanntheit. »Aus meiner Sicht ist es so, dass Professor Kramer einfach keine weiteren Nachforschungen haben *wollte*. Vermutlich wusste er, wer das angerichtet hatte, oder er hatte zumindest einen Verdacht.«

Kroll drehte sich um und setzte sich auf die Fensterbank. »Wann hat Kramer die Beziehung mit Cori beendet?«

Stefanie Buri musste in keine Akte schauen. »Das wissen wir nicht genau. Aber im Oktober war er noch mit ihr auf den Caymans. Allzu lange kann das also nicht her gewesen sein.«

Kroll setzte sich wieder an den Schreibtisch. »Gute Arbeit, Steffi. Bleib dran. Vielleicht haben die Kollegen ja etwas übersehen.«

NOVEMBER

Cori fühlte sich in der Gesellschaft des alten Professors wohl. Natürlich war ihr klar, dass Schneeweiß verheiratet war, und auch der Altersunterschied war nicht zu übersehen. Es ging ihr auch nicht um so etwas wie Liebe oder sexuelle Erfahrungen. Nein. Dieser ältere Mann war einfach angenehm für sie. In jeder Beziehung: Er konnte gut zuhören, war geduldig, nie aufdringlich, nahm sie ernst, und das alles vermittelte ihr ein besonderes Gefühl der Geborgenheit. Sie war es bislang nicht gewohnt, dass sich Wissenschaftler dieses Kalibers mit ihr abgaben. Mit Ausnahme von Kramer, aber die Gründe dafür kannte sie inzwischen nur zu gut. Die Treffen und Gespräche mit Schneeweiß gaben ihr viel, seit Langem fühlte sie sich wieder in der Gegenwart eines Mannes akzeptiert und vor allem respektiert. Nach dem Ende der sogenannten ›Beziehung‹ mit Kramer war sie sich vorgekommen wie der letzte Dreck. Aber jetzt war jemand da, der sich für sie interessierte, der Anteil an ihrem Schicksal und ihren leidvollen Erfahrungen nahm und der zu ihr hielt. Da war sie sich ganz sicher.

Ihre Spaziergänge an den Seen im Leipziger Süden häuften sich.

Der alte Professor war für sie ein väterlicher Freund geworden. Sie bestand darauf, ihn unbedingt ihrer besten Freundin Karla vorzustellen. Schneeweiß zögerte anfangs, aber nach drei Spaziergängen konnte er nicht mehr Nein sagen. Auch er hatte Cori inzwischen in sein Herz geschlossen, und ihren Überredungskünsten konnte er ohnehin nicht lange widerstehen.

Sie trafen sich in Karlas Wohnung. Wie immer bei Karla gab es einfaches, aber leckeres Essen: selbst gemachte Lasagne. Es war ein Freitagabend, und Karla wusste, bei welchem Discounter es den besten Wein zu einem kleinen Preis gab. Auch Karla freute sich, Karl Schneeweiß kennenzulernen. Nicht nur, weil er ein erfahrener Wissenschaftler war und sicherlich zu interessanten Gesprächen beitragen würde, Cori hatte ihr mehr als einmal erzählt, wie lieb der alte Herr war, wie sehr er Kramers Experiment verabscheute, und wie glücklich sie sei, einen mitfühlenden Menschen kennengelernt zu haben, der sie ernst nahm und achtete. Insgeheim beruhigte es Karla, dass Cori mit Schneeweiß sicherlich keine sexuelle Beziehung anfangen würde. Sie hatte also nicht die quälenden Eifersuchtsgefühle zu befürchten, die ihr bei Kramer so viele schlaflose Nächte bereitet hatten. Ein pensionierter Professor war sicherlich kein Nebenbuhler für sie.

Nachdem der gusseiserne Topf mit der Lasagne geleert war, schenkte Karla Wein nach. Nicht zum ersten Mal.

Karl Schneeweiß ließ sich in seinen Stuhl zurückfallen, streichelte zufrieden seinen Bauch, lobte das vorzügliche Essen, verlor ein paar Komplimente über die einfache, aber doch sehr gemütliche Wohnung und leerte das halbe Weinglas. Er sah auf die Uhr. »Meine Damen, ich habe gerade so etwas wie ein Suppenkoma, das heißt, ich bin müde.« Er blickte auf sein Glas und atmete durch. »Dieser vorzügliche Wein hat natürlich auch etwas zu meiner Müdigkeit beigetragen.«

Karla hatte die Fähigkeit, natürlich zu lachen, auch wenn es nur gespielt war. Sie füllte das halb volle Glas des Professors schnell auf und rückte mit ihrem Stuhl an den seinen, sodass sich die Armlehnen berührten. Karla stieß mit Cori und Schneeweiß an, bewusst so heftig, dass das Geräusch der vibrierenden Gläser im Raum hallte. Sie lehnte sich an Schneeweiß. »Bevor Sie gehen, müssen Sie uns aber unbedingt noch erklären, was ein Suppenkoma ist.«

Schneeweiß beendete die Streicheleinheiten für seinen Bauch und beugte sich vor. »Ach das ist doch nur so ein Ausdruck für die Müdigkeit nach dem Essen. Ich weiß gar nicht, wo ich diesen Begriff aufgeschnappt habe. Es gibt so gewisse Ausdrücke, die hört man einmal und kriegt sie nicht mehr aus dem Kopf.«

Karla kicherte. »Mir geht das immer so mit blöden Melodien. Die habe ich dann auch immer im Kopf und singe den ganzen Tag die bescheuertsten Lieder, obwohl mir die Songs eigentlich überhaupt nicht gefallen. Ganz im Gegenteil!«

Cori lachte laut auf und nickte zustimmend. Der Wein wirkte enthemmend. »Das stimmt. Letztens hat sie den ganzen Tag lang ›Cherry, Cherry Lady‹ gesummt. Das war vielleicht obernervig.« Sie drehte sich zu Schneeweiß. »Karla singt«, sie breitete die Arme aus, »Dieter Bohlen. Ausgerechnet meine Karla singt ein Lied von diesem Obermacho. Ich wäre fast aus dem Fenster gesprungen.«

Die Frauen prusteten vor Lachen. Schneeweiß lachte aus Höflichkeit mit. Er fand die Bemerkung von Cori auch nicht ansatzweise so lustig wie die beiden Damen, wollte aber auch keine Spaßbremse sein. »Ich kenn das Lied nicht. Kirsche, Kirsche Dame?«

Der trockene Witz, den Schneeweiß in seiner professoralen Sachlichkeit in die Runde warf, war genau die richtige Bemerkung, um das überschwängliche Lachen von Karla und Cori noch zu steigern. Karla ging in die Kochnische, um eine weitere Flasche Wein zu holen. Auf dem Weg dorthin musste sie sich Mühe geben, nicht vor Lachen umzufallen. »Kirsche, Kirsche Dame«, wiederholte sie, während sie ihren Lachkrampf kaum in den Griff bekam.

Karla füllte die Gläser auf und setzte sich wieder auf ihren Stuhl, der immer noch ganz dicht neben dem von Schneeweiß stand. Sie legte vertraulich den Arm um den Professor und sah Cori an. »Dein Freund Karl ist wirklich total süß.« Sie gab ihm einen Kuss auf die Wange. Dann stießen sie wieder an.

Schneeweiß' Müdigkeit war verschwunden. Auch bei ihm zeigte der Alkohol seine Wirkung. Er musste sich eingestehen, dass er die Gesellschaft der beiden Frauen inzwischen als sehr angenehm empfand. Selten hatte er so lustige und lockere Abende erlebt. Genüsslich widmete er sich seinem Wein. »Da fällt mir noch eine lustige Geschichte ein.«

»Erzähl!«, munterte ihn Karla mit einem erwartungsvollen Blick aus glasigen Augen auf.

»Als meine Frau und ich unser Haus gebaut haben, sprach ein Handwerker immer von der Isolation, die wir noch für die Wände machen müssen. Ich wusste zuerst gar nicht, was er meinte, und hatte schon darüber nachgedacht, ob er unsere Wände nach Guantánamo schicken wollte, bis ich darauf gekommen bin, dass er die Isolierung meinte.«

Wieder lautes Lachen.

Schneeweiß war warm gelaufen. »Oder ein anderer Spruch: Irgendein Fußballer, der wegen irgendwelchen unangenehmen Dingen täglich in der Zeitung stand, hat mal gesagt, das Thema hätten die Medien hochsterilisiert. Ich wusste bis dato gar nicht, dass Medien in der Lage sind, Keime zu töten. Das war mir völlig neu.«

Die Frauen wischten sich die Lachtränen aus den Augen. Jetzt war Cori an der Reihe. Sie nahm den Ball auf. »Hat nicht ein Fußballer auch mal gesagt: ›Erst hatte ich kein Glück, und dann kam auch noch Pech dazu‹?«

Die Frauen schnappten nach Luft. Karl Schneeweiß wurde ernst. Er leerte sein Glas, offensichtlich eine Aufforderung an Karla, es umgehend wieder nachzufüllen. Schneeweiß war wieder der alte Professor. Er konnte sich nicht verstellen. »Diese Äußerung ist mir auch bekannt. Ich finde sie aber gar nicht so albern, wie allgemein angenommen wird. Dahinter steckt doch eine philosophische und auch psychoanalytische Fragestellung: Ist die Abwesenheit von Glück tatsächlich als Pech zu bezeichnen? Darüber sollte man vielleicht einmal nachdenken.«

Das Lachen der Frauen verstummte abrupt. Im Stadium der Trunkenheit diskutierte man gerne über geistig hochtrabende Themen.

Cori fühlte sich angesprochen. »Also wenn ich mein Leben so Revue passieren lasse, muss ich feststellen, dass ich verdammt wenig Glück und eher mehr Pech hatte. Das meiste lag irgendwie dazwischen. Karl hat da bestimmt recht.«

Ein Moment der Stille trat ein, den Karla unterbrach. Sie wurde sentimental. »Und was soll ich erst sagen? Da geht es mir doch noch beschissener.« Eine Träne kullerte aus ihrem Auge. »Ich habe das Gefühl, dass ich in meinem Leben nur Pech hatte, wenig Glück, und dass das Stadium dazwischen sehr kurz ist. Eigentlich nie so richtig schön.«

Sie begann zu weinen. Schneeweiß legte zögernd seinen Arm um Karla. Cori stand auf und drückte Karla.

Der alte Professor kam sich auf einmal verloren vor. Er griff nach seinem Handy. »Es ist schon sehr spät. Ich glaube, ich gehe jetzt besser. Ich rufe mir ein Taxi.« Er sah die Frauen an, die sich gegenseitig trösteten und von ihm keine Notiz mehr nahmen. »Es ist ja auch schon spät.«

Weil er gedanklich schon im Taxi saß, vergaß er seine Jacke am Haken.

JANUAR

Stefanie Buri gab sich keine Mühe, ihre Begeisterung zu verbergen, als sie in das Büro von Kroll und Wiggins stürmte. »Wir haben endlich die erste Auswertung der neuen Computeruntersuchung. Wir stehen jetzt bestimmt kurz vor dem Durchbruch.«

Kroll und Wiggins sahen sie erwartungsvoll an.

»Der alte Schneeweiß hat uns von vorne bis hinten an der Nase herumgeführt, man könne auch ganz deutlich sagen: verarscht.«

»Komm schon zur Sache«, wurde Wiggins ungeduldig.

»Interessant war vor allem der Computer, der bei Kramer zu Hause stand. Da sind eigenartige Dateien drauf. Kramer hat Corinna Landmann für ein wissenschaftliches Experiment missbraucht, der hat sie regelrecht ausgenutzt. So ein rücksichtsloses Arschloch! Den hätte ich an Corinnas Stelle auch umgebracht.«

Wiggins musste Stefanie bremsen. »Also bitte jetzt mal ganz langsam und von vorne. Was war das denn für ein Experiment, und womit hat er Frau Landmann ›missbraucht‹?«

Stefanie Buri atmete tief durch und beruhigte sich. Die Dateien auf Kramers Computer waren sehr detailliert und vor allem sehr aufschlussreich. Kramer hatte alles wissenschaftlich genau erfasst. Zunächst eine thematische Darstellung des Experiments: Ausgangslage, Zielsetzung, die verschiedenen Theorien und Auffassungen, Methodik und Vorgehensweise. Anschließend folgten tägliche Berichte, die sehr offen und vor allem auch ohne Verschweigen der ganz intimen Vorkommnisse von seiner Beziehung zu Corinna Landmann erzählten.

Als Stefanie Buri mit ihrem Bericht zu Ende war, war sie wieder fassungslos. »So ein Arschloch. Ich kann die Corinna echt voll verstehen.«

»Du gehst also davon aus, dass Corinna Landmann Kramer getötet hat?«, fragte Kroll.

»Das ist doch jetzt völlig klar, oder?«

Die Kommissare sahen sich an. Kroll kaute nachdenklich an einem Bleistift. »Kannst du dir vorstellen, dass Corinna eine Mörderin ist?«

Stefanie zögerte nicht eine Sekunde. »Mensch, Kroll, es ist doch genau das eingetreten, was Kramer selbst vorausgesagt hat. Es war doch gerade das Ziel seines«, sie machte Anführungszeichen in die Luft, »›Experimentes‹, dass Cori wütender und wütender wird. Auch wenn er mit so einer heftigen Folge wie dem eigenen Tod sicher nicht gerechnet hat. Ich glaube auch, dass Frau Landmann eine sehr gute Schauspielerin ist. Die ist bestimmt nicht immer nur die lammfromme Lehrerin.«

Die junge Kollegin ging im Raum auf und ab. »Die hatte nicht nur ein Motiv, sondern gleich drei: Sie war sauer, weil Kramer mit ihr Schluss gemacht hat, sie war sauer, weil Kramer sie für dieses schwachsinnige Experiment missbraucht hat und, was für mich am schwersten wiegt, sie musste befürchten, dass das alles auch noch veröffentlicht wird. Leipzig ist ein Dorf, das wisst ihr doch genauso gut wie ich.«

Mit triumphierendem Blick sah sie ihre Kollegen an. Sie hatte ein dickes Lob erwartet, aber das kam nicht. Im Gegenteil. Es stellte sich eine Stille des Überlegens ein.

Wiggins unterbrach nachdenklich das Schweigen. »Mich interessiert viel mehr die Rolle, die Schneeweiß in diesem ganzen Theater spielt. Schneeweiß hat uns angelogen, als er uns gesagt hat, dass er aus den Computern von Kramer nichts herausgekriegt hat. Er hat uns bestimmt auch angelogen, als er erzählt hat, dass er Corinna Landmann nicht näher kennt. Vermutlich kannte er auch diese zweifelhafte Studie über Frau Landmann. Warum macht er das alles?«

Stefanie Buri musste nicht lange nachdenken. »Er deckt Corinna Landmann. Das ist doch völlig klar!«

»Warum sollte er das tun?«, hakte Kroll nach. »Die beiden kennen sich doch noch gar nicht so lange. Und eine heiße Liebesbeziehung halte ich in diesem Fall für relativ unwahrscheinlich.«

Stefanie Buri musste sich eingestehen, dass sie keine passende Antwort parat hatte. Sie trat die Flucht nach vorne an. »Schneeweiß hat uns angelogen, er hat uns das Experiment mit Corinna Landmann verschwiegen, von dem er 100-prozentig wusste. Unser Experte hat gerade mal drei Tage gebraucht, um dahinterzukommen. Und vor allem: Wir haben sein Haar an der Tatwaffe. Das reicht doch aus für einen Haftbefehl.«

»Aber er hat doch nicht das geringste Motiv«, bemerkte Kroll. Wie so häufig, wenn er überlegen musste, stand er auf und sah aus dem Fenster. Die alte Straßenbahn ratterte geräuschvoll über die Karl-Liebknecht-Straße.

Stefanie Buri ließ nicht nach. »Dann fühlt ihm doch wenigstens einmal richtig auf den Zahn. Der wird schon weich werden. Der ist kein Profi! Ein strenges Verhör, und er schmilzt wie Butter in der Sonne.«

Kroll war noch immer nachdenklich. »Da ist noch etwas. Wir wissen, dass Schneeweiß uns nicht die Wahrheit erzählt hat, als er die Computerdateien von Kramer für uns durchsucht hat. Aber das war lange nach dem Mord. Viel interessanter wäre es zu wissen, ob er von diesem zweifelhaften Experiment vor dem Mord wusste. Die Dateien waren doch auf dem Privatcomputer von Kramer, oder?«

Stefanie nickte und sah ihre Kollegen fragend an.

Wiggins beugte sich vor und zeigte mit seinem Kugelschreiber auf Stefanie. »Schneeweiß müsste also in das Haus von Kramer gegangen sein und in aller Seelenruhe seinen Computer durchsucht haben. Wie soll er das gemacht haben? Dazu braucht man doch bestimmt eine Stunde, mindestens. Und Schneeweiß hat mit Sicherheit keinen Schlüssel zu Kramers Haus.«

Kroll sah immer noch aus dem Fenster. Er drehte sich um. »Als Kramer mit Corinna auf den Caymans war. Das war doch eine gute Gelegenheit.«

»Und wie ist er ins Haus gekommen?«, fragte Stefanie.

»Krieg doch mal raus, ob Kramer eine Haushaltshilfe hat.«

DEZEMBER

Der lustige Abend mit Schneeweiß und Karla forderte seinen Tribut. Cori lag viel länger als für gewöhnlich im Bett. Zum Glück war es Samstag. Das heftige und unaufhörliche Klingeln an der Tür riss sie aus dem Schlaf. Nach einem kurzen Moment der Orientierungslosigkeit stand sie auf, streifte sich ihren Morgenmantel über und torkelte schlaftrunken zur Tür. Die Kopfschmerzen waren unerträglich. Als sie sah, wer vor der Tür stand, war sie sofort hellwach.

Kramer schubste sie zur Seite, stürmte in die Wohnung und ließ die Tür mit einem lauten Knallen ins Schloss fallen. Cori war starr vor Angst.

Kramer sah ganz anders aus. Sie erkannte ihn kaum wieder. Er trug einen langen hellgrünen Mantel, unter dem Jeans hervorschauten. Sein rechter Arm war auf einer Gehhilfe aufgestützt. Cori erkannte sein Gipsbein, und jetzt wurde ihr der Grund seines Besuches klar. Ihre Angst wurde immer größer. Entgegen seinen Gewohnheiten war Kramers Äußeres nicht gepflegt. Er war unrasiert, die Haare waren zerzaust und in seinem Gesicht klebten viele kleine Pflaster. Aber das Schlimmste waren seine Augen. Sie konnte den Hass förmlich greifen, der ihr entgegensprühte.

Er ging auf sie zu, bis sich ihre Nasen fast berührten. Cori roch eine abgestandene Whiskyfahne.

»Was willst du hier?«, stammelte sie.

Er sagte kein Wort, sondern starrte sie nur mit weit aufgerissenen Augen an. Dann fiel die Krücke auf den Boden. Seine rechte Faust traf sie auf den Mund. Die Lippe platzte sofort auf. Blut lief ihr über das Kinn. Cori musste für einen Moment k.o. gewesen sein. Sie wusste nicht, warum sie auf dem Boden lag. Als sie wieder aufblickte, sah sie, dass Krammer seine Krücke wie einen Baseballschläger in beiden Händen hielt, zum Schlag bereit. Instinktiv legte sie die Arme über den Kopf und drehte sich auf die Seite. Dann wartete sie. Eine Ewigkeit schien zu vergehen. Cori konnte ihren Harndrang nicht halten. Eine gelbe Lache breitete sich um ihr Becken aus. Dann spürte sie wieder diesen Whiskyatem. Kramer musste sich über sie gebeugt haben. »Eines rate ich dir, du alte Schlampe. Und richte es bitte auch deiner unfickbaren Kampflesbe aus: Wenn ihr das noch einmal macht, bringe ich euch um, und zwar eigenhändig.«

Cori war immer noch gelähmt. Sie hörte ihr Schluchzen wie aus der Ferne. Das Knallen der Wohnungstür war wie eine Erlösung. Sie blieb noch lange auf dem Boden liegen. Als sie wieder in der Lage war, halbwegs kontrolliert zu atmen, richtete sie sich mühsam auf und ging zur Tür, um zu kontrollieren, ob diese tatsächlich verschlossen war. Dann schleppte sie sich ins Bad und sah in den Spiegel. Ihr T-Shirt und ihr Morgenmantel waren voller Blut. Den nassen Slip registrierte sie gar nicht. Sie betrachtete ihre Unterlippe. Der Riss war mindestens drei Zentimeter lang. Das musste genäht werden. Sie schnappte sich ein Handtuch und drückte es auf die blutende Wunde. Sie ging noch benommen in das Wohnzimmer und griff mit zitternden Händen nach dem Telefonhörer. Dann wählte sie Karlas Nummer.

JANUAR

Heike Pohl, Kramers Haushaltshilfe, war verunsichert, als sie das Büro von Kroll und Wiggins betrat. Sie trug verschlissene alte Kunstlederstiefel, aus denen das weiße Fell oben herauslugte. Ihre pinkfarbene Skijacke bot genügend Schutz vor der Kälte. Auf dem Kopf hatte sie eine weiße Strickmütze, unter der sich dunkelblonde Haare zeigten, die von auffällig vielen weißen Strähnen durchzogen wurden. Ihre große Brille war beschlagen.

Kroll war bemüht, ihr die Nervosität zu nehmen.

»Guten Morgen, Frau Pohl.« Er rückte ihr einen Stuhl zurecht. »Bitte setzen Sie sich doch.«

Die Haushälterin setzte sich zögernd. Sie zog ihre Mütze vom Kopf und öffnete den Reißverschluss ihrer Jacke. Ein locker gestrickter gelber Pullover kam zum Vorschein. Sie sah Kroll erwartungsvoll an. Es war ein warmer, fast mütterlicher Blick. Kroll erkannte sofort, dass vor ihm eine liebe und aufrichtige Person saß, die trotz ihrer beschränkten finanziellen Möglichkeiten ein Leben in Bescheidenheit und Zufriedenheit führte. Ihm kam der Gedanke, dass er Heike Pohl auch sofort bei sich eingestellt hätte, wenn er ein Haus oder zumindest eine große Wohnung und das entsprechende Gehalt hätte. Er begann das Gespräch mit Nebensächlichkeiten, um ihr die Nervosität zu nehmen. »Ein fieses Wetter ist das heute. Darf ich Ihnen einen heißen Kaffee bringen?«

Heike Pohl lehnte mit dem Hinweis, dass sie gerade erst gefrühstückt habe, dankend ab.

»Darf ich mich erkundigen, wie es Ihnen geht? Ich meine, der Tod von Professor Kramer war doch sicherlich ein großer Schock für Sie. Und soweit ich weiß, ist Ihre Beschäftigung in dem Haus jetzt ja weggefallen.«

Heike Pohl schaute sich unsicher um. Sie drehte die Mütze auf ihrem Schoß. Langsam wich die Aufregung. »Mir geht es eigentlich gut. Natürlich hat mich der Tod des Professors sehr mitgenommen. Ich habe schließlich fast zehn Jahre bei ihm gearbeitet. Professor Kramer hat mich immer anständig behandelt. Er war ein feiner Mensch, egal was andere Leute über ihn reden oder schreiben. Ich kannte ihn gut, glauben Sie mir. Ich würde nie etwas auf ihn kommen lassen.«

Kroll nickte zustimmend. »Das glaube ich Ihnen gerne. Haben Sie schon einen anderen Job gefunden?«

»Das war kein großes Problem. Ich habe ja nicht nur Professor Kramer im Haushalt geholfen. Ich habe auch noch andere Stellen. Ich mache diese Arbeit jetzt schon seit der Wende.« Sie lächelte wehmütig. »Gelernt habe ich Besamungstechnikerin bei der LPG. Aber der Job ist heute nicht mehr gefragt. Da musste ich mir was Neues suchen. Aber es ist schon alles gut so, wie es ist. Ich mache meine Arbeit mit Freude. Und wenn ich dazu beitragen kann, dass ein schönes Haus schön bleibt, bin ich zufrieden. Außerdem bin ich handwerklich sehr begabt. Ich kann auch Wasserhähne und Möbel reparieren. Zuverlässige Haushaltshilfen sind sehr gefragt. Ich hatte immer mehr Anfragen, als ich annehmen konnte.«

Kroll stellte fest, dass ihm die bescheidene Frau immer sympathischer wurde. Langsam wollte er aber zum Anlass der Vernehmung kommen. »Wenn Sie so lange bei Professor Kramer gearbeitet haben, dann kennen Sie doch bestimmt auch seinen Kollegen, Professor Schneeweiß.«

»Der ist auch ein ganz feiner Mensch. Von seiner Art so ganz anders als mein Professor, aber immer sehr freundlich. Hat nie den tollen Maxe raushängen lassen. Er kam häufig zu einem, sie nannten es immer Arbeitsfrühstück vorbei. Ich habe mir dann immer ganz besonders viel Mühe gegeben. Habe frische, noch warme Brötchen geholt, frischen Aufschnitt und Käse. Meistens noch ein Glas selbst gemachte Marmelade und Orangensaft. Professor Schneeweiß wollte auch immer sein Frühstücksei nach seinem Geschmack. Das Eigelb sollte nicht zu flüssig und nicht zu hart sein, also medium. Das habe ich immer hingekriegt, und beim Gehen hat er sich immer bei mir bedankt und mir einen Zehner zugesteckt.«

Sie überlegte einen Moment. »Warum fragen Sie nach ihm?«

Kroll winkte ab. »Ach, das ist reine Routine. Wir müssen uns nur einen Überblick über Professor Kramers Umfeld verschaffen. Das gehört einfach zur Polizeiarbeit dazu.«

Heike Pohl war beruhigt.

Kroll stand auf und lächelte. Er bewegte sich in Richtung Kaffeemaschine. »Also ich hole mir jetzt einen Kaffee. Sind Sie sicher, dass Sie keinen mittrinken wollen? Ich kann Ihnen auch ganz viel Milch reintun. Dann ist er nicht so stark.«

Die Haushälterin zog ihre Jacke aus. Ein Zeichen, dass sie sich langsam mit der Situation, vor der sie so viel Angst gehabt hatte, angefreundet hatte. »Jetzt doch, gerne. Aber bitte wirklich mit viel Milch.« Sie rieb sich den Bauch. »Mein Magen ist auch nicht mehr der beste.«

Kroll reichte ihr eine große Tasse und setzte sich wieder an seinen Schreibtisch. »Erinnern Sie sich noch, als Professor Kramer im Herbst letzten Jahres auf den Cayman Islands war?«

»Natürlich«, lächelte sie stolz und tippte sich an die Schläfe. »Mein Gedächtnis funktioniert sehr gut. Aber das war doch nichts Besonderes. Professor Kramer ist dort jedes Jahr hingefahren. Ich glaube, er hat da immer so einen Vortrag halten müssen … oder vielleicht besser gesagt, halten dürfen. Die Karibik ist doch wunderschön. Mein Sohn und seine Frau haben mich mal mitgenommen in die Dominikanische Republik. Das liegt auch in der Karibik. Ich glaube, das war der schönste Urlaub meines Lebens. Die Sonne, die weißen Strände, die Palmen, das warme Wasser, und alles all inklusive. Mein Sohn hat mich dann noch überredet, auf diesen Dingern auf dem Meer rumzufahren. Kennen

Sie die? Die sehen oben aus wie ein Motorrad und unten wie ein kleines Boot. Er vorne und ich hinten drauf. Und dann sind wir zu zweit über die Wellen gehüpft. Das war so schön. Ich habe laut geschrien vor Freude.«

Kroll unternahm einen weiteren Versuch, zum Anlass seiner Vernehmung zurückzukehren. »Das glaube ich gerne. Ich hatte leider noch nie die Gelegenheit, so etwas auszuprobieren. Aber um noch mal auf den letzten Sommer zurückzukommen. Als Professor Kramer auf den Caymans war: Ist Professor Schneeweiß da mal in Kramers Haus gewesen?«

Heike Pohl hatte jetzt keine Berührungsängste mehr. Die Erinnerungen an den Urlaub, den ihr Sohn ihr spendiert hatte, legten sich beruhigend über alle anderen Gedanken. »Das war typisch mein Professor. Wenn ich an all diese Witze denke, die man über zerstreute Professoren macht, war mein Professor immer ganz vorne mit dabei. Er hat sich zwar nie eine Hose verkehrt herum angezogen, dafür war er viel zu eitel, aber er lebte einfach nur in seiner Wissenschaft. Können Sie sich das vorstellen? Er musste Vorträge in der Karibik halten und vergisst seine Unterlagen. Zum Glück kam dann noch Professor Schneeweiß vorbei und hat sie ihm geschickt. Sonst wäre das die reinste Katastrophe geworden.«

Kroll beugte sich nach vorne und spitzte die Ohren. »Professor Schneeweiß war also im Haus von Professor Kramer?«

»Ja natürlich. Er hat mir erzählt, dass mein Professor einen Vortrag halten muss und seine Unterlagen vergessen hat. Typisch. Dann ist er hoch in das Arbeitszimmer gegangen und hat sie ihm zugestellt. Ich weiß nicht genau, wie das geht. Aber das machen die ja heute alles über das Internet.«

»Und wie lange war Professor Schneeweiß im Arbeitszimmer von Professor Kramer?«

Heike Pohl zuckte mit den Achseln. »Keine Ahnung. Ich war erst im Garten beschäftigt und habe dann noch das Wohnzimmer und die Treppe gemacht. Dann hatte ich noch in der Küche und im Eingang zu tun. Vielleicht eine Stunde.«

Kroll hatte erfahren, was er wissen wollte. Er sah auf seine Uhr. »Vielen Dank, Frau Pohl. Ich hoffe, ich habe Ihre Zeit nicht zu sehr in Anspruch genommen. Und danke, dass Sie zu uns gekommen sind.« Er stand auf und reichte ihr die Hand. »Es war mir eine große Freude, Sie kennenzulernen. Erholen Sie sich gut. Sie haben sicherlich viel gearbeitet in der letzten Zeit. Ruhen Sie sich noch ein wenig aus.«

Das abrupte Ende des Gesprächs verwirrte Heike Pohl ein wenig. Sie wagte es aber auch nicht, zu insistieren. Sie stand auf, zog sich die Jacke an, setzte die Mütze auf und verließ das Büro.

DEZEMBER

Cori war direkt nach dem Arztbesuch zu Karla gefahren. Sie kühlte ihre frisch genähte Lippe mit Eiswürfeln, die Karla notdürftig in einen Frischhaltebeutel gesteckt hatte.

Karla schäumte vor Wut. »Eine Frau zu schlagen, das geht gar nicht! Dem Arschloch zahlen wir es heim. Jetzt ist endgültig Schluss mit unserer Zurückhaltung. Das können wir doch nie im Leben auf uns sitzen lassen. Was bildete sich dieser blöde Zuchthengst denn ein?« Sie atmete mehrfach tief durch. »Das wird er bitter bereuen. Das schwöre ich dir.«

Cori zitterte immer noch am ganzen Körper. »Aber was sollen wir denn machen? Wir sind doch nur zwei schwache Frauen.«

»Lass das mal meine Sorge sein. Ich habe da schon eine Idee.«

JANUAR

Kroll und Wiggins versuchten, den aktuellen Stand der Ermittlungen zusammenzufassen.

»Ich kann die Rolle von Schneeweiß nicht richtig einordnen«, begann Wiggins. »Okay, der hatte Kramer durschaut. Er war auch sicherlich nicht begeistert von Kramers Versuchen mit Cori. Aber hilft uns das in unseren Ermittlungen wirklich weiter? Der kannte Cori doch kaum.«

»Sein Haar war an der Tatwaffe«, erinnerte ihn Kroll beiläufig.

»Ja, ich weiß, aber wie passt das alles zusammen?«

»Wenn wir das herausgefunden haben, haben wir den Fall gelöst.«

Wiggins war unruhig. Er stand auf und goss sich einen Kaffee ein. »Also was schlägst du vor?«

Kroll griff nach der Tasse, die Wiggins auf seinem

Schreibtisch abgestellt hatte. Er schlürfte das heiße Getränk geräuschvoll. »Lass uns noch mal mit unserem Lieblingsreporter vom Leipziger Tageblatt reden. Den haben wir doch lange nicht mehr gesehen. Der ist immer gut informiert.«

Es war nicht schwer, Günther Hirte ausfindig zu machen. Mittags saß er regelmäßig bei seinem Lieblingsitaliener im Leipziger Musikviertel hinter dem Reichsgericht. Die üppige Kellnerin, die eigentlich aus Döbeln kam, aber wegen des italienischen Flairs, dass ihr ihr Chef vorgeschrieben hatte, jetzt schwarze Haare trug, räumte gerade seinen Teller ab und brachte ihm den üblichen Latte macchiato.

Die Polizisten begrüßten Hirte mit einem leichten Klaps auf die Schulter und setzten sich ungefragt an seinen Tisch.

Der Journalist war wie immer zu leicht bekleidet für die Jahreszeit. Unter einer grauen Lederjacke mit viel Fell an den Nähten und Rändern trug er nur ein T-Shirt mit weitem V-Ausschnitt, das seine gut trainierten Brustmuskeln zeigte. Er löffelte behäbig den Milchschaum ab und rührte sein Getränk mit dem langen Löffel um. Das Erscheinen der Polizisten schien er eher beiläufig wahrzunehmen. »Das sieht euch ja wieder ähnlich. Ich habe euch die guten Tipps gegeben, und zurückgekommen ist gar nichts. Also, wenn man so etwas nicht Einbahnstraße nennt. Dass ihr euch überhaupt noch traut, an meinen Tisch zu kommen, schlägt ja dem Fass den Boden aus.«

Kroll und Wiggins kannten diese Vorwürfe zur Genüge. Günther Hirte hatte ihnen oft mit wertvollen Hinweisen weitergeholfen, sie konnten sich aber nicht erkenntlich zeigen, weil jedes falsche Wort in der Öffentlichkeit die Ermittlungen gefährdet hätte. Hirte war schließlich Reporter und auf Informationen angewiesen.

Kroll hob entschuldigend die Hände. Er setzte ein verlegenes Lächeln auf. »Es ist ja gerade das schlechte Gewissen, das uns zu dir treibt. Natürlich wissen wir, dass wir in deiner Schuld stehen. Also frage uns einfach, was du wissen willst. Wir werden dir selbstverständlich alles erzählen, was wir wissen.«

Günther Hirte hatte die Ironie in Krolls Worten natürlich erkannt, aber er spielte mit. »Sagt mir doch einfach, wer den berühmten Professor umgebracht hat. Die Story könnte ich gerade gut gebrauchen. Mein Chef hat mir erst gestern eine Gehaltserhöhung abgelehnt.«

Kroll stöhnte. »Wenn wir das wüssten, hätten wir es dir natürlich zuerst erzählt. Aber wir kommen in dem Fall einfach nicht weiter.«

»Und ich soll euch mal wieder aus der Patsche helfen?«

Wiggins versuchte, ihn zu beschwichtigen. »Natürlich nicht. Wir dachten einfach, wir gleichen unsere Informationen mal kurz ab. Im beiderseitigen Interesse.«

Hirte trank sein Glas leer und schaute die Polizisten misstrauisch an. »Na dann fangt mal an.«

Kroll beugte sich nach vorne. Ihm war es in diesem Moment egal, was morgen in der Zeitung stehen würde. Hirte hatte sich immer an seinen sogenannten Quellenschutz gehalten, und Staatsanwalt Reis hatte Verständnis für Krolls manchmal etwas unorthodoxen Ermittlungsmethoden. »Uns wird die Rolle von dem alten Professor Schneeweiß nicht so ganz klar. Weißt du da Näheres?«

Hirtes Spürsinn war erwacht. »Ist der etwa verdächtig?«

»Das wissen wir noch nicht so ganz genau«, versuchte Wiggins zu beschwichtigen, dem wieder einmal Krolls Vorpreschen gegenüber der Presse mehr Sorgen als Genugtuung bereitete.

Der Journalist lehnte sich entspannt zurück und beäugte die Polizisten betont lässig. »Während meiner Ermittlungen habe ich natürlich viel recherchiert. Ich habe Corinna Landmann und den alten Schneeweiß ab und zu im GONZALES gesehen. Da war nichts Sexuelles. Der Alte kriegt, glaube ich, sowieso keinen mehr hoch. Aber was ich noch viel interessanter fand: Die Landmann hatte ab und zu so eine Freundin mit dabei. Typ: Kampflesbe. Militärschnitt und eine Figur wie ein Navi Seal. Aber wenn so ein toller Hecht wie ich ihr über den Weg laufe, entdeckt sie zumindest ihre rudimentäre Bi-Art wieder. Die kann ja saufen wie ein Loch. Wir haben mindestens fünf Cola-Jacky gekippt. Und dann fing die an, zu erzählen. Ich kann euch sagen. Die Alte ist echt gut drauf.«

»Und was hat sie erzählt?«, hakte Wiggins nach.

Hirte sackte zusammen, als hätte ihn ein Schlag ins Genick getroffen. »Ich fasse es nicht. Ihr seid jetzt dran.«

Kroll riss das Gespräch wieder an sich. »Also gut, Günther. Wir haben den alten Schneeweiß unter Verdacht. Aber das weißt du nicht von mir, ist das klar?«

»Quellenschutz«, bestätigte der Reporter.

»Wieso habt ihr denn den alten Knacker in Verdacht?«, wurde Hirte neugierig. »Der ist mit Sicherheit kein Mörder. Der ist im Ruhestand und schneidet seine Gartenhecke. Der würde doch nie im Leben alles aufs Spiel setzen.«

Kroll und Wiggins hüteten sich, zu erzählen, dass Schneeweiß' Haar an der Tatwaffe war, und dass er allen Grund hatte, auf Kramer sauer zu sein. So weit ging die Liebe zu dem Reporter nun auch nicht. Kroll versuchte, glaubwürdig zu wirken. »Uns kommt es einfach merkwürdig vor, dass Schneeweiß seine freundschaftliche Beziehung mit Corinna Landmann ausgerechnet nach Kramers Tod so intensiviert hat. Und die zu ihrer Freundin auch. Dafür muss es doch einen Grund geben. Warum trifft sich ein Professor im Ruhestand mit einer jungen Frau.« Kroll atmete durch und sah Hirte in die Augen. »Verbrechen verbinden manchmal.«

Hirte wurde nachdenklich. Natürlich ahnte er, dass die Polizisten ihm mal wieder etwas verschwiegen, aber Kroll hatte recht. Die plötzliche Freundschaft zwischen den beiden war wirklich erklärungsbedürftig.

Hirte zuckte mit den Schultern. »Ich werde der Sache mal nachgehen.«

»Mehr wollten wir doch gar nicht.« Sie standen auf und wollten gehen.

»Da ist noch etwas, was euch interessieren könnte.«

Die Polizisten hielten abrupt inne.

»Ich meine diese Kampflesbe.«

Sie sahen den Reporter fragend an.

»Ich habe euch doch von diesem Abend im GONZALES erzählt.« Hirte war selbstbewusst. »Wenn ich von Frauen etwas herauskriegen will, lasse ich manchmal meinen endlosen Charme spielen, nehme die Frauen in den Arm oder streichle ihre Hände. Da fahren die Weiber voll drauf ab. Und als ich die Hand von der Neuausgabe von Alice Schwarzer gestreichelt habe, war die total ölig. Die hat ihre Hand dann auch sofort weggezogen.«

Kroll setzte sich wieder. »Hast du sie gefragt, wo das Öl herkommt?«

»Ja klar.«

»Und?«

Hirte genoss es förmlich, die Polizisten auf die Folter zu spannen. Er nippte gemächlich an seinem schon leeren Glas, in dem sich ein kalter Bodensatz aus Espresso und Milch angesammelt hatte. »Sie sagte, sie sei direkt vom Training ins GONZI gekommen, weil sie ohnehin schon spät dran war, und habe noch keine Gelegenheit gehabt, sich gründlich die Hände zu waschen.«

»Was für ein Training?«, fragte Wiggins ungeduldig.

Hirte gab der Bedienung ein Zeichen, um anzudeuten, dass er bezahlen wollte. »Das weiß ich natürlich nicht. Aber wenn mir doch noch etwas einfällt, werde ich natürlich sofort meinen staatsbürgerlichen Pflichten nachkommen und es euch erzählen. Natürlich erst dann, wenn ihr auch etwas für mich habt.«

Hirte stand auf und ging. Wiggins wollte ihn aufhalten, aber Kroll hielt ihn am Arm zurück.

Als sie sicher sein konnten, dass ihnen niemand zuhören würde, sammelten sie ihre Gedanken. Kroll preschte vor, weil Wiggins immer noch damit haderte, dass sie dem Reporter nicht mehr auf den Zahn gefühlt hatten. »Wir wissen doch mehr, als wir uns erhofft hatten.«

Wiggins trommelte mit seinen Fingern auf die Tischplatte. »Ja wirklich?«

»Die Sehne einer Armbrust wird mit einer Kurbel gespannt. Wir wissen von Bernstein, dass Karla Pirke lange nicht mehr beim Training war. Dann muss man die Mechanik wieder ölen. Vor allem im Winter. Das ist wie beim Auto.«

DEZEMBER

»Wir bringen das Schwein um!«, schrie Cori.

Eigentlich hatte sie Widerspruch von Karla erwartet. Aber der kam nicht. Sie war konzentriert. Ihre Gedanken ließen keinen Raum für Emotionen. »Das ist genau die Strafe, die dieses Arschloch verdient.« Sie schob ihr Weinglas zur Seite. »Wir können das doch ganz einfach machen …«

Cori unterbrach sie. »Ich meine das jetzt ernst.« Ihre Stimme war fest, der Blick starr. »Ich will, dass dieses Schwein aus dieser Welt verschwindet. Ich rede hier nicht irgendwelches dummes Zeug. Der Typ gehört ins Jenseits!«

Karla wich dem scharfen Blick ihrer Freundin nicht aus. »Wenn du es ganz genau wissen willst«, sie machte eine Pause, um dem folgenden Satz mehr Bedeutung zu verschaffen, »seitdem ich die ganze Scheiße mitgekriegt habe, die der mit dir gemacht hat, spiele ich mit dem Gedanken, ihn umzubringen. Ich habe mein Armbrusttraining wieder intensiviert. Ein sauberer Schuss. Keine Spuren, kein Verdacht, keine Probleme.«

Cori war wie gelähmt vor Anspannung. »Meinst du wirklich, die kommen nicht auf uns?«

Karla schüttelte heftig mit dem Kopf. »Wie denn? Du warst eine von Kramers Affären. So what! Davon gibt es doch Tausende. Und dieses erniedrigende Experiment, das er mit dir gemacht hat? Das ist für die Polizei bestimmt nicht so wichtig. Die beschäftigt sich mit Sicherheit noch mit 100 anderen Projekten. Außerdem hilft uns da bestimmt unser Freund Schneeweiß. Und noch mal: Keine Spuren, wir geben uns gegenseitig ein Alibi. Was sollen die Bullen denn da machen? Wir müssen nur zusammenhalten.«

»Aber Kramer ist berühmt. Die Geschichte wird durch die Medien gehen. Dann gibt sich die Polizei immer besonders viel Mühe.«

»Medien!«, winkte Karla ab. »Das ist doch immer das Gleiche. Die werden vielleicht eine Woche darüber berichten, und dann kommt der nächste Skandal. Irgendwann ist sogar das neue Kostüm von Angela Merkel interessanter.«

Cori reichte ihr die Hand. »Abgemacht.«

»Abgemacht.«

JANUAR

Dieter Bernstein schien zu verfallen. Schon beim letzten Treffen hatten die Polizisten den Eindruck, dass er das Ende seiner Kräfte erreicht hatte. Aber das war ein Irrtum. Bernstein bestand jetzt nur noch aus Haut und Knochen. Seine Wohnung war verwahrlost. Überall lag Müll herum, es roch nach Urin und Fäkalien. Er trug einen grauen Jogginganzug, der mit zahlreichen Flecken übersät war. Seine Augen waren blutunterlaufen, sein Atem verriet, dass der Magen nicht mehr funktionierte.

»Es geht Ihnen nicht gut«, meinte Kroll besorgt. »Sie sollten mal einen Arzt aufsuchen.«

»Ich gehe mit Sicherheit in diesem Leben nicht mehr zu einem Arzt.« Er deutete mit seinem Finger an die Decke.

»Bald bin ich da oben, und dann bin ich wieder bei meiner Frau. Glauben Sie mir, es ist besser so.«

Die Kommissare wussten, dass es keinen Sinn machte, Bernstein von seinem Weg in den Tod abzubringen. Wiggins kam zum Anlass ihres Besuches. »Wir haben herausbekommen, dass Karla Pirke in den letzten Monaten des vergangenen Jahres ihr Schusstraining an der Armbrust wieder intensiviert hat, können Sie das bestätigen?«

Für einen Moment schien Bernstein seine verzweifelte Lage zu vergessen. »Die Karla. Die war immer so gut. Mit 17 war die schon Europameisterin in der U20. Aber irgendwann hat sie dann die Lust an unserem Sport verloren. Aber das ist nicht unnormal. In diesem Alter muss man an andere Dinge denken. Beruf und so. Ich war sehr traurig, dass sie nicht mehr zum Training und zu den Wettkämpfen kam.« Auf seinem Gesicht zeichnete sich der Anflug eines Lächelns ab. »Die war so verdammt gut. Ich habe immer zu ihr gesagt, du triffst sogar aus 20 Metern einer Fliege in den Hintern.«

»Hat sie Ende des letzten Jahres das Training wieder aufgenommen?«, hakte Wiggins nach.

Bernstein nickte. »Ja, sie kam wieder häufiger.«

Kroll und Wiggins machten sich auf, um zu gehen. Kurz bevor sie die Tür erreicht hatten, hielt Bernstein sie zurück. Er nahm alle seine Kräfte zusammen. »Was ich Ihnen noch sagen wollte. Sie vertreten ja hier den sogenannten Rechtsstaat …« Er brach ab. Seine Stimme erstickte.

Die Polizisten verließen das Haus. Sie wussten nur zu gut, was ihn marterte.

SILVESTER

Sie saßen in Karlas kleiner Wohnung. Cori war nervös. Ihre Freundin schien die Gelassenheit selbst zu sein. Nicht die geringste Spur von Aufregung war ihr anzumerken. Entweder schien ihr das, was sie vorhatten, nichts auszumachen, oder es lag an Karlas jahrelanger Wettkampferfahrung. Ein Schütze durfte kurz vor seiner Auseinandersetzung mit dem Gegner keine Nervosität zeigen, die brachte die Hände zum Zittern, und die Pfeile verfehlten das Ziel.

Cori hatte schon drei Gläser Rotwein als Nervennahrung getrunken, wie sie es nannte. Karla trank grünen Tee. Die Armbrust lag gereinigt, geölt und gut verwahrt in der Tasche.

Es war 23.30 Uhr, als sie aufbrachen.

JANUAR

Karla Pirke war wenig begeistert, als sie die Kommissare vor ihrer Tür sah. Noch bevor sie sie nach dem Grund ihres Besuches fragen konnte, hatten sie sich schon an ihr vorbeigedrängt und saßen an dem alten Tisch.

Karla trug einen Herrenpyjama. Wären ihre Haare länger gewesen, hätten sie zerzaust ausgesehen. Sie setzte sich mit demonstrativem Widerwillen zu ihnen an den Tisch und sah sie fragend an.

Kroll kam gleich zum Thema. »Frau Pirke, wir wissen, dass Sie in den letzten Wochen vor Kramers Tod Ihr Schusstraining an der Armbrust wieder aufgenommen haben. Und wir fragen uns natürlich, warum?«

Karla zuckte mit den Schultern. Sie gähnte geräuschvoll. Die Frage schien sie zu langweilen. »Hatte eben Lust dazu. Ist das verboten?«

Ihre teilnahmslose Art ging Wiggins auf die Nerven. »Und dass das kurz vor Kramers Tod war, ist natürlich nur ein Zufall?«

Wieder dieses Achselzucken. »Was denn sonst? Was wollen Sie überhaupt? Nur weil Sie zu blöd sind, den Mörder von diesem Arschloch zu finden, haben Sie sich jetzt auf mich eingeschossen. Ich habe ein Alibi. Ich habe Sylvester mit Cori verbracht. Das können sie gerne überprüfen. Sie können jetzt gehen. Das Gespräch ist beendet.«»Das Gespräch ist beendet, wenn wir keine Fragen mehr haben«, sagte Kroll in einem befehlenden Tonfall.

Sie lehnte sich zurück. Wieder dieses Gähnen. »Von mir aus, ist ja nicht meine Zeit, die Sie vergeuden.« Karla stand auf und holte sich einen Kaffee.

Kroll atmete durch und zählte leise bis drei. »Frau Pirke, wir wissen auch, dass Sie in letzter Zeit ein sehr freundschaftliches Verhältnis zu Professor Schneeweiß pflegen. Könnten Sie uns freundlicherweise erklären, warum?«

Karla setzte zu einem künstlichen Lachen an. »Freundschaftliches Verhältnis. Zu dem alten Knacker? Sie machen sich doch lächerlich.«

Kroll und Wiggins warteten, bis sie fortfuhr. Sie tat ihnen den Gefallen. »Ich habe ihn ein paar Mal gesehen, aber nur, wenn Cori den mal mitgeschleppt hat. Cori hat irgendwie einen Narren an dem Alten gefressen. Warum, kann ich mir auch nicht erklären. Liegt wohl an seinem Fachgebiet. Cori interessiert sich total für diesen ganzen Psychoscheiß. Aber ich hatte auch nichts gegen den. Gestört hat er mich nicht.«

»Sie kannten ihn also nicht näher?«, hakte Wiggins nach.

Karla setzte sich wieder aufrecht hin. Sie legte ihre Ellenbogen auf den Tisch und stützte den Kopf in die Handflächen. Die Miene, die sie aufsetzte, hätte charmant gewirkt, wenn dies im Bereich ihrer Möglichkeiten gewesen wäre. Sie legte den Kopf auf die Seite und lächelte. »Nein.«

Die Polizisten sahen sich kurz an und standen auf. »Wir gehen jetzt.«

»Ach wie schade. Sie kennen ja den Weg. Freue mich schon auf Ihren nächsten Besuch.«

Kurz bevor sie die Tür erreicht hatten, blieben sie an der Garderobe stehen. Wiggins holte eine zerschlissene Winterjacke vom Haken. »Das ist Schneeweiß' Jacke, ich erinnere mich genau.«

Karla raste auf die Polizisten zu. »Was soll das? Sie dürfen sich nicht an meinen Privatsachen zu schaffen machen.« Ihr Tonfall wurde scharf. »Hängen Sie die Jacke wieder zurück! Sofort!«

»Sie tragen neuerdings Herrenjacken?«, fragte Kroll provokant.

»Ich kann tragen, was ich will.«

Sie versuchte, Kroll die Jacke aus der Hand zu reißen, hatte aber keine Chance.

»Die Jacke ist beschlagnahmt.«

»Dafür brauchen Sie einen richterlichen Beschluss.«

Jetzt lächelten die Kommissare. »Gefahr im Verzug.«

SILVESTER

Professor Karl Schneeweiß saß alleine in seinem Haus. Seine Frau lag im Krankenhaus. Mal wieder. Dieses verdammte Nierenversagen. Natürlich würde sie wieder gesund werden, das tat sie ja immer. Dieses unerträgliche Nierenleiden begleitete sie ja schließlich schon, seitdem er sie kennengelernt hatte. Und das war im Sandkasten. Silvester war für ihn das wichtigste Fest im Jahre. Er war nicht besonders gläubig, deshalb spielte für ihn Weihnachten keine besonders große Rolle in seinem Leben. Vor allem, seitdem die Kinder aus dem Haus waren. Der Jahreswechsel. Eine ganz besondere Zeit. Seit er sich erinnern konnte, hatte er diesen Abend und diese Nacht immer mit seiner Frau verbracht. Das vergangene Jahr Revue passieren lassen und neue Pläne für das neue geschmiedet. Für ihn immer eine sehr emotionale Zeit. Jetzt saß er alleine in seinem Sessel und schwenkte sein Cognacglas. Er hatte nicht das Gefühl, dass ihm die Decke auf den Kopf fiel. Sie schien seinen Kopf schon zertrümmert zu haben, lag auf seinen Füßen und lähmte sie.

Er erinnerte sich an die Einladung seines Kollegen Kramer. Er könne doch gerne den Jahreswechsel mit ihm und seiner Freundin zu dritt verbringen. Ein schöner Abend mit einer seiner sogenannten Lebensgefährtin, welcher auch immer. Gutes Essen, guter Wein und bestimmt gute Gespräche. Kramer würde sich sehr freuen, wenn er kommen würde.

Natürlich hatte er abgesagt. Zum einen, weil er wusste, dass es sich um eine Mitleidseinladung handelte, und zum anderen, weil er wenig Interesse hatte, mit einer farblosen

Blondine belanglose Gespräche zu führen. Nicht an diesem Abend, nicht an gerade *diesem* Abend.

Er schaute in sein Cognacglas und atmete das aufsteigende Aroma ein. Nein, er wollte nicht alleine sein. Aber was waren seine Alternativen? Ihm fiel nur Kramer ein. Vielleicht war es doch noch besser, ein bisschen Gesellschaft zu genießen, als hier zu versauern. Es musste ja auch nicht lange sein. Vielleicht eine Stunde, bestimmt nicht viel länger. Er griff zum Hörer.

JANUAR

Kroll war außer sich. »Dem Schneeweiß fühlen wir richtig auf den Zahn. Das volle Programm. Den klopfen wir weich wie Toastbrot. Der Typ ist nicht belastbar. Den kochen wir jetzt mal richtig aus.«

Kroll und Wiggins fuhren mit ihrem Dienstwagen zu Schneeweiß' Haus. Ihnen folgten zwei Streifenwagen mit Blaulicht. Die Nachbarn sollten ruhig alles mitbekommen.

Sie klingelten. Es dauerte nicht lange, bis sich die Tür öffnete. Schneeweiß starrte verdutzt auf die Beamten und die zuckenden blauen Lichter.

Kroll war betont förmlich. »Herr Professor Schneeweiß. Sie sind vorläufig festgenommen wegen des Verdachts des Mordes oder zumindest der Beihilfe zum Mord an Professor Jochen Kramer. Begleiten Sie uns freiwillig aufs Präsidium oder müssen wir Ihnen Handschellen anlegen? Selbstverständlich können Sie das Notwendigste noch einpacken. Waschzeug, Pyjama und ein paar persönliche Dinge.«

»Aber … ich … das ist doch sicher nur … ein Missverständnis.«

Kroll gab den uniformierten Kollegen ein Zeichen. »Lasst ihn nicht aus den Augen. Wir sehen uns im Präsidium.«

Das Verhörzimmer war ein kahler Raum. Weiße Wände, gefliester Boden, ein Tisch in der Mitte des Raumes, vier Stühle. Kroll und Wiggins saßen an der einen Seite des Tisches, Schneeweiß ihnen gegenüber. In der Ecke stand regungslos ein Polizist.

Kroll schaltete das Aufnahmegerät ein. Er war emotionslos. »Beschuldigtenvernehmung Professor Dr. Karl Schneeweiß.« Dann Aktenzeichen, Datum, Uhrzeit und anwesende Personen.

»Wir beginnen mit den Angaben zu Ihrer Person. Name?«

»Schneeweiß, Karl, Professor Dr.«

»Derzeit aktuelle Anschrift?«

Schneeweiß machte die erforderliche Angabe.

»Beruf?«

»Professor im Ruhestand.«

»Familienstand?«

Schneeweiß zögerte einen Moment. Der Gedanke an seine Familie brachte ihn aus dem Rhythmus. »Verheiratet, zwei Kinder.«

»Alter?«

»65.«

Kroll machte eine kurze Pause. »Bevor wir zur Vernehmung in der Sache kommen, belehre ich Sie darüber, dass Sie als *Beschuldigter* vernommen werden. Sie stehen unter dringendem Tatverdacht, den Mord an Professor Dr. Jochen Kramer entweder als Mittäter oder Gehilfe ausgeführt zu haben. Sie haben das Recht, die Aussage zu verweigern und in jedem Stadium des Verfahrens einen Rechtsanwalt hinzuzuziehen, das gilt auch für diese Vernehmung. Möchten Sie von diesen Rechten Gebrauch machen?«

Schneeweiß verstand die Welt nicht mehr. Er war in sich zusammengesunken, ein Häufchen Elend. Er schüttelte mit dem Kopf. »Das ist nicht nötig. Könnte ich bitte ein Glas Wasser haben?«

Kroll gab dem Beamten, der in der Ecke stand, ein Zeichen.

»Herr Professor Dr. Karl Schneeweiß wurde über seine Rechte belehrt und erklärte, dass er derzeit auf die Anwesenheit eines Rechtsanwaltes verzichtet und aussagen möchte.«

Kroll versuchte Blickkontakt aufzunehmen, aber Schneeweiß starrte nur auf den Boden. Das Wasserglas, das der Beamte vor ihn hinstellte, leerte er in einem Zug. »Könnte ich bitte noch mehr Wasser haben?«

Kroll war immer noch förmlich. »Wir haben ein Haar von Ihnen an der Tatwaffe gefunden, mit der Professor Kramer erschossen wurde. Können Sie uns erklären, wie das dahin gekommen ist?«

Schneeweiß starrte immer noch auf den Boden. Seine Stimme war leise und brüchig. Er räusperte sich unaufhörlich. »Es war Silvester. Ich saß alleine zu Hause. Meine Frau liegt im Krankenhaus. Dieses verdammte Nierenleiden. Jochen hatte mich zu Silvester eingeladen. Natürlich nur eine Mitleidseinladung, aber ich hatte mich so elend gefühlt, und dann dachte ich, ich gehe da doch mal kurz hin. Mir war alles lieber, als zu Hause …«

Er trank einen Schluck Wasser. »Ich habe mich also auf den Weg gemacht.«

»Zu Fuß, mit dem Auto, öffentliche Verkehrsmittel, Uhrzeit?«

»Mit dem Auto. Ich habe nicht auf die Uhr gesehen. Als ich ankam, muss es aber noch vor zwölf gewesen sein. Kein Feuerwerk.«

Kleine Pause. »Erzählen Sie weiter.«

»In der Straße, in der Jochen wohnt, gibt es immer wenige Parkplätze. Und zu Silvester erst recht. Ich war froh, dass ich einen Parkplatz gefunden hatte am Anfang der Straße. Ich stellte das Auto ab und ging zu Fuß die letzten Meter. Dann ging das Feuerwerk los. Es muss Mitternacht gewesen sein. Ich habe noch eine Zeit lang gewartet, weil ich dachte, ich warte ab, bis Kramer, mit wem auch immer, angestoßen hat. Dann klingelte ich bei Kramer. Natürlich hatte ich vorher noch mein Kommen am Telefon angekündigt. Er meldete sich über die Sprechanlage und sagte, dass er herauskommen würde, um mir zu öffnen.«

Schneeweiß brauchte wieder eine Pause. Die Polizisten ließen ihm Zeit, seine Gedanken zu sammeln. Nach unendlich vielen flachen Atemzügen konnte er fortfahren. »Jochen kam heraus. Er winkte freundlich und kam auf mich zu. Alles war völlig normal, bis auf den Krach der Böller. Kurz bevor er das Gartentor erreicht hatte, fiel er um. Mir war sofort klar, dass etwas Schreckliches passiert war. Ich versuchte, das Gartentor zu öffnen, aber es war verschlossen. Dann bekam ich Angst. Ich versteckte mich hinter dem nächsten Baum und wartete. Ich hatte so furchtbare Angst. Ich habe am ganzen Körper gezittert. War schweißgebadet. Nachdem ich mich einigermaßen beruhigt hatte, habe ich dann mein Handy aus der Tasche herausgekramt und wollte die Polizei anrufen. Ich hatte das Handy schon in der Hand, und dann kamen sie.«

Seine Stimme stockte. Er konnte nicht weiter reden.

»Wer kam?«, wollte ihm Wiggins auf die Sprünge helfen.

»Ich möchte jetzt doch lieber einen Anwalt zurate ziehen.«

SILVESTER

Cori und Karla erreichten kurz vor zwölf Kramers Haus. Sie brauchten sich mit den Örtlichkeiten nicht vertraut zu machen. Die Umgebung hatten sie schon oft genug inspiziert. Ein kurzer Blick in Kramers Garten. Im Haus brannte Licht, im Garten leuchteten die Laternen. Alles klar. Sie sahen sich noch einmal auf der Straße um. Die Anwohner waren in ihren Häusern und warteten sehnsüchtig auf den Jahreswechsel, um dann, nach einem Glas Sekt, herauszustürmen und mit billigen Feuerwerkskörpern aus dem Fernen Osten die bösen Geister zu vertreiben, die sie noch nie gesehen hatten. Eine Gruppe Jugendlicher, deren Uhren offensichtlich gruppendynamisch falsch gingen, stopfte Raketen in leere Flaschen, ließ krachende Knallfrösche tanzen, Leuchträder drehen und warfen Böller. Jeder schien mit einer billigen Zigarre bewaffnet zu sein, die als Anzünder herhalten musste. Sie waren zu sehr mit sich selbst beschäftigt, um von den Frauen Notiz zu nehmen.

Cori und Karla gingen auf die Garage zu. Zuerst bis zu dem großen Tor, um den Blicken der Eigentümer im rückwärtigen Haus nicht ausgesetzt zu sein. Dann schlichen sie sich langsam um die Ecke, die Handflächen immer an die Garagenwand gelegt, die ihnen im Mondschatten genügend Tarnung geben würde.

»Hier steht ja schon eine Leiter«, flüsterte Karla verwundert.

Cori war aufgeregt, der Anblick der Leiter machte sie ängstlich. »Meinst du, es ist schon jemand da oben? Lass uns doch besser hier abhauen. Ich habe kein gutes Gefühl.«

Karla war die Ruhe selbst. »Ach Quatsch. Der alte Spießer, der hier wohnt, hat bestimmt zum Jahreswechsel noch mal sein Garagendach gefegt. Das machen die hier wahrscheinlich alle so.« Sie vergewisserte sich, dass ihr Waffenrucksack fest auf dem Rücken hing. Jetzt nur keinen Fehler machen. Es sollte sich keine Schlaufe an einer Sprosse oder einem Nagel verhaken. »Nun komm schon, ich gehe vor.«

JANUAR

Kroll hätte drauf wetten können. Professor Schneeweiß nahm sich natürlich den windigsten und schleimigsten Anwalt, den es in Leipzig und vermutlich in ganz Deutschland gab: Dr. Maschek. Er hatte den Ruf eines Promi-Strafverteidigers, warum, wusste keiner so genau. Aber er hatte es geschafft, sich in der Leipziger High Society einen exzellenten Ruf aufzubauen. Seine Klientel bestand überwiegend aus den reichen Leipzigern, die wegen sogenannter Kavaliersdelikte Ärger mit dem Gesetz hatten, oder aus ganz gewöhnlichen Verbrechern, die durch ihre Straftaten genug Kohle herangeschafft hatten, um ihn zu bezahlen: Steuerdelikte, Korruption, Kokain, Sex mit Minderjährigen und alles, was sonst noch auf der Palette stand.

Dr. Maschek hatte mühevoll und gerade so eben die 1,60 Meter Körpergröße erreicht. Jedes Mal war der erste Eindruck, den Kroll von ihm hatte, der sogenannte Napoleonkomplex. Kleine Männer versuchen sehr häufig, die körperlichen Nachteile, die sie in ihrer Jugend erfahren mussten, durch beruflichen Erfolg zu kompensieren: Im Sport immer als Letzter gewählt, keine Frauen, weder schöne noch hässliche, Außenseiter, also immer der Loser. Aber Dr. Maschek hatte sich gemacht. Feinster Zwirn aus Italien, maßgeschneiderte Hemden, handgenähte Schuhe aus London und aus Pferdeleder. Viermal geschieden und jetzt mit einer Frau zusammen, die 20 Jahre jünger war als er. Das alles konnte aber nicht vertuschen, dass sein Körper, vom Bauch einmal abgesehen, schlaff und hager war. Sein Problem mit den flechtenartigen Auswüchsen hatte er trotz seiner finanziellen Anstrengungen immer noch nicht in den Griff bekommen: Seine Nase war rot und von charakteristischen Adern durchzogen. Von den Wangenknochen aufwärts zog sich eine Flechte, die wahrscheinlich seinen gesamten Kopf umzingelte. Das Resultat war eine Armee von Schuppen, die ein kleiner Makel waren, der die geldgierigen Frauen, mit denen er ins Bett ging, wohl nicht allzu sehr zu stören schien.

Seine Fistelstimme war prägnant. Wie konnte jemand ohne Stimmbruch so alt werden? »Wir kennen uns ja schon.«

Dr. Maschek reichte Kroll mit einem übertrieben freundlichen Lächeln eine lasche, schweißige Hand.

Kroll erwiderte den Händedruck, indem er die fischige Flosse fest drückte. Er war Profi genug, sich seine Abneigung nicht anmerken zu lassen. Auch nur ein falsches Wort hätte den Anwalt sofort zu einer Dienstaufsichtsbeschwerde veranlasst, und in der nächsten Gerichtsverhandlung hätte Kroll stundenlange Monologe über die Voreingenommenheit der Polizei ertragen müssen. Er mühte sich ein leichtes Lächeln ab. Dr. Maschek erkannte nicht, dass die freundliche Geste aufgesetzt war. Inzwischen hatte seine Arroganz seine Wahrnehmung getrübt. Er fand sich selbst toll und dachte, alle anderen müssten es genauso sehen.

Die Fistelstimme des Anwalts weckte bei Kroll die Erinnerungen an einen Tinnitus, den er nach einem Stadionbesuch während der Weltmeisterschaft 2006 für einige Monate ertragen musste. »Ich würde zunächst gerne mit meinem Mandanten unter vier Augen reden. Wo ist das möglich?«

Kroll sah sich um. »Wir gehen raus. Wenn Sie soweit sind, kommen Sie bitte in mein Büro. Sie wissen ja, wo das liegt.«

Dr. Maschek sah sich demonstrativ in dem Vernehmungszimmer um. Dann wedelte er mit dem Zeigefinger. »Nein, nein, nein. Dieser Raum ist nicht abhörsicher. Sie kennen ja sicherlich die Strafprozessordnung, Paragraph 148.«

Kroll verdrehte die Augen und bereute es, nachdem er es registriert hatte. »Zwei Zimmer weiter ist ein Schulungsraum frei. Da halten wir auch unsere internen Besprechungen ab. Ist das okay für Sie?«

Dr. Maschek warf seinem Mandanten einen beruhigenden Blick zu. »Ich kenne den Raum. Wir werden uns jetzt zurückziehen.«

Es dauerte zwei Stunden, bis die Fischhand an Krolls Tür klopfte. »Wir sind jetzt soweit. Herr Professor Schneeweiß will eine Aussage machen.«

»Wir gehen ins Verhörzimmer.«

SILVESTER

Karla hatte mit sicherem Schritt das Garagendach erreicht. Cori folgte ihr zaghaft auf der Leiter. Bevor Karla über die Attika kletterte, sah sie sich um. Auf dem Dach lag ein alter Bekannter. Er zeigte keine Spur von Überraschung, keinen Schrecken.

Karla legte ihren Zeigefinger auf den Mund. Der Mann nickte stumm. »Cori kommt gleich.« Karla schnallte ihren Rucksack ab und legte sich neben den Mann. »Wir müssen jetzt Ruhe bewahren.«

»Ich habe schon 1000 Mal hier oben gelegen. Aber das Schwein kommt einfach nicht raus. Warum sollte es heute besser werden?«

Karla schaute Cori an, die mühsam das Garagendach erklommen hatte. »Weil wir jetzt einen Köder haben.«

»Einen Köder?«, hakte Cori ungläubig nach.

»Hast du Schneeweiß nicht gesehen?«, sie deutete auf das Gartentor. »Der stattet unserem Ziel noch einen Silvesterbesuch ab.«

Sie legte sich neben den Mann und spannte ihre Waffe. »Wir müssen uns jetzt beeilen.«

Das Verhör von Professor Dr. Schneeweiß begann genauso, wie Kroll es erwartet hatte. Kroll stellte die Fragen direkt an den alten Professor, die Antworten gab der Anwalt.

»So kommen wir heute nicht weiter.« Er sah den Anwalt mit einem vorgetäuschten Blick der Verzweiflung an. »Wir können die Veranstaltung auch gerne abrechen. Ihren Mandanten müssen wir leider noch hier behalten. Tut mir wirklich leid, Herr Professor Schneeweiß. Das Haar auf der Tatwaffe dürfte für einen dringenden Tatverdacht ausreichen. Hinzu kommt noch, das Sie uns mehrfach nicht die Wahrheit erzählt haben, zum Beispiel, was Ihr Verhältnis zu Corinna Landmann und Karla Pirke angeht.«

Kroll klappte demonstrativ eine Akte zu, die vor ihm lag. »Wir können das doch alles vor dem Haftrichter klären, warum verschwenden wir unsere Zeit?«

Kroll war immer noch genervt. Zumindest tat er so. »Ich weiß doch genauso wenig wie Sie, wie die Veranstaltung hier ausgeht. Aber ich weiß jetzt nur eines: Ich bin müde und gehe ins Bett.«

Er gab dem Wachmann ein Zeichen. »Bringen Sie Herrn Professor Schneeweiß in seine Zelle.«

NEUJAHR

Nachdem der tödliche Schuss gefallen war, flüchteten Cori und Karla vom Garagendach. Unweit von Kramers Haus hätten sie beinahe Schneeweiß umgerannt, wenn sie nicht im letzten Moment gestoppt hätten. Cori hakte sich bei Schneeweiß ein, er ließ sich ohne großen Widerstand mitschleifen.

Nach wenigen Minuten erreichten sie eine hohe Gartenhecke. Sie versteckten sich dahinter und schnappten nach Luft. Karla hielt die Armbrust noch immer in der Hand.

Der alte Professor war der Erste, der zaghaft seine Worte wiederfand. Er starrte auf die Armbrust. »Was … was habt ihr bloß gemacht?«

Cori fing an zu weinen. »Es ist nicht so, wie du …«

Karla war die Ruhe selbst. »Wir müssen von hier verschwinden. Es ist besser, wenn man uns nicht zusammen sieht.«

Sie drückte Schneeweiß die Armbrust in den Arm. Reflexartig griff er nach ihr.

»Können Sie die entsorgen?«

Karla zehrte Cori am Ärmel, und dann rannten sie los. Schneeweiß blieb verwirrt und ratlos zurück, die Armbrust lag in seinem Arm.

JANUAR

Rechtsanwalt Dr. Maschek betrat gegen elf Uhr morgens das Büro der Kommissare. Ohne Aufforderung, Platz zu nehmen, setzte er sich vor Krolls Schreibtisch. Er öffnete seine Aktentasche und holte ein beschriftetes Blatt Papier heraus. »Mein Mandant möchte eine Erklärung abgeben.«

Kroll nickte ihm aufmunternd zu.

Der Anwalt richtete sich auf und räusperte sich. »Herr Professor Schneeweiß ging am Silvesterabend des vergangenen Jahres zu Professor Kramer. Er folgte einer persönlichen Einladung. Um kurz vor zwölf parkte er sein Fahrzeug in der Paul-Michael-Straße und ging die restlichen circa 250 Meter zu Fuß. Als er das Haus von Professor Kramer erreicht hatte, sammelte er sich einen Moment, dann betätigte er die Klingel. Professor Kramer meldete sich daraufhin an der Sprechanlage und erkundigte sich, wer vor dem Haus wartete. Nachdem Professor Schneeweiß seinen Namen genannt hatte, kam Professor Kramer in den Garten, um das Tor zu öffnen. Professor Schneeweiß sah dann nur, wie er kurz vor Erreichen des Tores zusammenbrach. Selbstverständlich versuchte Professor Schneeweiß, die Situation zu erfassen und seinem Kollegen zu helfen. Aber er konnte das Grundstück nicht betreten. Dann geriet er in Angst und versteckte sich hinter einem Baum, der in circa 50 Metern Entfernung östlich vom Grundstück steht.«

»Das wissen wir«, raunzte Kroll. »Kommen Sie zur Sache.«

Der Rechtsanwalt nahm seine Lesebrille ab und sah Kroll

mit eindringlichem Blick an. »Ich wäre Ihnen sehr dankbar, wenn Sie mich nicht unterbrechen würden.«

Er setzte die Brille wieder auf und fand schnell die Stelle, an der er weiterlesen musste. »Mein Mandant versuchte selbstverständlich, die Polizei zu informieren. Nachdem er sich gesammelt hatte, griff er nach seinem Handy und versuchte, die 110 zu wählen. Dies gestaltete sich als schwierig, da Professor Schneeweiß unter einem altersbedingten Händezittern leidet, was sich aufgrund der angespannten Situation noch verstärkt hatte.«

Kroll war tatsächlich aufgefallen, dass Schneeweiß keine ruhigen Hände hatte.

»In diesem Moment kamen Frau Karla Pirke und Frau Corinna Landmann an Professor Schneeweiß vorbeigerannt. Sie hielten kurz an. Frau Landmann ergriff Professor Schneeweiß am Arm und zog ihn mit sich. Frau Pirke trug eine Armbrust, vermutlich die Tatwaffe, bei sich. Professor Schneeweiß war von den gesamten Geschehnissen irritiert und ließ sich mitziehen. Nach wenigen Minuten hatten sie eine Hecke erreicht. Dort führten die drei Personen ein kurzes Gespräch, an dessen Inhalt sich Herr Professor Schneeweiß nicht erinnern kann, weil er immer noch nicht in der Lage war, einen klaren Gedanken zu fassen. Unaufgefordert und für Professor Schneeweiß überraschend, drückte ihm Frau Pirke die Armbrust in die Hände. Professor Schneeweiß griff im Zuge eines Reflexes zu. Frau Pirke bat ihn dann, die Waffe zu entsorgen. Danach verschwanden die Frauen.«

Der Anwalt machte eine kurze Pause und sah die Polizisten abwechselnd an. Weil diese keine Miene verzogen, fuhr er fort. Diesmal las er nicht ab. »Selbstverständlich war mein Mandant, der in seinem ganzen Leben noch nie mit dem Gesetz in Konflikt geraten ist, mit dieser Situation völlig überfordert. Hinzu kommt noch, dass seine Frau sehr schwer erkrankt war. Ich möchte diese Situation gerne als Zustand der eingeschränkten Schuldfähigkeit bezeichnen.«

Wieder eine Pause.

Kroll unterbrach die Stille. »Aber spätestens jetzt hätte er doch die Polizei informieren können.«

Maschek setzte wieder dieses überlegene und arrogante Lächeln auf, das Kroll nicht ertragen konnte. »Aber meine Herren. Ich darf doch bitten. Stellen Sie sich doch einmal die Situation vor. Mein Mandant, ein sehr betagter Mann, wird Zeuge eines Tötungsdeliktes. Irgendeines Tötungsdeliktes? Nein. Es trifft einen engen Freund. Und kurz darauf muss er feststellen, dass vermutlich zwei Personen, mit denen er ebenfalls ein freundschaftliches Verhältnis pflegt, in die Tat verwickelt sind. Und dann steht er alleine da, die mutmaßliche Mordwaffe in der Hand? Also wenn diese Situation einen Menschen nicht überfordert, was muss denn noch alles passieren.«

Wieder ein Moment der Stille. »Sie haben die Geschichte noch nicht zu Ende erzählt«, bemerkte Wiggins, der sich an Krolls Schreibtisch anlehnte.

Der Anwalt überhörte großzügig, das Wiggins seine mühevoll vorbereitete Erklärung als *Geschichte* bezeichnete. Er sah ihn fragend an.

»Die Tatwaffe«, half Wiggins ihm auf die Sprünge.

Der Anwalt war wieder bei der Sache. »Ach ja, das vergaß ich, zu erwähnen. In diesem Zustand der eingeschränkten Schuldfähigkeit geriet mein Mandant wieder in Panik und hat die Waffe in den Kofferraum seines Fahrzeugs gelegt. Dann ist er zu dieser Brücke in der Hans-

Driesch-Straße gefahren und hat sie in den Fluss geworfen.«

Der Anwalt schaute die Kommissare wieder abwechselnd an. Sein Blick war triumphierend. Er war mit sich selbst sehr zufrieden. »Und nun, meine Herren?«

Kroll verstand nicht, worauf der Anwalt hinauswollte, zumindest tat er so. »Was meinen Sie mit ›und nun, meine Herren‹?«

Maschek wurde ungeduldig. »Der Einlassung des Beschuldigten ist zu entnehmen, dass er sich auch nicht im Geringsten strafbar gemacht hat. Er war halt nur zur falschen Zeit am falschen Ort. Auf jeden Fall steht fest, dass er auch nicht den geringsten Tatbeitrag geleistet hat. Man kann ihm nicht einmal Beihilfe zur Last legen, von Mittäterschaft ganz zu schweigen. Sie müssen meinen Mandanten umgehend auf freien Fuß setzen.«

»Immerhin hat er die Mordwaffe verschwinden lassen«, rief ihm Wiggins ins Gedächtnis. »Auch nach der Einlassung Ihres Mandanten reden wir hier über eine handfeste Strafvereitelung. Das Strafgesetzbuch sieht dafür eine Strafandrohung von bis zu fünf Jahren vor.«

»Aber meine Herren. Ich bitte Sie. Unter Berücksichtigung der situationsbedingten Umstände ist hier sicherlich keine Haftstrafe zu erwarten. Das wissen Sie doch genauso gut wie ich. Es besteht auch nicht der geringste Anlass, meinen Mandanten auch nur noch eine Sekunde länger in Verwahrung zu halten. Was haben Sie denn in der Hand? Was den Mord angeht. Nichts! Und diese mögliche Strafvereitelung? Nochmals: Da ist nichts, was eine Haft rechtfertigen könnte. Also bitte. Werden Sie endlich vernünftig und kehren Sie auf den Boden der Tatsachen zurück.«

Kroll stand auf. »Vielen Dank, Herr Rechtsanwalt. Ihr

Anliegen klären wir vor dem Haftrichter. Wenn Sie keine weiteren Ausführungen machen möchten, darf ich Sie jetzt verabschieden.«

Maschek hatte kein Verständnis für Krolls Reaktion. Offensichtlich war er davon ausgegangen, das Präsidium gemeinsam mit Schneeweiß verlassen zu können. Vermutlich wartete auch schon die Presse vor dem Haupteingang. Er schüttelte heftig mit dem Kopf, packte seine Tasche und verließ kommentarlos das Büro.

Karla Pirke und Corinna Landmann wurden getrennt voneinander vernommen.

Die Vernehmung von Karla Pirke übernahm Wiggins. Erwartungsgemäß dauerte sie nicht lange. Nachdem Karla über ihre Rechte belehrt worden war, verweigerte sie mit einem überheblichen Lächeln die Aussage. Karla wurde vorläufig festgenommen.

Kroll und Cori saßen im Vernehmungszimmer. Nach der Feststellung der Personalien wurde auch Cori darüber belehrt, dass sie das Recht habe, einen Rechtsanwalt hinzuzuziehen und die Aussage zu verweigern. Sie sah Kroll mit verweinten Augen hilflos an und schüttelte mit dem Kopf. »Ich weiß nicht mehr, was ich machen soll. Sagen Sie mir doch bitte, was das Richtige ist.«

Krolls Ton war förmlich. »Ich kann Ihnen da leider nicht helfen. Es ist allein Ihre Entscheidung, ob Sie rechtlichen Beistand hinzuziehen oder ohne Anwalt eine Aussage machen möchten.«

Dann schaltete Kroll das Mikrofon aus. Er suchte Coris Blick. Seine Stimme war jetzt sanft, fast fürsorglich. »Frau Landmann. Herr Professor Schneeweiß und Ihre Freundin

Karla sitzen in Haft. Beide sind dringend verdächtig, Professor Kramer getötet zu haben. Wir wissen nicht, ob die beiden zusammengearbeitet haben oder ob nur einer allein der Täter ist …«

Cori unterbrach ihn. Ihre Verzweiflung hatte noch mehr zugenommen. Ihre Stimme war belegt. Sie griff mit zitternder Hand nach dem Wasserglas. »Karl ist im Gefängnis? Das gibt es doch nicht. Der kann doch nicht einmal einer Fliege etwas zuleide tun.«

»Wir haben ein Haar von ihm an der Tatwaffe gefunden. Auch wissen wir, dass er mehrfach nicht die Wahrheit gesagt hat, insbesondere was sein Verhältnis zu Karla Pirke angeht. Und da auch Frau Pirke mit an Sicherheit grenzender Wahrscheinlichkeit etwas mit dem Mord an Kramer zu tun hat, wiegen die Verdachtsmomente schwer. Ich möchte nicht in seiner Haut stecken. Der Haftrichter wird ihn bei dieser Beweislage sicherlich nicht so schnell wieder auf freien Fuß setzen.«

Cori sah Kroll an. Ihr Gesicht glänzte, weil sie die Tränen mit der Hand verrieben hatte.

Kroll machte eine Pause, bevor er fortfuhr. »Frau Landmann, ich kann Ihnen versichern, dass wir genau wissen, was Professor Kramer Ihnen angetan hat. Und ich kann Ihnen auch versichern, dass wir dieses Verhalten aufs Schärfste missbilligen. Aber die ganze Tragödie hat jetzt eine gewisse Eigendynamik entwickelt. Es kommt mir vor, als seien hier viele Marionetten im Spiel, die einfach weitertanzen, obwohl die Fäden zerschnitten wurden. Glauben Sie nicht, es wäre jetzt ein guter Zeitpunkt, reinen Tisch zu machen?«

Cori wischte wieder die Tränen weg. »Und alles nur wegen diesem Arschloch.«

»Ich kann wirklich sehr gut nachvollziehen, was Sie meinen. Aber es geht hier um Mord. Ich halte Professor Schneeweiß nicht für einen Mörder, aber meine Meinung ist nicht gefragt. Ich bin nur Polizist, und die Beweislage ist, ich habe es ja gerade gesagt, erdrückend. Was die Richter aus so einer Sache machen«, er zuckte mit den Schultern, »keine Ahnung.«

Krolls Taktik ging auf. Die Vorstellung, Karl Schneeweiß unschuldig ins Gefängnis zu bringen, überstieg Coris Kräfte. Sie schilderte die Ereignisse des Silvesterabends bis zu dem Zeitpunkt, an dem Karla und sie auf das Garagendach geklettert waren. Ihre Stimme stockte. Sie nahm sich Zeit. Kroll hörte geduldig zu.

»Und dann?«

»Er lag schon da oben. Eine Armbrust angespannt.«

»Wer?«

Die Antwort kam zögerlich. »Herr Bernstein.«

Kroll wartete. Cori sah Kroll fragend an. Sie erwartete einen Kommentar. »Und weiter?«

»Karla packte noch ihre Waffe aus. Dann kam Kramer aus dem Haus, und dann fiel der Schuss. Kramer fiel auf den Boden. Ich hatte nur noch Panik. Weg hier, war mein einziger Gedanke.«

»Also hat Dieter Bernstein geschossen?«

»Ja«, es war eine emotionslose Antwort, die Cori gab, während sie zu Boden sah.

Corinna Landmann brauchte einen Moment, um sich zu sammeln. In ihrem Kopf schienen sich tausend Räder zu drehen. »Karla ist ja so cool. Die hat immer alles im Griff, jede Situation. Selbst in dieser Nacht. Sie hat Herrn Bernstein die Armbrust aus der Hand gerissen. ›Wir lassen jetzt die Waffe verschwinden. Hier wird es bald nur so von Polizei wimmeln‹, hat sie gesagt. ›Sie sind doch nicht mehr der

Schnellste.‹ Wir sind hastig heruntergeklettert und dann noch Karl über den Weg gelaufen.«

Kroll rieb sich die Augen und sah an Cori vorbei. »Und Karlas Armbrust? Wo ist die jetzt?«

»Keine Ahnung. Wenn Sie die nicht gefunden haben, hat sie wohl Herr Bernstein mitgenommen.«

Kroll und Wiggins brachten sich auf den neusten Stand. Wiggins saß an seinem Schreibtisch, Kroll hatte seinen Lieblingsplatz zum Denken eingenommen, den Hintern auf der Heizung unter dem Fenster.

»Das ist schon komisch«, bemerkte Wiggins. »Wir haben jetzt zwei Menschen eingekellert, von denen wahrscheinlich keiner der Mörder ist.«

»Schneeweiß lassen wir laufen. Wir können ihm weder eine Mittäterschaft noch eine Beihilfe zum Mord an Kramer nachweisen. Der Haftrichter wird uns zerreißen. Kläre das bitte mit Reis ab.«

Wiggins zögerte. »Immerhin hat er die Tatwaffe verschwinden lassen.«

»Darauf steht doch kein betreutes Wohnen. Das wird mit einer saftigen Geldstrafe abgetan. Ist vermutlich auch besser so. Lassen wir ihn laufen. Aber bitte unauffällig. Ich möchte nicht, dass Rechtsanwalt Doktor Fischfinger für sich noch einen persönlichen Triumphbogen errichtet.«

»Und Karla Pirke?«, fragte Wiggins. »Was machen wir mit der?«

Kroll drehte sich um und sah aus dem Fenster. »Die bleibt hier.«

Wiggins blätterte in der Strafprozessordnung. »Haben wir einen Haftgrund? Beim jetzigen Stand müssen wir einfach davon ausgehen, dass sie nicht geschossen hat.«

Kroll drehte sich um und machte eine abwehrende Handbewegung. »Soviel ich weiß, ist ein versuchter Mord auch strafbar.«

Wiggins griff nach den dicken Büchern, die im Regal ihres Büros standen. Er fand ein fünf Jahre altes Lehrbuch über das Strafrecht. »Die Geister scheiden sich. Ist es schon strafbar, wenn ich mich mit einer Waffe auf die Lauer lege? Wo fängt der strafbare Versuch an und wo hört er auf? Keine Ahnung. Vielleich sollten wir mal unsere Bibliothek aktualisieren.«

»Die Pirke bleibt bei uns«, erwiderte Kroll trocken. »Um den Rest sollen sich Richter und Professoren kümmern.«

Das Telefon klingelte.

Kroll nahm ab. Nach wenigen Minuten legte er wieder auf, ohne ein Wort zu sagen. Dann sah er Wiggins an. »Bernstein ist tot.«

Dieter Bernstein lag in seinem Bett. Er trug einen braunen Anzug, schwarze Schuhe und ein weißes Hemd. Seine Augenlider über den knöchrigen Höhlen waren geschlossen. Er sah aus, als würde er schlafen.

Dr. Schmidt untersuchte die Leiche. Als er Kroll und Wiggins bemerkte, wandte er sich zu ihnen. Er war erfahren genug, um zu wissen, was die Kommissare interessierte. »Er ist friedlich eingeschlafen. Ich konnte bis jetzt auch nicht den geringsten Anhaltspunkt für ein Verbrechen finden.«

Er zog die Latexhandschuhe aus. »Keine stumpfe Gewalt, keine spitze Gewalt und Schussverletzungen sowieso nicht. Er ist friedlich eingeschlafen. Wir müssen natürlich noch untersuchen, ob hier Medikamente im Spiel waren, aber das glaube ich eigentlich nicht.«

»Woran ist er gestorben?«, fragte Kroll.

Dr. Schmidt sah den Toten mitleidig an. »Um es ganz einfach auszudrücken: Schwäche. Schaut euch doch mal diesen Körper an. Der Mann ist alt, hat in den letzten Monaten wahrscheinlich kaum etwas gegessen und getrunken. In so einem Zustand … da brauchst du keine Schlaftabletten mehr.«

Kroll nickte, den Blick immer noch auf den Toten gerichtet. Dann sah er sich in der Wohnung um. Zum ersten Mal konnte er seinen Blick von Dieter Bernstein abwenden. Er hatte Mitleid mit dem alten Mann, der in seinem Leben so viel durchmachen musste. Am Kopfende des Bettes lag eine Armbrust. Darunter ein Brief. Kroll kramte ein Paar Latexhandschuhe aus seiner Hosentasche und streifte sie über. Er las die Zeilen, die mit zittriger Hand geschrieben wurden.

Ich habe beschlossen, aus dem Leben zu gehen. Mein Körper ist schwach, und es wird bestimmt nicht mehr lange dauern, bis ich in einen ewigen Schlaf falle. Früher, als junger Mann, hatte ich breite und starke Schultern, die viel ertragen konnte. Aber nach dem Tod meiner geliebten Frau wurden die Schultern immer schmaler, und die Last, die ich ertragen musste, immer schwerer. Das ist im Alter nicht besser geworden. Ein gewisser Professor hat dann auch noch dafür gesorgt, dass ich in eine tiefe Verzweiflung und in starke Depressionen gefallen bin. Rechtsstaat? Gerechtigkeit? Schöne Worte, aber die Realität sieht doch anders aus. Das Letzte, was ich in meinem Leben getan habe, ist, für Gerechtigkeit zu sorgen. Ich gehe ohne Reue. Das Einzige, was mir noch bleibt, ist die Verantwortung für meine Frau und für mich.

Irgendjemand wird es schon verstehen oder auch nicht.

Die Unterschrift war kaum lesbar.

Kroll gab Wiggins den Brief.

Beide wollten nicht mehr am ›Fundort der Leiche‹, wie es im Amtsdeutsch hieß, verweilen. »Lass uns weg hier.«

Kroll gab dem Leiter der Spurensicherung ein Zeichen. Sein Blick fiel auf die Armbrust. »Die müsst ihr gründlich untersuchen. Sonst werdet ihr hier nichts finden.«

Der Kollege blieb gelassen. Er nahm es Kroll nicht übel, dass er sich in seine Arbeit einmischte. »Die Armbrust packen wir gerade steril ein. Den Rest machen wir nach Vorschrift.«

Der Leichnam von Dieter Bernstein wurde in den Transportsarg gelegt.

»Ich brauche jetzt ein Bier und bestimmt noch was Schärferes«, bemerkte Kroll und verließ die Wohnung.

»Ich auch«, war Wiggins Antwort. »GONZI?«

Sie setzten sich im GONZALES an die Theke. Magda, die attraktive Bedienung, umarmte sie zur Begrüßung und gab ihnen einen dicken Kuss auf die Wange. Sie kannte die Polizisten lange und gut. Ihr blieb nicht verborgen, dass sie etwas bedrückte. »Wie immer?«, fragte sie mit einen mitleidigen Blick und einem aufmunternden Lächeln.

Kroll nickte. »Und mach uns noch zwei Tequila, aber nicht die kleinen.«

Magda füllte zwei große Gläser mit Weizenbier und drehte sich zum Regal mit den Spirituosen.

Kroll und Wiggins stießen an. »Sieht so aus, als hätten wir diesen scheiß Fall gelöst«, bemerkte Wiggins sarkastisch und trank das Glas bis zur Hälfte leer.

Kroll brachte ein emotionsloses Lächeln zustande. »Ja, sieht so aus.« Er leerte den Tequila in einem Zug. Er empfand es als wohltuend, wie die scharfe Flüssigkeit sich langsam ihren Weg durch die Speiseröhre in den Magen suchte. Er verzog keine Miene. »Das ärmste Schwein hat es getroffen.«

Er gab Magda ein Zeichen. Sie füllte die Gläser nach.

Wiggins wusste nur zu gut, was in seinem Freund vorging. Er konnte sich eine gewisse Ironie nicht verkneifen. »Stell dir doch mal vor: Der Fall ist gelöst! Morgen Pressekonferenz. Ich sehe schon die Schlagzeilen in der Zeitung vor mir. *Mord an berühmtem Professor aufgeklärt*. Bei dieser PK ist bestimmt auch jemand vom Ministerium dabei. Schneller Erfolg! Gute Arbeit. Der Polizeiapparat funktioniert. Der Rechtsstaat hat seine Effektivität wieder einmal unter Beweis gestellt.« Sie stießen an. »Wir werden bestimmt befördert.«

Die Biergläser waren leer. Magda wusste, was sie zu tun hatte.

»Also auf uns«, erhob Kroll sein Glas und hielt es Wiggins zum Anstoßen hin. »Was ist eigentlich die nächste Beförderungsstufe nach Hauptkommissar?«

»Schreibtischjob mit guter Kohle und Vollverpflegung bis zur Bahre«, kam eine betont bürokratische Antwort. »Genau das, was wir uns schon immer gewünscht haben.«

»Ist doch super, dann scheuchen wir junge und unerfahrene Polizisten durch die Verbrechen von Leipzig und heimsen die Erfolge ein.«

Wiggins trank das Bier aus und stellte zufrieden fest, dass Magda Zeit für sie hatte. Er fasste Kroll an den Arm. »Scheiße, Kroll. Wir wissen doch beide, worüber wir reden.«

Kroll trank seinen Tequila ganz langsam in kleinen Schlucken, den Blick ins Nirgendwo gerichtet. »Ich bastle mir gerade eine Kette zusammen. Da hab ich die Frau Pirke:

Mein Kettenglied ist gerade so stark, dass ich den Anker eines Ozeanriesen daran befestigen würde. Und dann nehme ich den armen Dieter Bernstein: Mein Kettenglied ist gerade so stark, dass ich nicht einmal einen Ohrring daran aufhängen würde. Mensch, Wiggins, das passt doch alles nicht zusammen.«

Wiggins spürte die Wirkung des Alkohols. Es war ihm egal. »Das wissen wir beide. Aber was sollen wir tun?«

»Wir müssen diese dämliche und berechnende Pirke unter Druck setzen. Ich weiß auch noch nicht, wie. Aber ich schließe den Fall heute nicht ab und morgen auch nicht.«

Ihr Gespräch wurde unterbrochen, als sich zwei Arme um die Polizisten legten. »Die Legenden der Kriminalistik sind da. Ich bin auch überhaupt nicht sauer, dass ihr mir nichts gepfiffen habt. Bist jetzt. Also, was darf ich schreiben?«

Günther Hirte war gut drauf. Kroll bestellte drei Bier und drei Tequilas. »Das ist deine Chance, Günther. Schreib einfach: ›Der Fall ist noch nicht geklärt‹. Ich finde, das ist eine sehr gute Exklusivinformation.«

»Ihr nehmt mir gerade meine Titelstory.«

Kroll zuckte mit den Achseln und warf dem Reporter einen mitleidigen Blick zu. »So what. Aber vielleicht sind wir am Ende alle schlauer.«

Am nächsten Morgen waren die Polizisten schon um acht Uhr in ihrem Büro. Kroll massierte seinen Nacken, um die Kopfschmerzen zu verdrängen. Seine Augen waren trüb. »Wir haben gestern am Alkohol gezogen wie Schlittenhunde. Ich habe trotzdem kein Auge zugemacht. Bernstein ist nicht der Mörder. Ich würde darauf meinen Arsch verwetten.«

Wiggins war blass. Auch ihm hatte die gestrige Nacht zugesetzt. »Uns fehlt ein ganz kleiner Puzzlestein. Aber finden wir den? Keine Ahnung.«

»Was ist mit dem Bericht der KTU? Arbeiten die auch mal oder trinken die da unten nur Kaffee?«

Krolls Flehen wurde erhört. Wie auf Bestellung flog die Tür auf. Ein übernächtigter Kollege der Kriminaltechnischen Untersuchung betrat gemächlichen Schrittes ihr Büro. Er hatte dunkle Ränder unter den Augen, sein Haar war fettig und zerzaust, sein weißer Kittel wies Schweißränder unter den Achseln auf. Ungewöhnlich für seine sterile Arbeit. »Der Fall hat mich nicht losgelassen. Ich habe die ganze Nacht durchgearbeitet. Meine Frau wird mich dafür erschlagen.«

Trotz seiner großen Anspannung konnte sich Kroll daran erinnern, dass er die Frau des Kollegen bei der letzten Weihnachtsfeier gesehen hatte. Halb so groß wie er, aber dreimal so schwer. Sicherlich eine gute und liebe Frau, Krolls Beuteschema sah definitiv anders aus. Er verdrängte den flüchtigen Gedanken. »Was gibt's Neues?«

»Ich konnte noch keinen Bericht schreiben.« Er rieb sich die Augen. »Aber ich dachte, ich erzähl es euch gleich: Ich habe die Armbrust untersucht, die wir bei Dieter Bernstein gefunden haben.« Wieder das Augenreiben. Er setzte sich auf einen Stuhl und griff ungefragt nach Krolls Kaffeetasse. »Ich glaube, ich habe noch nie so viele Stunden hinter dem Mikroskop verbracht. Aber eines kann ich euch definitiv sagen: Mit der Waffe, die wir bei Dieter Bernstein gefunden haben, wurde noch nie ein Schuss abgegeben.«

Wiggins sah ihn fragend an. »Also eine neue, noch nie benutzte Waffe.«

»Das ist relativ einfach festzustellen. Die Sehne einer Armbrust hat eine Spannung von hier bis zum Mond. Auch nur ein einziger Schuss hinterlässt Spuren, nennen wir es einfach mal Abrieb.«

Kroll und Wiggins überlegten, wie sie die neue Information einordnen sollten. Ihr Kollege fuhr fort. »Aber da ist noch mehr: An der ganzen Waffe befinden sich nur die Fingerabdrücke von Dieter Bernstein. Definitiv keine anderen. Ich habe die ganze Waffe bis auf jeden Quadratmillimeter abgesucht.« Wieder das Augenreiben, danach trank er Krolls Tasse leer. »Ich habe Wischspuren gefunden, chemische Reinigungsmittel, die wir noch im Labor untersuchen müssen, vermutlich Sagrotan oder irgend so ein Zeug und Lackpartikel.«

»Lackpartikel?«, wiederholte Wiggins.

Ihr Kollege machte mit seinen Händen eine wischende Bewegung auf dem Tisch. »Stellt euch doch einmal vor, ihr belegt ein sehr weiches und elastisches Material mit einer harten oder besser gesagt steifen Schicht. Wie zum Beispiel eine dünne Holzplatte auf einer Dämmwolle. Und dann trampelst du drauf. Was passiert?«

»Die Platte bricht.«

Der Kollege war zufrieden mit der Antwort. »Wir nennen das den Durchbiegungskoeffizienten. Das Futter eines Handschuhs ist extrem weich. Darüber kommt das Leder, auch sehr weich, und darüber eine Farbschicht. Die ist immer härter. Natürlich hat sich die Modebranche da schon sehr viel einfallen lassen, aber die werden es nie schaffen, dass Farbe sich ähnlich leicht durchbiegt wie Leder oder Stoff. Bei jeder Bewegung auch nur mit einem Finger löst sich immer ein Farbpartikel ab. Und das sieht man den Handschuhen im Laufe der Zeit ja auch an.«

»Und du hast Farbpartikel eines Handschuhs auf der Waffe gefunden?«, fragte Kroll.

Ihr Kollege nickte zustimmend. »Nicht nur einen.« Er griff wieder nach Krolls Kaffeetasse und stellte fest, dass sie schon leer war. »Für mich ist die Sache eindeutig, und wenn sich meine Annahme nicht im Labor bestätigt, fresse ich einen Besen samt Putzfrau.«

Er wollte fortfahren, aber Wiggins kam ihm zuvor. »Also fangen wir mal von vorne an: Karla Pirke hat sich eine neue Armbrust gekauft. Als sie unbeobachtet war, vermutlich in ihrer Wohnung, hat sie sich Handschuhe angezogen und die Waffe gründlich gereinigt, bis alle Fingerabdrücke beseitigt waren, vor allem ihre eigenen. Danach hat sie die Armbrust in eine Tasche gesteckt … und sie mit zum Tatort genommen.«

Ihr Kollege verabschiedete sich. »Ich muss jetzt definitiv ein paar Stunden schlafen. Macht's gut.«

Kroll stand auf und gab seinem Kollegen die Hand. »Vielen Dank, mein Lieber. Verdammt gute Arbeit. Du hast einen gut bei uns.«

»Jetzt wissen wir, wie sich die Tat abgespielt hat.« Wiggins ging zur Kaffeemaschine und füllte die großen Tassen neu. Er reichte Kroll eine rüber. »Karla hat ihre Armbrust in den Rucksack gepackt und ist mit Cori zum Tatort gelaufen. Dann sind beide das Garagendach hoch und haben dort die arme Sau Dieter Bernstein liegen sehen. Karla hat seine Waffe genommen und geschossen. Sie musste sich doch Sorgen machen, dass ihre Spuren auf der Tatwaffe sind: Fingerabdrücke, Schweiß, Hautschuppen, oder was weiß ich? Deshalb hat sie die Waffen getauscht, und Bernstein ihr steriles Ding ohne Spuren übergeben. Sie musste ja damit rechnen, dass Bernstein gefasst wird. Und die Tatwaffe hat sie elegant verschwinden lassen, indem sie noch den harmlosen Professor Schneeweiß ins Spiel gebracht hat. Verdammt gerissen, dieses Biest.«

»Und verdammt cool«, griff Kroll Wiggins' Gedanken auf. »Aber das macht doch nur Sinn, wenn Karla wusste, dass Bernstein in der Silvesternacht auf der Lauer liegt. Können wir das beweisen?«

Wiggins unterbrach seinen Kollegen. »Genau das glaube ich nicht! Was hat Karla denn gemacht? Sie ist mit einer sterilen Waffe zum Tatort gelaufen. Natürlich konnte sie nicht ahnen, dass da schon Bernstein mit der Waffe am Anschlag lag. Aber das war auch nicht ihr ursprünglicher Plan. Sie wollte ja mit ihrer eigenen Armbrust schießen. Aber als sie Bernstein gesehen hat mit der Waffe im Anschlag, hat sie ihren Plan geändert und mit der anderen, mit Bernsteins Armbrust, geschossen.«

»Und warum hat sie die Tatwaffe nicht selbst entsorgt?«

Wiggins war die Ruhe selbst. Alle Kopfschmerzen waren vergessen. Er goss sich Milch in seinen Kaffee, den er für seinen Geschmack viel zu stark gebraut hatte. »Keiner von unseren beiden Damen konnte ahnen, dass sie Schneeweiß in die Arme laufen. Vermutlich hätte Karla die Armbrust auch selbst entsorgt, wenn sie nicht zufällig dem alten Professor begegnet wären. Ihrem neuen und alten Vertrauten. Karla ist ein Biest. Sie hat diese Gelegenheit beim Schopf ergriffen, und was ist eleganter, als die Tatwaffe nicht selbst zu entsorgen?« Er lächelte mühsam. »Die haben den alten Knacker richtig ausgenutzt. Karla sowieso, und ich glaube auch … Cori.«

Wiggins stöhnte leise und sah Kroll fragend an. »Jetzt müssen wir das nur noch beweisen.«

»Wir nehmen Karla noch mal in die Mangel. Jetzt wissen wir ja, wo wir ansetzen müssen.«

»Auch eine Frau wie Karla Pirke hat einen Schwachpunkt.«

»Und genau in dem werden wir jetzt herumstochern.«

Karla Pirke wurde im Vernehmungszimmer über ihre Rechte belehrt. Sie war noch genauso selbstsicher wie an den Tagen zuvor.

Kroll kam gleich zum Punkt. »Frau Pirke, wir wissen jetzt genau, wie sich die Tat ereignet hat.« Er erzählte ihr die neuesten Erkenntnisse.

Karla war einem Moment verunsichert. Nur einen kurzen Augenblick, aber den Polizisten war das nicht entgangen. »Ich habe nicht geschossen. Bernstein ist Ihr Täter. Finden Sie sich doch endlich damit ab.« Sie sah sich im Raum um. »Wie lange wollen Sie mich hier eigentlich noch festhalten? Habe schon besser gewohnt.«

Kroll beachtete ihren Protest nicht. »Kann sein, dass wir Ihnen nichts beweisen können und ein Gericht Sie irgendwann freispricht, obwohl die Indizien gegen Sie erdrückend sind. Für eine Anklage reicht das allemal. Schade nur, dass Ihre Freundin Cori das alles ausbaden muss. Aber damit werden Sie wohl leben müssen.«

»Cori? Warum denn Cori?«, fragte sie erstaunt.

»Sie glauben gar nicht, wie tief Ihre Freundin in der Scheiße sitzt«, stellte Wiggins mit eindringlicher Stimme fest.

Karla verstand nur noch Bahnhof.

»Ihre Freundin Cori hat auf jeden Fall geholfen, die Tatwaffe verschwinden zu lassen. Und was noch schwerer wiegt: Sie war am Tatort und hat die Tat unterstützt, Juristen nennen das gefördert. Sie haben den Mord gemeinsam abgesprochen, und sind zusammen zum Tatort gefahren. Cori kannte die Umgebung des Tatortes gut. Sie lagen gemeinsam auf der Lauer. Egal, wer geschossen hat, ob Sie oder Bernstein. Das ist Beihilfe zum Mord und Vertuschen einer Straftat. Darauf steht eine Haftstrafe.«

Kroll gab Karla Zeit, die Informationen zu verarbeiten. Karlas Selbstbewusstsein bröckelte, das war ihr deutlich anzusehen.

Nach einer Weile fuhr Kroll fort. Seine Stimme war gleichgültig. »Vergessen Sie nicht, dass Corinna Landmann im öffentlichen Dienst ist. Auch nach der Haftentlassung kommt sie an keiner Schule mehr unter, auch nicht an einer privaten. Sie kann froh sein, wenn sie sich noch mit Nachhilfestunden über Wasser halten kann. Aber sicherlich nicht in Leipzig. Wer vertraut sein Kind schon jemandem an, der rechtskräftig verurteilt wurde und im Gefängnis saß, weil er in einen Mord verwickelt war? Sie wird in eine andere Stadt ziehen müssen. Aber glauben Sie mir, irgendwann holt jeden die Vergangenheit ein. Man kann nicht ständig davonlaufen.«

Karla lachte künstlich. Es war ein gezwungenes Lächeln. Ihre Unterlippe zitterte leicht. »Sie bluffen doch nur.«

Kroll zuckte mit den Achseln. »Von mir aus. Denken Sie doch, was Sie wollen. Wir haben unsere Arbeit gemacht. Wir haben einen Mörder. Bernstein ist tot. Der wird sich nicht mehr groß wehren. Also Haken dran. Chef zufrieden, Presse zufrieden, Statistik okay. Was wollen wir mehr?«

Zum ersten Mal schien Karla Pirke sprachlos zu sein. Kleine Schweißtropfen sammelten sich auf ihrer Stirn. »Sie wollen wirklich, dass ich jetzt nicht die Wahrheit sage, um Cori zu retten.«

»Falsch!«, wurde Kroll energisch. »Wir wollen, dass Sie endlich die Wahrheit sagen, um Cori zu retten.«

»Ich möchte jetzt doch lieber mit einem Anwalt sprechen.«

Die Polizisten standen auf. »Selbstverständlich. Das ist Ihr gutes Recht. Das Verhör ist beendet. Wir müssen jetzt die Schulleitung der Lessingschule informieren, dass gegen Corinna Landmann Anklage erhoben wird. Das ist leider Vorschrift.«

Sie gingen zur Tür.

»Warten Sie. Ich will eine Aussage machen.«

ENDE

Weitere Krimis finden Sie auf den folgenden Seiten und im Internet:

WWW.GMEINER-SPANNUNG.DE

ANDREAS STAMMKÖTTER
Messewalzer

978-3-8392-1126-7 (Paperback)
978-3-8392-3621-5 (pdf)
978-3-8392-3620-8 (epub)

»Ein rasanter Leipzig-Krimi mit viel Lokalkolorit!«

Buchmesse in Leipzig. Die ganze Stadt fiebert der Präsentation des neuen Romans von Bestsellerautor Willi Lachmann entgegen. Doch die Lesung endet im Fiasko: Vor den Augen von mehr als 100 Gästen wird der Leipziger Autor kaltblütig erschossen.

Kommissar Kroll übernimmt die Ermittlungen. Der erste Verdacht fällt auf Lachmanns Verleger, zu dem der Schriftsteller offenbar nicht das beste Verhältnis hatte. Aber dann findet Kroll heraus, dass Lachmann mit Recherchen zu einem Mordfall beschäftigt war, der bereits 16 Jahre zurückliegt …